SE VOCÊ ME VISSE AGORA

cecelia ahern
SE VOCÊ ME VISSE AGORA

Tradução
Laura Folgueira

Rio de Janeiro, 2025

Copyright © 2005 by Greenlight Go Unlimited Company.
Todos os direitos reservados.
Copyright da tradução © Laura Folgueira por Casa dos Livros Editora LTDA.
Todos os direitos reservados.

Título original: *If You Could See Me Now*

Todos os direitos desta publicação são reservados à Casa dos Livros Editora
LTDA. Nenhuma parte desta obra pode ser apropriada e estocada em sistema de banco de dados ou processo similar, em qualquer forma ou meio,
seja eletrônico, de fotocópia, gravação etc., sem a permissão dos detentores
do copyright.

COPIDESQUE	Thaís Carvas
PREPARAÇÃO DE ORIGINAL	Anna Beatriz Seilhe
REVISÃO	Luiz Felipe Fonseca
CAPA	Heike Schüssler
	© HarperCollinsPublishers Ltd 2016
IMAGEM DE CAPA	Shutterstock
ADAPTAÇÃO DE CAPA	Guilherme Peres
DIAGRAMAÇÃO	Abreu's System

Dados Internacionais de Catalogação na Publicação (CIP)
(Câmara Brasileira do Livro, SP, Brasil)

Ahern, Cecelia
 Se você me visse agora / Cecelia Ahern; tradução Laura Folgueira. – 1. ed. – Rio de Janeiro : Haper Collins, 2021.
 336 p.

Título original: If you could see me now.
ISBN 9786555110890

1. Romance irlandês. I. Folgueira, Laura. II. Título.

20-67975   CDD-828.99153
              CDU-82-31(415)

Índice para catálogo sistemático:
1. Romance irlandês 828.99153
Bibliotecária responsável: Meri Gleice Rodrigues de Souza – CRB-7/6439

HarperCollins Brasil é uma marca licenciada à Casa dos Livros Editora
Ltda. Todos os direitos reservados à Casa dos Livros Editora LTDA.

Rua da Quitanda, 86, sala 601A – Centro
Rio de Janeiro/RJ – CEP 20091-005
Tel.: (21) 3175-1030
www.harpercollins.com.br

Para Georgina, que acredita...

CAPÍTULO 1

Foi em uma manhã de sexta, em junho, que me tornei o melhor amigo de Luke. Eram precisamente 9h15, e me lembro do horário exato porque, por acaso, olhei meu relógio. Não sei o motivo, já que não precisava estar em lugar algum em um horário específico. Mas acredito que haja uma razão para tudo, então talvez eu tenha olhado meu relógio naquele horário só para poder contar minha história direito. Detalhes são importantes nas histórias, não é?

Fiquei feliz de encontrar Luke naquela manhã porque estava um pouco para baixo depois de ter de abandonar meu antigo melhor amigo, Barry. Ele não conseguia mais me ver. Mas tudo bem, porque ele está mais feliz agora, e é isso que importa, acho. Ter que deixar meus melhores amigos faz parte do meu trabalho. Não é uma parte muito legal, mas gosto de pensar sempre no copo meio cheio, então reconheço que, se eu não tivesse que abandonar meus melhores amigos, não poderia fazer novos. E fazer novos amigos é de longe minha parte favorita. Deve ser por isso que me ofereceram o trabalho.

Vamos falar sobre o meu trabalho em breve, mas, primeiro, quero contar sobre a manhã em que conheci meu melhor amigo Luke.

Fechei o portão do jardim da frente de Barry, comecei a andar e, sem motivo nenhum, virei à primeira esquerda, depois à direita, depois à esquerda, segui em frente por um tempo, virei à direita de novo e acabei ao lado de uma zona residencial chamada Fuchsia Lane. Devia se chamar assim por causa de todas as fúcsias crescendo por todo canto. Elas brotam por todo lado aqui. Ah, perdão, quando digo "aqui", quero dizer uma cidade chamada Baile na gCroíthe, que fica em County Kerry. É na Irlanda.

Baile na gCroíthe, em algum momento, acabou sendo conhecida em inglês como Hartstown, mas, em tradução direta do irlandês, significa Cidade dos Corações. Que eu acho que soa melhor.

Fiquei feliz de vir parar aqui de novo — eu tinha feito alguns trabalhos na área quando estava começando, mas não voltava há anos. Meu trabalho me leva pelo país todo, às vezes até para o exterior quando saio de férias com meus amigos, o que vale para mostrar que não importa onde esteja, a gente sempre precisa de um melhor amigo.

A Fuchsia Lane tinha doze casas, seis de cada lado, todas diferentes. A rua sem saída estava lotada. Era uma manhã de sexta, lembre-se, estávamos no mês de junho, o sol estava forte, o céu, claro, e todo mundo estava de bom humor. Bom, nem *todo mundo*.

Várias crianças estavam na rua, andando de bicicleta, brincando de pega-pega, de amarelinha, de pique-bandeira e de muitas outras coisas. Dava para ouvir os gritos de alegria e as risadas delas. Imagino que também estivessem felizes por estarem no período das férias escolares. Por mais que parecessem bacanas e tudo o mais, elas simplesmente não me despertaram nenhum interesse. Veja, não posso sair fazendo amizade com qualquer um. Não é disso que se trata meu emprego.

Um homem estava cortando a grama do seu jardim, e uma mulher usando luvas grandes e sujas cuidava do canteiro de flores. Havia um cheiro gostoso de grama recém-cortada e o som da senhora aparando, tesourando, arrancando e podando suas plantas era como música no ar. No jardim ao lado, um outro homem apontava a mangueira na direção de seu carro enquanto assoviava uma melodia que não me era familiar, observando o novo brilho revelado pelas bolhas de sabão ao escorrerem pela lateral do veículo. De vez em quando, ele se virava e jogava água em duas garotinhas vestidas com maiôs listrados de amarelo e preto. Pareciam duas enormes abelhas. Eu amei ouvir suas gargalhadas.

Na casa seguinte, um menino e uma menina brincavam de amarelinha. Observei-os um pouco, mas eles não reagiram ao meu interesse, então continuei andando. Passei por crianças brincando em todos os jardins, mas nenhuma delas me viu nem me convidou para brincar.

Carrinhos de controle remoto e pessoas de bicicleta e skate passavam zunindo, alheios a mim. Estava começando a pensar que vir a Fuchsia Lane tinha sido um erro, o que era bem confuso, porque em geral eu sou ótimo em escolher lugares, e tinha muitas crianças aqui. Sentei-me no muro do jardim da última casa e comecei a pensar em qual rua eu podia ter virado errado.

Depois de alguns minutos, cheguei à conclusão de que estava, sim, na área certa. Eu raramente tomava a direção errada. Girei para ficar de frente à casa atrás do muro do jardim. Não havia ação naquele jardim, então sentei e analisei o lugar. Era uma casa de dois andares e um carro caro estacionado do lado de fora da garagem, brilhando sob o sol. Abaixo de mim, uma placa no muro do jardim dizia "Casa Fúcsia", e a casa tinha fúcsias floridas subindo pela parede, agarrando-se aos tijolos marrons da entrada e chegando até o telhado. Era bonita. Parte da casa tinha tijolos amarelos, e outra parte tinha sido pintada com uma cor de mel. Algumas das janelas eram quadradas, e outras, redondas. Era muito incomum. A porta da frente era pintada de fúcsia com duas bandeiras longas de vidro fosco nas duas folhas superiores, uma enorme maçaneta de cobre e uma caixa de correio embaixo; pareciam dois olhos, um nariz e uma boca sorrindo para mim. Acenei e sorri de volta, porque vai saber... Não dá para ter certeza de nada hoje em dia.

Enquanto eu estava analisando o rosto da porta, ela se abriu e foi fechada com força, muito barulho e raiva por um menino que saiu correndo. Ele tinha um grande caminhão de bombeiro vermelho na mão direita e um carrinho de polícia na esquerda. Eu amo caminhões de bombeiro vermelhos; são meus favoritos. O menino pulou do degrau da frente da varanda e correu para a grama, onde deslizou de joelhos. Ficou com manchas de grama por toda a calça de moletom preta, o que me fez rir. Manchas de grama são muito divertidas, porque nunca saem. Meu amigo Barry e eu deslizávamos assim o tempo todo. Enfim, o menininho começou a bater o caminhão de bombeiro contra o carro de polícia e a fazer um monte de barulhos com a boca. Ele era bom nos barulhos. Barry e eu também fazíamos aquilo. É divertido fingir fazer coisas que não estão acontecendo na vida real.

O garoto bateu o carro de polícia no caminhão de bombeiro vermelho, e o bombeiro-chefe, que estava agarrado à escada na lateral do caminhão, escorregou. Eu ri alto, e o menino ergueu a vista. Ele olhou direto para mim. Bem nos meus olhos.

— Oi — falei, pigarreando nervoso e trocando o peso de um pé para o outro. Eu estava usando meu All-star azul favorito, que ainda tinha manchas de grama na ponta branca de borracha, de quando eu e Barry deslizávamos. Comecei a esfregar a ponta de borracha no muro de tijolos do jardim para tentar limpar e pensei no que dizer. Por mais que fazer amigos seja minha coisa favorita, eu ainda fico um pouco nervoso. Sempre tem aquela chance assustadora de os outros não gostarem de mim, e isso me dá frio na barriga. Até agora, tive sorte, mas não vou ser bobo de presumir que vai ser assim sempre.

— Oi — respondeu o menino, colocando o bombeiro de volta na escada.

— Como você se chama? — perguntei, chutando o muro na minha frente e esfregando a ponta de borracha do tênis, pois as manchas de grama não saíam.

O menino me analisou por um tempo, olhando de cima para baixo como se tentasse decidir se ia ou não me dizer seu nome. Definitivamente essa é a parte do meu trabalho que eu detesto. É difícil querer ser amigo de alguém que não quer a mesma coisa. Às vezes, isso acontece, mas, no fim, eles sempre mudam de ideia, porque, mesmo sem saber, me querem ali.

O menino tinha um cabelo loiro claro e grandes olhos azuis. Eu conhecia o rosto dele de algum lugar, mas não conseguia me lembrar de onde.

Finalmente, ele respondeu:

— Meu nome é Luke. E o seu?

Enfiei as mãos mais fundo no bolso e me concentrei em chutar o muro do jardim com o pé direito. Eu estava fazendo pedaços de tijolos se esfarelarem e caírem no chão. Sem olhar para o menino, eu disse:

— Ivan.

— Oi, Ivan.

Ele sorriu. Não tinha os dentes da frente.

— Oi, Luke — disse eu, sorrindo de volta.

Eu tenho todos os meus dentes.

— Gostei do seu caminhão de bombeiro. Meu mel... meu antigo melhor amigo, Barry, tinha um igualzinho, e a gente sempre brincava com ele. Mas não serve para nada, porque não dá para colocar ele no fogo, porque derrete — expliquei, ainda com as mãos nos bolsos. Isso fazia os meus ombros quase tocarem as minhas orelhas. Como abafava um pouco os barulhos, tirei as mãos dos bolsos para poder ouvir o que Luke estava dizendo.

Luke rolou na grama de tanto rir.

— Você colocou seu caminhão de bombeiro no *fogo?* — indagou, com uma vozinha aguda.

— Bom, não é isso que os bombeiros fazem? — respondi na defensiva.

Luke rolou de costas, chutou o ar com os pés e gargalhou.

— Não, seu bobo! Caminhões de bombeiro servem para *apagar* o fogo, não para entrar nele!

Pensei nisso por um tempo.

— Hum. Bom, vou dizer o que é que apaga um caminhão de bombeiro pegando fogo, Luke — expliquei, em tom factual. — Água.

Luke deu um tapinha de leve na lateral da cabeça, gritou "dã!", envesgou os olhos e caiu na grama.

Comecei a rir. Luke era muito engraçado.

— Quer vir brincar?

Ele arqueou as sobrancelhas, convidativo. Abri um sorriso.

— Claro, Luke. Brincar é minha coisa favorita! — afirmei, e pulei o muro do jardim para me juntar a ele na grama.

— Quantos anos você tem? — Ele me olhou com suspeita. — Você parece ter a mesma idade da minha tia. — Ele franziu o cenho. — E minha tia não gosta de brincar com meu caminhão de bombeiro.

Dei de ombros.

— Bom, então sua tia é uma atahc bem chata!

— Uma *atahc!* — Luke gritou de alegria. — O que é uma atahc?

— Uma pessoa *chata* — respondi, enrugando o nariz e pronunciando a palavra como se fosse uma doença. Eu gostava de falar palavras de trás para a frente; era como inventar minha própria língua.

— Chata — repetiu Luke, enrugando o nariz —, argh.

— Quantos anos você tem, afinal? — perguntei enquanto batia o carro de polícia contra o caminhão de bombeiros. O bombeiro caiu da escada de novo. — Você parece a *minha* tia — acusei, e Luke ficou doido, rindo alto.

— Eu só tenho 6 anos, Ivan! E não sou *menina*!

— Ah... — Eu não tenho uma tia, na verdade, só disse isso para fazê-lo rir. — Bem, não tem nada de *só* em ter seis anos.

Bem quando eu ia perguntar qual era o desenho favorito dele, a porta da frente se abriu e eu ouvi gritos. Luke ficou pálido, e ergui a vista para ver para o que ele estava olhando.

— SAOIRSE, DEVOLVA MINHAS CHAVES! — gritava uma voz desesperada. Uma mulher que parecia atordoada, com bochechas vermelhas, olhos frenéticos e cabelo ruivo, comprido e sujo balançando em mechas ao redor do rosto, saiu correndo da casa, sozinha. Outro berro vindo de dentro da casa atrás dela a fez tropeçar com suas plataformas no degrau da varanda. Ela xingou baixinho e procurou a parede da casa para se equilibrar. Olhou ao redor, começou a vir na direção em que Luke e eu estávamos sentados, no fim do jardim. Os lábios da mulher se abriram em um sorriso e revelaram dentes tortos e amarelos. Engatinhei alguns centímetros mais para trás. Notei que Luke também fez isso. Ela fez um joinha para Luke e resmungou:

— Até mais, garoto.

Ela cambaleou um pouco e caminhou rapidamente para o carro estacionado na entrada.

— SAOIRSE! — gritou de novo a voz de dentro da casa. — SE VOCÊ COLOCAR UM PÉ DENTRO DESSE CARRO, VOU CHAMAR A POLÍCIA!

A ruiva bufou de desprezo e apertou um botão na chave do carro, e um apito soou quando as luzes se acenderam. Ela abriu a porta, entrou, bateu a cabeça na lateral, xingou baixinho e fechou a porta atrás de si. Eu ouvi o carro sendo trancado de onde estava, no fim do jardim. Algumas crianças na rua pararam de brincar e olharam a cena que acontecia diante delas.

Finalmente, a dona da voz misteriosa saiu correndo lá para fora com um telefone na mão. Era muito diferente da outra mulher. O cabelo dela estava preso com simplicidade na nuca. Ela vestia um terninho cinza elegante que não combinava com aquela voz aguda e descontrolada. Ela também estava sem fôlego e com a cara vermelha. Seu peito subia e descia rapidamente enquanto ela tentava correr o mais rápido possível até o carro, mesmo usando salto alto. Ela ficou dando voltas ao redor do carro, tentando abrir as portas e, depois de constatar que estavam trancadas, ameaçando ligar para a polícia.

— Vou chamar a polícia, Saoirse — avisou ela, balançando o telefone na janela do motorista.

Dentro do carro, Saoirse só sorriu e ligou o motor. A voz da mulher com o telefone falhou enquanto ela implorava para a outra sair do carro. Ela se balançava de um lado para o outro, como se tivesse alguém borbulhando embaixo da pele dela, tentando sair, como o Incrível Hulk.

Saoirse acelerou pela longa entrada de paralelepípedos. Na metade do caminho, desacelerou o carro. A mulher com o telefone relaxou os ombros e pareceu aliviada. Em vez de parar completamente, o carro se arrastou enquanto a janela do lado do motorista era abaixada e dois dedos apareciam nela, altos e orgulhosos para todo mundo ver.

— Ah, ela vai voltar em dois minutos — falei a Luke, que me olhou com uma cara estranha.

A mulher com o telefone ficou olhando assustada o carro acelerar de novo pela rua, quase atropelando uma criança. Alguns fios de cabelo escaparam do coque apertado na cabeça dela, como se eles próprios quisessem perseguir o carro.

Luke baixou a cabeça e, em silêncio, colocou o bombeiro de volta na escada. A mulher soltou um gritinho exasperado, jogou as mãos para o alto e virou-se. O salto do sapato dela ficou preso entre dois paralelepípedos da entrada. A mulher balançou a perna loucamente, ficando mais frustrada a cada segundo, até que houve um estalo e o sapato soltou, só que o salto continuou preso na rachadura.

— CARAAAAAAAALHOOOO! — gritou ela. Equilibrando-se com um salto alto e o que agora parecia uma sapatilha, ela voltou à varanda. A porta fúcsia foi batida com força, e a mulher foi engolida de novo pela casa. As janelas, maçaneta e caixa de correio sorriram mais uma vez para mim, e eu sorri de volta.

— Para quem você está sorrindo? — perguntou Luke, franzindo o cenho.

— Para a porta — respondi, pensando que era óbvio.

Ele só ficou me olhando, a cabeça obviamente perdida em pensamentos sobre o que ele acabara de ver e na esquisitice de sorrir para uma porta.

Conseguíamos ver a mulher com o telefone pelo vidro da porta da frente, andando de um lado para o outro no corredor.

— Quem é ela? — perguntei, virando-me para Luke.

Ele estava abalado.

— É minha tia — quase sussurrou ele. — Ela cuida de mim.

— Ah. Quem era a que estava no carro?

Luke lentamente empurrou o caminhão de bombeiro pela grama, achatando as folhas.

— Ah, aquela é a Saoirse — disse ele em voz baixa. — Ela é minha mãe.

— Ah. — Houve um silêncio, e percebi que ele estava triste. — Sãar-sha — repeti o nome, gostando de como ele ficava na minha boca quando eu falava; como o vento saindo dos meus lábios em uma grande rajada ou como o som das árvores conversando umas com as outras em dias de ventania. — Sãaaaar-ssshaaaaa...

Acabei parando quando Luke me olhou com uma cara esquisita.

Peguei um botão-de-ouro e coloquei embaixo do queixo de Luke. Apareceu um brilho amarelo na pele branca dele.

— Você gosta de flores — afirmei. — Então, Saoirse não é sua namorada?

O rosto de Luke imediatamente se iluminou, e ele deu uma risadinha. Não tanto quanto antes.

— Quem é seu amigo Barry que você mencionou? — perguntou Luke, batendo no meu carro com muito mais força do que antes.

— O nome dele é Barry McDonald — respondi, sorrindo ao lembrar de nossas brincadeiras.

Os olhos de Luke se iluminaram.

— Barry McDonald é da minha classe na escola!

Então, caiu a ficha.

— Eu sabia que seu rosto não me era estranho, Luke. Eu via você todo dia quando ia para a escola com Barry.

— Você ia para a escola com ele? — indagou, surpreso.

— Sim, ir para a escola com ele era divertido — confirmei, e ri.

Luke apertou os olhos.

— Bem, eu não vi você por lá.

Comecei a rir.

— *É claro* que você não me *viu*, seu bobinho.

CAPÍTULO 2

O coração de Elizabeth estava batendo forte. Depois de calçar outro sapato, ela andava de um lado para o outro do longo corredor com piso de mármore de sua casa. Com o telefone pressionado entre a orelha e o ombro, sua mente era uma névoa de pensamentos enquanto ela ouvia um toque agudo na ligação.

Ela parou de andar para olhar seu reflexo no espelho. Seus olhos castanhos se arregalaram de horror. Ela raramente se permitia ficar com uma aparência tão desgrenhada. *Tão descontrolada.* Mechas de seu cabelo castanho-escuro estavam fugindo da trança francesa apertada, e parecia que ela tinha colocado os dedos em uma tomada. O rímel estava acumulado nas rugas sob seus olhos; o batom tinha desbotado, deixando só o lápis labial cor de ameixa como moldura; e a base se agarrava às partes secas de sua pele cor de oliva. O visual impecável já não existia. Isso fez com que o coração dela batesse ainda mais rápido e o pânico se instalasse com mais rapidez.

Respire, Elizabeth, apenas respire, disse a si mesma. Sua mão trêmula passou pelo cabelo despenteado, forçando os fios indomáveis a abaixarem. Ela limpou o rímel com o dedo úmido, contraiu os lábios, passou as mãos pelo paletó e pigarreou. Era apenas um lapso momentâneo de concentração de sua parte, só isso. Não ia acontecer de novo. Ela trocou o telefone de orelha e notou a marca do brinco de Claddagh no lado direito de seu pescoço, tal era a força que seu ombro fazia ao pressionar o telefone contra a pele.

Finalmente alguém atendeu, e Elizabeth voltou-se para o espelho em posição de atenção. De volta ao trabalho.

— Alô, Estação de Polícia de Baile na gCroíthe.

Elizabeth fez uma careta ao reconhecer a voz ao telefone.

— Oi, Marie, é Elizabeth... De novo. Saoirse foi embora com o carro. — Ela pausou. — De novo.

Houve um suspiro suave do outro lado da linha.

— Há quanto tempo, Elizabeth?

Elizabeth sentou-se no último degrau da escada e preparou-se para o interrogatório de sempre. Fechou os olhos, querendo apenas descansá-los por um momento, mas, com o alívio de bloquear todo o resto, manteve-os fechados.

— Faz cinco minutos.

— Certo. Ela disse para onde ia?

— Para a lua — respondeu ela, sem ironias.

— Oi? — perguntou Marie.

— Você ouviu. Ela disse que ia para a lua — disse Elizabeth, firme. — Aparentemente, as pessoas lá vão entendê-la.

— Para a lua — repetiu Marie.

— Sim — respondeu Elizabeth, frustrada. — Talvez você pudesse começar a procurá-la na rodovia. Imagino que, se alguém estivesse indo para a lua, essa seria a forma mais rápida de chegar lá, não? Embora eu não tenha muita certeza de que saída ela pegaria. A que ficar mais ao norte, suponho. Ela pode estar indo para Dublin, a noroeste, ou, quem sabe, a caminho de Cork; talvez tenham um avião que possa tirá-la deste planeta. De qualquer forma, eu checaria a...

— Relaxe, Elizabeth... Você sabe que eu tenho que perguntar.

— Eu sei.

Elizabeth tentou se acalmar mais uma vez. Ela estava perdendo uma reunião importante no momento. Importante para ela, importante para seu negócio de design de interiores. A *baby-sitter* de Luke estava substituindo a babá regular dele, Edith. A babá ameaçava fazer uma viagem de três meses há anos, e há algumas semanas ela fora embora, deixando a jovem *baby-sitter* inexperiente nas garras de Saoirse. A menina tinha ligado para ela no trabalho em pânico... mais uma vez... e Elizabeth tivera de largar tudo... novamente... e correr para casa... de novo. Mas ela não devia ficar surpresa de isso acontecer... de novo. Mas ficava surpresa por Edith, tirando a

17

viagem atual à Austrália, ir trabalhar todos os dias. Há seis anos, ela ajudava Elizabeth com Luke, seis anos de drama, e, apesar de todo esse tempo de lealdade, Elizabeth esperava uma ligação ou sua carta de demissão praticamente todos os dias. Ser babá de Luke vinha com muita carga. Ser mãe adotiva de Luke também.

— Elizabeth, ainda está aí?

— Sim. — Os olhos dela se abriram com força. Ela estava perdendo a concentração. — Desculpe, o que disse?

— Perguntei qual carro ela levou.

Elizabeth revirou os olhos e fez uma careta para o telefone.

— O mesmo, Marie. A mesma porcaria de carro da semana passada, e da semana anterior, e da semana anterior — vociferou ela.

Marie continuou firme.

— Que é...

— A BMW — interrompeu. — A mesma porcaria de BMW 330 Cabriolet. Quatro rodas, duas portas, um volante, dois retrovisores, faróis e...

— E a velha a fiar... — completou Marie. — Em que condição estava?

— Muito brilhante. Eu tinha acabado de lavar o carro — respondeu Elizabeth, insolente.

— Ótimo, e em que condição estava Saoirse?

— Na de sempre.

— Embriagada.

— Isso mesmo. Elizabeth levantou-se e caminhou pelo corredor até a cozinha. Seu terraço. Os saltos ecoaram alto contra o piso de mármore no cômodo vazio de pé-direito alto. Tudo estava no lugar. O lugar estava quente por causa dos raios de sol passando pelo vidro do jardim de inverno. Os olhos cansados de Elizabeth se apertaram contra a claridade. A cozinha impecável brilhava, os balcões de granito preto reluziam, os metais cromados refletiam o dia claro. Um paraíso de aço inoxidável e nogueira. Ela foi direto para a máquina de espresso. Sua salvadora. Precisando de uma injeção de vida em seu corpo exausto, ela abriu o armário da cozinha e tirou uma pequena xícara bege. Antes de fechar a porta, girou uma das xícaras de modo que a alça ficasse para o lado direito, como todas as outras. Abriu a longa gaveta de talheres de aço, notou uma faca no compartimento de garfos, colocou de volta no lugar certo, pegou uma colher e fechou a gaveta.

Com o canto dos olhos, ela viu o pano de prato jogado de qualquer jeito na alça do forno. Jogou o pano molhado na área de serviço, pegou um novo da pilha organizada no armário, dobrou exatamente no meio e pendurou na alça do forno. Tudo tinha seu lugar.

— Bem, eu não mudei minha placa na última semana, então, ainda é a mesma — respondeu entediada com outra das perguntas inúteis de Marie. Ela pousou a xícara fumegante de espresso em um descanso de copo de mármore, para proteger a mesa de vidro da cozinha. Passou a mão pela calça para desamassar o tecido, tirou um fio solto de seu paletó, sentou-se no jardim de inverno e olhou para seu longo quintal e os ondulantes morros verdes ao fundo, que pareciam se estender ao infinito. Quarenta tons de verde, dourado e marrom.

Ela inspirou o delicioso aroma de seu espresso fumegante e logo se sentiu revigorada. Imaginou a irmã acelerando pelos morros com o topo do seu conversível aberto, braços para o alto, olhos fechados, cabelos vermelho-vivo voando, acreditando ser livre. Saoirse, em irlandês, queria dizer "liberdade". A mãe dela escolheu o nome em uma última tentativa desesperada de fazer os deveres da maternidade que tanto desprezava se parecerem menos com um castigo. Seu desejo era que sua segunda filha lhe trouxesse liberdade das amarras do casamento, da maternidade, da responsabilidade... da realidade.

A mãe tinha conhecido o pai delas aos 16 anos. Estava viajando pela cidade com um grupo de poetas, músicos e sonhadores, e começou uma conversa com Brendan Egan, fazendeiro, no pub local. Ele era doze anos mais velho e ficou obcecado pelo comportamento selvagem e a natureza despreocupada daquela mulher. Ela ficou lisonjeada. E, assim, os dois se casaram. Aos 18, tiveram a primeira filha, Elizabeth. Acabou que a mãe não podia ser domada e achava cada vez mais frustrante ficar presa no meio dos morros, em uma cidade tediosa pela qual ela só pretendia estar de passagem. Um bebê chorando e noites insones a levavam cada vez mais longe em sua mente. Sonhos de sua própria liberdade se confundiam com a realidade, e ela começou a sumir por dias. Ia explorar, descobrir lugares e outras pessoas.

Elizabeth, aos 12 anos, cuidava de si mesma e de seu pai, silencioso e taciturno, e não perguntava quando a mãe viria para casa, porque sabia no fundo do coração que ela acabaria voltando, bochechas rosadas, olhos brilhantes e falando sem fôlego do mundo e tudo o que ele tinha a oferecer. Ela entraria na vida deles como uma brisa fresca de verão, trazendo animação e esperança. Os ares do bangalô na fazenda sempre mudavam quando ela voltava. As quatro paredes absorviam aquele entusiasmo. Elizabeth sentava-se na ponta da cama da mãe, ouvindo suas histórias, rindo de alegria. Esse clima só durava alguns dias, até a mãe rapidamente se cansar de compartilhar histórias em vez de criar novas.

Muitas vezes, ela trazia lembranças, como conchas, pedras, folhas. Elizabeth se lembrava de um vaso cheio de longas gramas frescas que ficava no centro da mesa de jantar como se fossem as plantas mais exóticas já criadas. Quando lhe perguntavam de que campo haviam sido tiradas, a mãe dela ficava imóvel, mexendo apenas o nariz, prometendo a Elizabeth que, um dia, ela entenderia. O pai dela se sentava em silêncio em sua cadeira em frente à lareira, lendo o jornal sem nunca virar a página. Estava tão perdido no mundo de palavras da esposa quanto ela.

Quando Elizabeth tinha 12 anos, sua mãe engravidou de novo e, apesar de ser batizada de Saoirse, a bebê recém-nascida não ofereceu a tão desejada liberdade, então a mãe saiu de novo em outra expedição. E não voltou. O pai delas, Brendan, não tinha interesse na jovem vida que tinha afastado sua esposa para longe, então permanecia em silêncio em sua cadeira em frente à lareira, aguardando o retorno da mulher. Lendo o jornal sem virar a página. Por anos. Para sempre. Logo o coração de Elizabeth cansou de esperar pela volta da mãe, e Saoirse tornou-se sua responsabilidade.

A irmã herdara o visual celta do pai, com cabelo loiro-avermelhado e pele clara, enquanto Elizabeth era a cara da mãe. Pele morena, cabelos castanho-escuros, olhos quase pretos — em seu sangue, a milenar influência espanhola. Elizabeth se parecia cada vez mais com a mãe e sabia que aquilo era difícil para o pai. Passou a se odiar por isso e, além de se esforçar para dialogar com o pai, tentou provar a ele e a si mesma que não era como a mãe — que podia ser leal.

Quando terminou a escola, aos 18 anos, Elizabeth enfrentou o dilema de ter de se mudar para Cork para fazer faculdade. Essa decisão exigiu toda a sua coragem. Seu pai considerou a decisão dela de aceitar o curso como um abandono — ele via qualquer amizade que ela fazia como um abandono. Ele desejava atenção, sempre exigindo ser a única pessoa na vida de suas filhas, como se isso evitasse que elas se afastassem dele. Bem, quase conseguiu e certamente foi parte do motivo para Elizabeth não ter uma vida social nem um círculo de amigos. Ela fora condicionada a se afastar quando começavam uma conversa educada, sabendo que pagaria por qualquer tempo desnecessário longe da fazenda, ouvindo palavras intratáveis e recebendo olhares desaprovadores. Em todo caso, cuidar de Saoirse, além de ir à faculdade, era um emprego em tempo integral. Brendan a acusava de ser como a mãe, de pensar que era melhor que ele e superior a Baile na gCroíthe. Ela achava a pequena cidade claustrofóbica e sentia que a tediosa casa na fazenda era banhada em escuridão, parada no tempo. Era como se até o relógio no corredor estivesse esperando pela volta da mãe.

— E Luke, onde está? — perguntou Marie ao telefone, trazendo Elizabeth rapidamente de volta ao presente.

Elizabeth respondeu, de forma amarga:

— Acha mesmo que Saoirse ia levá-lo com ela?

Silêncio.

Elizabeth suspirou.

— Ele está aqui.

A palavra "Saoirse" propiciou à irmã de Elizabeth mais do que apenas o nome. Dera-lhe uma identidade, uma forma de viver. Tudo o que o nome representava foi passado para o sangue dela. Ela era fogosa, independente, selvagem e livre. Seguia o padrão da mãe — de quem não lembrava — em tal proporção que Elizabeth quase sentia como se estivesse vendo sua progenitora ao encarar a irmã. Mas não parava de perdê-la de vista. Saoirse engravidou aos 16, e ninguém sabia quem era o pai, muito menos a própria. Quando teve o bebê, ela não se importou muito em dar um nome a ele, mas no fim começou a chamá-lo de Lucky — que significava sorte, seu desejo para ele. Então, Elizabeth o batizou de Luke. Então, aos 28 anos, mais uma vez assumiu a responsabilidade por uma criança.

Nunca houve nem uma faísca de reconhecimento nos olhos de Saoirse ao olhar para a criança. Elizabeth se assustava de ver que não havia laço, nenhuma conexão. Elizabeth nunca planejara ter filhos — aliás, tinha feito um pacto consigo mesma de *nunca* ter filhos. Tinha criado a si mesma e a irmã, não desejava criar mais ninguém. Era hora de cuidar de si mesma. Mas, depois de se matar na escola e na faculdade, ela tinha conseguido abrir a própria empresa de design de interiores. Seu trabalho duro significava que ela era a única parente capaz de dar uma boa vida a Luke. Ela atingira seus objetivos estando no controle, mantendo a ordem, não se perdendo, sempre sendo realista, acreditando em fatos e não em sonhos, e, acima de tudo, se esforçando e trabalhando duro. Sua mãe e sua irmã tinham lhe ensinado que ela não chegaria a lugar nenhum seguindo sonhos melancólicos e tendo esperanças irreais.

Então, agora, ela tinha 34 anos e morava com Luke em uma casa que amava. Uma casa que ela tinha comprado e estava pagando com o próprio dinheiro. Uma casa que tinha transformado em seu porto seguro, o lugar no qual podia se retirar e se sentir protegida. Sozinha, porque o amor era um daqueles sentimentos que nunca se pode controlar. Ela tinha amado antes, tinha sido amada, tinha tido o gosto de sonhar e sentido como era estar nas nuvens. Também tinha aprendido o que era cair de volta na terra com um baque cruel. Ter de cuidar do filho de sua irmã pôs seu amor para correr, e desde então não houvera mais ninguém. Ela tinha aprendido a não perder mais o controle de seus sentimentos.

A porta da frente bateu, e ela ouviu os pezinhos correndo pelo corredor.

— Luke! — chamou, cobrindo o bocal do telefone com a mão.

— Oi? — perguntou ele, inocente, olhos azuis e cabelo loiro aparecendo pelo batente da porta.

— É *pois não*, não oi — corrigiu Elizabeth, séria, com a voz cheia da autoridade, na qual ela tinha se especializado ao longo dos anos.

— *Pois não* — repetiu ele.

— O que está fazendo?

Luke parou no hall, e os olhos de Elizabeth imediatamente pousaram em seus joelhos manchados de grama.

— Eu e o Ivan, a gente está brincando no computador — explicou ele.

— Eu e o Ivan *estamos* — corrigiu ela de novo, e continuou ouvindo Marie do outro lado da linha fazendo os arranjos para mandar uma viatura.

Luke olhou para a tia e voltou à sala de brinquedos.

— Espere um minuto — gritou Elizabeth pelo telefone, finalmente registrando o que Luke acabara de dizer. Ela pulou da cadeira, batendo na perna da mesa e derrubando seu espresso no tampo de vidro. Soltou um palavrão. As pernas pretas de ferro fundido da cadeira rangeram contra o piso de mármore. Segurando o telefone contra o pescoço, ela correu pelo longo corredor até a sala de brinquedos. Colocou a cabeça pelo canto da porta e viu Luke sentado no chão, olhos grudados na tela da TV. Aquela sala e o quarto dele eram os únicos lugares da casa em que ela permitia brinquedos. Cuidar de uma criança não tinha conseguido mudá-la, como muitos achavam que aconteceria. Ela havia visitado muitas das casas dos amigos de Luke, para pegá-lo ou deixá-lo, todas tão cheias de brinquedos espalhados que qualquer um que ousasse entrar no caminho deles tropeçava. Relutante, Elizabeth tomava café com as mães enquanto se sentava em cima de ursinhos de pelúcia, cercada por mamadeiras, fórmula e fraldas. Mas na casa dela não. Edith havia sido avisada das regras assim que começou a trabalhar ali e as obedecia. Conforme Luke cresceu e entendeu os hábitos de sua tia, passou a respeitar os desejos dela obedientemente e a confinar suas brincadeiras à única sala que ela dedicara às necessidades dele.

— Luke, quem é Ivan? — perguntou Elizabeth, o olhar circulando a sala, preocupada. — Você sabe que não pode trazer estranhos para casa.

— É meu novo amigo — respondeu ele, como um zumbi, sem tirar os olhos do lutador fortão se atirando contra seu oponente na tela.

— Sabe que insisto em conhecer seus amigos antes de você trazê-los para casa. Cadê ele? — questionou Elizabeth, abrindo a porta e entrando no espaço de Luke. Ela rezava para esse amigo ser melhor que o último terrorzinho que decidira desenhar sua família feliz com marcador permanente na parede dela, que precisou de uma pintura após o ocorrido.

— Ali — disse Luke, indicando com um gesto de cabeça a janela, ainda sem desviar os olhos.

Elizabeth caminhou na direção da janela e olhou para o jardim. Cruzou os braços.

— Ele está se escondendo?

No teclado do computador, Luke pausou o jogo e finalmente tirou os olhos dos dois lutadores na tela. Confuso, ele contraiu o semblante.

— Ele está bem aí! — Ele apontou para o pufe aos pés de Elizabeth.

Os olhos dela se arregalaram quando ela olhou para o lugar indicado.

— Onde?

— Bem aí — repetiu ele.

Elizabeth piscou para ele. Levantou os braços, questionando.

— Do seu lado, no pufe — completou Luke, a voz ficando mais alta com a ansiedade. Ele ficou olhando o pufe de veludo amarelo como se desejasse que seu amigo aparecesse.

Elizabeth seguiu o olhar dele.

— Está vendo? — Ele soltou o controle e se levantou rápido.

A pergunta foi seguida por um silêncio tenso no qual Elizabeth sentia o ódio de Luke por ela emanando do corpo dele. Ela sabia o que ele estava pensando: por que ela não conseguia enxergá-lo, por que não podia brincar só desta vez, por que nunca podia fazer de conta? Ela engoliu em seco e se virou na sala para ver se realmente o amigo não estava em algum lugar. Nada.

Ela se abaixou para ficar na altura dele, e seus joelhos estalaram.

— Só tem eu e você nessa sala — sussurrou ela, baixinho. Por algum motivo, falar baixo era mais fácil. Se mais fácil para ela ou para Luke, ela não sabia.

As bochechas do menino ficaram vermelhas, e a respiração dele se acentuou. Ele parou no centro da sala, cercado pelos fios de seus teclados de computador, com as mãozinhas ao lado do corpo, parecendo não saber o que fazer. O coração de Elizabeth bateu mais forte, e ela implorou em silêncio: *por favor, não seja como sua mãe, por favor, não seja como sua mãe.* Ela sabia bem demais como o mundo de fantasia podia roubar alguém.

Finalmente, Luke explodiu e, olhando para o espaço, exigiu:

— Ivan, fala alguma coisa para ela!

Houve um silêncio enquanto ele olhava para o espaço e depois ria histericamente. Ele olhou de volta para Elizabeth, e seu sorriso rapidamente desapareceu quando notou que ela não reagia.

— Você não está vendo ele? — indagou o menino, nervoso, com uma vozinha aguda. Então, mais bravo, repetiu: — Por que não está vendo ele?

— Está bem, está bem! — Elizabeth tentou não entrar em pânico. Ficou de pé e retomou a própria altura. Uma altura em que ela tinha controle. Ela não conseguia vê-lo, e seu cérebro se recusava a deixá-la fingir. Ela levantou a perna para passar por cima do pufe e parou, escolhendo contorná-lo, em vez disso. Ao chegar na porta, olhou uma última vez para ver se conseguia encontrar o misterioso Ivan. Nem sinal.

Luke deu de ombros, sentou-se e continuou brincando com seu jogo de luta.

— Vou colocar uma pizza no forno, Luke.

Silêncio. O que mais ela deveria dizer? Era em momentos como esse que ela percebia que ler todos os manuais de criação de filhos do mundo nunca ajudava. A boa criação vinha do coração, era instintiva, e, não pela primeira vez, ela ficou preocupada em estar decepcionando Luke.

— Ficará pronta em vinte minutos — terminou ela, desajeitada.

— O quê? — Luke parou o jogo de novo e virou na direção da janela.

— Eu disse que ficará pronta em vin...

— Não, não você — interrompeu Luke, mais uma vez sugado para o mundo dos videogames. — O Ivan também quer. Ele disse que pizza é a comida favorita dele.

— Ah — murmurou Elizabeth, sem saber o que fazer.

— Com azeitonas — continuou Luke.

— Mas, Luke, você odeia azeitonas.

— É, mas o Ivan adora. Diz que são a coisa favorita dele.

— Ah...

— Obrigado — disse para a tia, olhou para o pufe, fez um joinha, sorriu, aí desviou o olhar de novo.

Elizabeth saiu devagar da sala de brinquedos. Percebeu que ainda estava segurando o telefone contra o peito.

— Marie, ainda está aí? — Ela mordeu a unha e olhou para a porta fechada da sala de brinquedos, perguntando-se o que fazer.

— Achei que você também tinha ido para a lua. Estava prestes a mandar um carro para a sua casa — brincou Marie.

Marie entendeu o silêncio de Elizabeth, equivocadamente, como raiva e pediu desculpa logo em seguida.

— Enfim, você tinha razão, Saoirse *estava* indo para a lua, mas, por sorte, decidiu parar no caminho para abastecer. Quer dizer, para abastecer a si mesma. Seu carro foi encontrado bloqueando a rua principal com o motor ainda ligado e a porta do motorista totalmente aberta. Você tem sorte de Paddy ter achado antes de alguém levar embora.

— Deixe-me adivinhar. O carro estava em frente ao pub.

— Correto. Quer fazer um boletim de ocorrência?

Elizabeth suspirou.

— Não. Obrigada, Marie.

— Sem problemas. Vamos pedir para alguém levar o carro até você.

— E Saoirse? — perguntou Elizabeth, andando pelo corredor. — Onde está?

— Vamos ficar com ela por aqui um pouquinho, Elizabeth.

— Eu vou buscá-la — falou Elizabeth, rápido.

— Não. Eu dou notícias. Ela precisa se acalmar antes de ir para qualquer lugar.

Dentro da sala de brinquedos, Elizabeth ouviu Luke rindo e tagarelando sozinho.

— Aliás, Marie — completou ela, com um sorriso débil —, enquanto estamos no telefone, peça para quem vier trazer o carro trazer um psicólogo junto. Parece que Luke agora está imaginando amigos...

Na sala de brinquedos, Ivan revirou os olhos e afundou mais o corpo no pufe. Ele a tinha ouvido no telefone. Desde que começara esse trabalho, os pais o chamavam assim, e estava realmente começando a ficar incomodado com aquilo. Não tinha nada de imaginário nele.

Eles é que não conseguiam enxergá-lo.

CAPÍTULO 3

Foi muito simpático da parte de Luke me chamar para almoçar naquele dia. Quando comentei que pizza era minha comida favorita, não era minha intenção ser convidado para ficar e comer. Mas como dizer não ao privilégio de *pizza* em uma *sexta-feira*? É motivo para comemorar em dobro. Porém, com o incidente na sala de brinquedos, fiquei com a impressão de que a tia dele não gostava muito de mim, e não fiquei nada surpreso, porque geralmente é assim. Os pais sempre acham que fazer comida para mim é um desperdício, porque sempre acabam tendo que jogar fora. Mas é complicado para o meu lado — quer dizer, imagine só comer seu jantar enfiado em um lugar minúsculo na mesa enquanto todo mundo olha para você e fica se perguntando se a comida vai ou não desaparecer. No fim, fico tão paranoico que acabo deixando a refeição no prato.

Não que eu esteja reclamando — ser convidado para jantar é legal, mas os adultos nunca colocam no meu prato a mesma quantidade de comida que nos outros. Nunca é nem a metade, na verdade, e sempre dizem coisas como: "Ah, com certeza Ivan não está com tanta fome hoje." Nem sequer me perguntam, então como eles poderiam saber? Em geral, fico espremido entre quem é meu melhor amigo na época e algum irmão ou irmã mais velhos irritantes que roubam minha comida quando não tem ninguém olhando.

Eles se esquecem de me dar coisas como guardanapos e talheres, e com certeza não são nada generosos com o vinho. (Às vezes, me dão só um prato vazio e dizem aos meus melhores amigos que pessoas invisíveis comem comida invisível. Ah, *por favor*, por acaso o vento invisível sopra árvores invisíveis?) Em geral, ganho um copo d'água, e só quando peço educadamente aos meus amigos. Os adultos acham esquisito eu precisar de um copo d'água com minha comida, mas fazem ainda mais estardalhaço quando eu peço gelo. Só que o gelo é de graça, né, e quem não gosta de uma bebida gelada em um dia quente?

São as mães que costumam conversar comigo. Mas elas fazem perguntas e não ouvem as respostas, ou só fingem para todo mundo que eu disse algo que as fez rir. Ficam até olhando para o meu peito quando falam comigo, como se esperassem que eu tivesse um metro de altura. Que estereótipo. Só para constar, eu tenho 1,80 metro, e, de onde eu venho, a gente não fala em "idade"; passamos a existir como somos e crescemos espiritualmente, não fisicamente. É o nosso cérebro que cresce. Digamos que meu cérebro já está bem grande, mas sempre há espaço para crescer mais. Estou neste trabalho há muito, muito tempo e sou excelente nele. Nunca falhei com um amigo.

Os pais sempre murmuram coisas para mim quando não tem ninguém ouvindo. Por exemplo, eu e Barry fomos a Waterford durante as férias de verão e estávamos deitados na praia em Brittas Bay, quando passou uma mulher de biquíni. O pai de Barry murmurou: "Dá uma olhada nisso, Ivan." Os pais sempre acham que concordo com eles. Sempre dizem a meus melhores amigos que eu falei para eles coisas idiotas do tipo: "É bom comer vegetais. Ivan me disse para dizer a você que coma seus brócolis." Meus melhores amigos sabem muito bem que eu não diria isso.

Mas os adultos são assim.

Dezenove minutos e trinta e oito segundos depois, Elizabeth chamou Luke para jantar. Minha barriga estava roncando, e eu estava ansioso pela pizza. Segui meu novo melhor amigo pelo longo corredor até a cozinha, espiando todos os cômodos pelos quais passávamos. A casa era muito silenciosa, e nossos passos ecoavam. Os cômodos eram todos brancos ou beges, e tão impecáveis que comecei a ficar nervoso em comer minha pizza, porque não queria fazer bagunça. Até onde eu conseguia ver, não parecia que havia criança morando ali — aliás, dava a impressão de que não morava *ninguém* ali. Não tinha o que se chamaria de clima caseiro.

Mas gostei da cozinha. Estava quente do sol e, como era cercada de vidro, parecia que estávamos sentados no jardim. Meio como um piquenique. Notei que a mesa estava posta para duas pessoas, então esperei até me dizerem onde deveria me sentar. Os pratos eram grandes, pretos e tão limpos que brilhavam. O sol que entrava pela janela fazia os talheres cintilarem, e os copos de cristal refletiam cores do arco-íris na mesa. No centro da mesa havia uma tigela de salada e uma jarra de vidro com água, limão e gelo. Tudo estava sobre jogos americanos com estampa de mármore preto. Olhando como tudo brilhava, fiquei com medo de sujar os guardanapos.

As pernas da cadeira de Elizabeth rangeram contra os azulejos quando ela se sentou. Ela colocou o guardanapo no colo. Notei que tinha se trocado e vestido um moletom cor de chocolate para combinar com o cabelo e favorecer sua pele. A cadeira de Luke rangeu, e ele se sentou. Elizabeth pegou seu garfo e colher gigantes de salada e começou a se servir de folhas e tomatinhos. Luke a observou e franziu o cenho. Ele tinha um pedaço de pizza margherita em seu prato. Nada de azeitonas. Enfiei as mãos no fundo do bolso e troquei o peso de um pé para o outro, me balançando, nervoso.

— Algum problema, Luke? — perguntou Elizabeth, colocando molho em sua salada.

— Onde está o lugar do Ivan?

Elizabeth pausou, fechou a tampa com força e colocou o frasco de volta no centro da mesa.

— Ah, Luke, para de bobeira — disse ela, descontraída, sem olhar para ele. Eu vi que ela estava com medo de olhar.

— Não é bobeira. — Luke arqueou a sobrancelha. — Você disse que ele podia ficar para o jantar.

— Sim, mas *onde* ele está? — Ela tentou manter o tom suave em sua voz enquanto jogava queijo ralado por cima da salada. Eu via que ela não queria que aquilo virasse um problema. Ela ia acabar com aquele assunto, e ninguém mais ia falar em amigos imaginários.

— Ele está bem do seu lado.

Elizabeth bateu com força a faca e o garfo na mesa, e Luke deu um pulo na cadeira. Ela abriu a boca para mandá-lo ficar quieto, mas foi interrompida pela campainha tocando. Assim que Elizabeth saiu do cômodo, Luke se levantou de sua cadeira e pegou um prato do armário. Um grande e preto, igual aos outros dois. Ele pôs um pedaço de pizza no prato, pegou talheres e um guardanapo, e arrumou em um terceiro jogo americano ao lado dele.

— Este é o seu lugar, Ivan — disse ele, alegre, dando uma mordida em sua pizza, e um pedaço de queijo derretido escorreu pelo queixo dele, parecendo um fiapo amarelo.

Para dizer a verdade, eu não teria sentado à mesa se não fosse meu estômago roncando, gritando para eu comer. Eu sabia que Elizabeth ia ficar brava, mas, se eu engolisse a comida bem rápido antes de ela voltar, ela não ia nem saber.

— Quer um pouco de azeitona? — perguntou Luke, limpando a cara cheia de molho de tomate com a manga.

Eu ri e fiz que sim. Minha boca estava salivando.

Elizabeth voltou correndo para a cozinha quando Luke estava esticando a mão para a prateleira.

— O que está fazendo? — perguntou ela, vasculhando em busca de algo em uma gaveta.

— Pegando as azeitonas para o Ivan — explicou Luke. — Ele gosta de azeitona na pizza, lembra?

Ela olhou para a mesa da cozinha e viu que tinha sido posta para três. Esfregou os olhos, cansada.

— Olha, Luke, não acha que é um desperdício de comida colocar azeitonas na pizza? Você odeia, e eu vou ter que jogar fora.

— Bom, não vai ser um desperdício, porque o Ivan vai comer, não vai, Ivan?

— Com certeza — falei, lambendo os lábios e esfregando minha barriga, que doía.

— E então? — Elizabeth arqueou uma sobrancelha. — O que ele disse?

Luke franziu o cenho.

— Quer dizer que você também não consegue *ouvir ele*? — Ele me olhou e fez um círculo com o dedo ao lado da têmpora, sinalizando que a tia era louca. — Ele disse que vai comer todas.

— Que educado da parte dele — murmurou Elizabeth, continuando a vasculhar a gaveta. — Mas é melhor garantir que não sobre nenhuma migalha, porque, senão, vai ser a última vez que o Ivan come com a gente.

— Pode deixar, Elizabeth, vou engolir tudo agorinha — garanti, dando uma mordida. Não conseguia suportar a ideia de não poder mais comer com Luke e sua tia. Ela tinha olhos tristes, castanhos e tristes, e eu estava convencido de que a deixaria feliz comendo cada migalha. Comi bem rápido.

— Obrigada, Colm — disse Elizabeth, cansada, pegando as chaves do carro do policial. Ela circundou o carro devagar, inspecionando de perto a pintura.

— Está intacto — comentou Colm, observando-a.

— Bem, pelo menos o carro — ela tentou uma piada, dando um tapinha no capô. Sempre sentia vergonha. No mínimo uma vez por semana havia algum incidente envolvendo a polícia, e, embora todos fossem sempre muito profissionais e educados com a situação, ela sempre se sentia daquele jeito. Esforçava-se ainda mais na presença deles para parecer "normal", só para provar que não era culpa dela e que não era a família *toda* que era doida. Ela limpou os salpicos de lama seca com um lenço.

Colm deu um sorriso triste para ela.

— Ela foi presa, Elizabeth.

Elizabeth levantou a cabeça, agora totalmente alerta.

— Colm — disse ela, chocada —, por quê?

Nunca tinham feito isso antes. Sempre davam apenas uma advertência a Saoirse e a devolviam para onde quer que estivesse hospedada. Nada profissional, Elizabeth sabia, mas em uma cidade tão pequena, em que todos se conheciam, sempre precisavam ficar de olho em Saoirse, pará-la antes que ela fizesse algo incrivelmente idiota. Mas Elizabeth temia que irmã já tivesse recebido advertências demais.

Colm mexeu no boné azul-marinho que segurava.

— Ela estava dirigindo embriagada, Elizabeth, em um carro roubado, e sem nem ter carteira de motorista.

Ao ouvir essas palavras, Elizabeth tremeu. Saoirse era um perigo. Por que ela ficava protegendo a irmã? Quando a ficha ia finalmente cair e ela ia aceitar que eles tinham razão: que sua irmã nunca seria o anjo que ela queria que fosse?

— Mas o carro não era roubado — argumentou Elizabeth. — Eu disse que ela...

— Elizabeth, não — interrompeu Colm, com a voz firme.

Ela precisou colocar a mão na boca para parar. Respirou fundo e tentou retomar o controle.

— Ela precisa ir a julgamento? — sussurrou Elizabeth.

Colm baixou o olhar para o chão e mexeu em uma pedra com o pé.

— Sim. Não se trata mais de machucar a si mesma. Ela é um perigo para os outros.

Elizabeth pigarreou forte e assentiu.

— Só mais uma chance, Colm. — Ela engoliu em seco, sentindo seu orgulho se desintegrar. — Dê só mais uma chance a ela... Por favor. — As últimas palavras foram dolorosas de dizer. Cada osso no corpo dela implorava a ele. Elizabeth nunca pedia ajuda. — Vou ficar de olho nela. Prometo que ela não vai sair um minuto de debaixo do meu nariz. Ela vai melhorar, sabe. Só precisa de tempo para assimilar as coisas. — Elizabeth sentia sua voz tremendo. Seus joelhos vacilaram enquanto ela implorava em nome da irmã.

Havia um tom triste na voz de Colm.

— Já está feito. Não podemos mais voltar atrás.

— Qual vai ser a pena? — perguntou ela, enjoada.

— Vai depender do juiz no dia do julgamento. Saoirse é ré primária... bem, pelo menos *oficialmente*. Ele pode pegar leve com ela, mas também pode não pegar. — Colm deu de ombros e olhou para as mãos. — E também depende do que o policial que a prendeu vai dizer.

— Por quê?

— Porque, se ela cooperou e não causou problema, pode fazer diferença, mas...

— Também pode não fazer — completou Elizabeth, preocupada.

— Bem, e ela cooperou?

Colm riu de leve.

— Foi preciso duas pessoas para segurarem ela.

— Inferno! — falou Elizabeth. — Quem a prendeu? — perguntou, roendo as unhas.

Houve um silêncio antes de Colm responder:

— Eu.

A boca dela se abriu. Colm sempre tivera uma queda por Saoirse. Era ele que estava sempre ao lado dela, então o ato de ele a ter prendido deixou Elizabeth sem palavras. Ela mordeu nervosamente a parte interna das bochechas, e o gosto de sangue correu pela garganta. Ela não queria que as pessoas começassem a desistir de Saoirse.

— Vou fazer o melhor que puder por ela — disse ele, baixinho. — Só tente mantê-la longe de problemas até a audiência, daqui a algumas semanas.

Elizabeth, percebendo que não respirava há alguns segundos, de repente soltou a respiração.

— Obrigada. — Ela não podia dizer mais nada. Embora sentisse um grande alívio, sabia que não era uma vitória. Ninguém podia proteger sua irmã desta vez; ela teria de enfrentar as consequências de suas ações. Mas como queriam que Elizabeth ficasse de olho em Saoirse quando não sabia onde começar a procurar por ela? Saoirse não podia morar com ela e com Luke — era descontrolada demais para ficar perto do filho —, e o pai delas tinha há muito tempo dito para ela ir embora e não voltar.

— Bom, já vou indo — disse Colm com gentileza. Ele arrumou o boné e seguiu pela entrada de paralelepípedos.

Elizabeth se sentou na varanda, tentando parar de tremer os joelhos, e olhou para seu carro manchado de lama. Por que Saoirse precisava estragar tudo? Por que tudo... *todos* que Elizabeth amava eram afastados por sua irmã mais nova? Ela olhou para as nuvens e sentiu o peso do mundo sobre seus ombros, e ficou preocupada com o que seu pai faria quando levassem Saoirse à fazenda dele — porque fariam isso. Ela dava cinco minutos até ele ligar para Elizabeth, reclamando.

Dentro da casa, o telefone começou a tocar, e seu coração partiu ainda mais. Ela se levantou da varanda, virou lentamente e entrou. Quando chegou à porta, o toque tinha parado, e ela viu Luke sentado na escada com o telefone contra a orelha. Elizabeth se apoiou contra o batente da porta, braços cruzados, e o observou. Um pequeno sorriso se insinuou no rosto dela. Ele estava crescendo tão rápido, e ela se sentia tão desconectada do processo todo, como se ele estivesse fazendo tudo sem a sua ajuda, sem o acalento que ela sabia que devia proporcionar, mas que achava estranho oferecer. Ela sabia que não tinha aquele sentimento — às vezes, não tinha sentimento nenhum — e todos os dias desejava que os instintos maternos tivessem vindo com os papéis que ela assinou na adoção. Quando Luke caiu e cortou o joelho, a reação imediata dela foi limpar e colocar curativo no corte. Para ela, pareceu o suficiente, sem dançar com ele pela sala para fazer as lágrimas pararem nem bater no chão como vira Edith fazer.

— Oi, vovô — disse Luke, educado.

Ele pausou para ouvir o avô do outro lado.

— Estou só comendo com Elizabeth e meu novo melhor amigo, Ivan.

Pausa.

— Uma pizza de queijo e tomate, mas Ivan gosta de azeitonas na dele.

Pausa.

— Azeitonas, vovô.

Pausa.

— Não, acho que não dá para cultivar na fazenda.

Pausa.

— A-z-e-i-t-o-n-a — soletrou ele, devagar.

Pausa.

— Espera, vovô, meu amigo Ivan está me dizendo alguma coisa. — Luke segurou o telefone contra o peito e olhou para o vazio, concentrando-se. Finalmente, ele levou o telefone de novo ao ouvido.

— Ivan disse que a azeitona é um fruto pequeno e oleoso que contém um caroço. É cultivado pelo fruto e pelo azeite em zonas subtropicais — disse o menino, e desviou o olhar como quem está ouvindo outra pessoa. — Tem muitos tipos de azeitonas — acrescentou. Parou de falar, olhando para o vazio antes de voltar a falar no telefone: — Azeitonas não maduras são sempre verdes, mas azeitonas maduras podem ser verdes ou pretas. — Ele desviou o olhar e ouviu de novo o silêncio. — A maioria das azeitonas amadurecidas é usada para azeite, o resto é curado em salmoura ou sal e colocado em azeite de oliva ou em uma solução de salmoura ou vinagre. — Ele olhou para o vazio. — Ivan, o que é salmoura? — Houve silêncio, e ele assentiu. — Ah.

Elizabeth arqueou as sobrancelhas e riu consigo mesma, de nervoso. Desde quando Luke tinha virado um especialista em azeitonas? Ele devia ter aprendido sobre aquilo na escola — tinha boa memória para esse tipo de coisa. Luke pausou e ouviu o avô do outro lado da linha.

— Ah, Ivan também quer muito conhecer você.

Elizabeth revirou os olhos e correu na direção de Luke para pegar o telefone antes de ele dizer mais alguma coisa. O pai dela já era confuso o bastante sem terem de explicar a existência — ou inexistência — de um garoto invisível.

— Alô — disse Elizabeth, ao agarrar o telefone. Luke arrastou os pés até a cozinha. A irritação com aquele barulho tomou Elizabeth novamente.

— Elizabeth — disse a voz séria e formal, com um forte sotaque de Kerry —, acabei de voltar e achei sua irmã deitada no chão da minha cozinha. Dei um chute nela, mas não consigo descobrir se está morta ou não.

Elizabeth suspirou.

— Não tem graça, e minha irmã é *sua* filha, sabia?

— Ah, não comece com isso — respondeu ele, com desdém. — Quero saber o que você vai fazer com ela. Ela não pode ficar aqui. Da última vez que ficou, soltou as galinhas do galinheiro, e eu passei o dia todo colocando-as de volta. E com essa minha coluna e meu quadril, não posso mais fazer isso.

— Eu sei, mas ela também não pode ficar aqui. Luke fica chateado.

— O menino não sabe o suficiente sobre ela para ficar chateado. Na metade do tempo, ela esquece que o pariu. Você não pode ficar com ele só para você, sabe.

Elizabeth mordeu a língua de raiva. "Na metade do tempo" era generoso demais.

— Ela não pode ficar aqui — repetiu ela, com mais paciência do que realmente sentia. — Ela veio mais cedo e pegou o carro de novo. É bem sério dessa vez. — Ela respirou fundo. — Ela foi presa.

O pai ficou em silêncio por um momento e, aí, fez um som de impaciência.

— E com motivo. A experiência com certeza vai ser boa para ela. — Ele mudou rápido de assunto. — Por que você não estava no trabalho hoje? Nosso Senhor só quis que a gente descansasse aos domingos.

— Esse é justamente o problema. Hoje era um dia muito importante para mim no traba...

— Bom, sua irmã voltou ao mundo dos vivos e está lá fora tentando empurrar as vacas mais uma vez. Diga para o jovem Luke vir com o amigo novo dele na segunda. Vamos mostrar a fazenda.

Houve um clique, e a linha ficou muda. Oi e tchau não eram a especialidade de seu pai. Ele ainda achava que celulares eram algum tipo de tecnologia futurista alienígena criada para confundir a raça humana.

Elizabeth desligou e voltou à cozinha. Luke estava sentado sozinho à mesa, segurando a barriga e rindo histericamente. Ela se sentou em seu lugar e continuou comendo a salada. Não era uma daquelas pessoas que se interessam por comida. Só comia porque precisava. Passar a noite em longos jantares a entediava, e ela nunca tinha muito apetite — sempre estava ocupada demais com alguma coisa ou agitada demais para conseguir se sentar e comer. Ela olhou para o prato à sua frente e, para sua surpresa, viu que estava vazio.

— Luke?

Luke parou de falar sozinho e olhou para ela.

— Oi?

— Pois não — corrigiu ela. — O que aconteceu com o pedaço de pizza que estava naquele prato?

Luke olhou para o prato vazio, olhou de volta para Elizabeth como se ela fosse louca e mordeu a própria pizza.

— O Ivan comeu.

— Não fale de boca cheia — repreendeu ela.

Ele cuspiu a comida no prato.

— O Ivan comeu. — Ele começou a rir histericamente da gororoba que antes estava em sua boca, agora no prato.

A cabeça de Elizabeth começou a doer. O que estava acontecendo com ele?

— E as azeitonas?

Sentindo a raiva dela, ele esperou até engolir o resto da comida antes de falar.

— Ele comeu também. Falei que ele adorava azeitonas. O vovô queria saber se podia cultivar azeitonas na fazenda. — Luke sorriu e mostrou as gengivas.

Elizabeth sorriu de volta. O pai dela não saberia o que era uma azeitona nem se o alimento chegasse para ele e se apresentasse. Ele não gostava de nenhuma dessas comidas "chiques", arroz era a coisa mais exótica que ele aceitava, e mesmo assim reclamava que os grãos eram pequenos demais e que era melhor comer "uma batata amassada".

Elizabeth suspirou ao jogar o resto de sua comida no lixo, mas não antes de checar a lata para ver se Luke tinha jogado a pizza e as azeitonas lá. Nem sinal. Luke em geral tinha tão pouco apetite que era difícil terminar um pedaço de pizza, quanto mais dois. Ela imaginava que fosse encontrar a fatia semanas depois, mofada e escondida nos fundos de um armário em algum canto. Mas, se ele tivesse comido tudo, ia passar mal a noite inteira, e ela teria que limpar a sujeira. De novo.

— Obrigado, Elizabeth.

— De nada, Luke.

— Hã? — disse Luke, colocando a cabeça no canto da porta da cozinha.

— Luke, eu já falei, é "perdão", não "hã".

— Perdão?

— Eu disse de nada.

— Mas ainda não falei obrigado.

Elizabeth colocou os pratos no lava-louça e alongou as costas. Esfregou a lombar que doía.

— Falou, sim. Você disse: "Obrigado, Elizabeth."

— Não disse, não — explicou Luke, franzindo o cenho.

Elizabeth começou a ficar irritada.

— Luke, chega de brincadeira, ok? A gente já se divertiu no almoço, agora pode parar de fingir. Tá?

— Não. Foi o Ivan que disse obrigado — falou ele, com raiva.

Um tremor perpassou o corpo dela. Ela não estava achando aquilo engraçado. Bateu a porta do lava-louça, farta demais para responder o sobrinho. Por que, só dessa vez, ele não podia facilitar as coisas?

Elizabeth passou correndo por Ivan com uma xícara de espresso na mão, e o cheiro de perfume e grãos de café encheram as narinas dele. Ela se sentou à mesa da cozinha, os ombros baixos, e apoiou a cabeça entre as mãos.

— Ivan, vem! — chamou Luke, impaciente, da sala de brinquedos. — Vou deixar você ser o The Rock desta vez!

Elizabeth resmungou baixinho para si mesma.

Mas Ivan não conseguia se mexer. Seu All-star azul estava grudado no chão de mármore.

Elizabeth o tinha ouvido falar "obrigado". Ele sabia.

Ivan andou ao redor dela, devagar, por alguns minutos, estudando-a em busca de sinais de uma reação à presença dele. Estalou os dedos ao lado do ouvido dela, pulou para trás e a observou. Nada. Bateu palmas e bateu os pés. O som ecoou alto na cozinha grande, mas Elizabeth continuou com a cabeça apoiada nas mãos. Nenhuma reação.

Mas ela tinha dito "de nada". Depois de todos os esforços de fazer barulho ao redor dela, ele ficou confuso com sua profunda decepção ao perceber que ela não conseguia sentir sua presença. Afinal, ela era a mãe, e quem ligava para o que uma mãe ou um pai achavam? Ele parou atrás dela e olhou para o topo de sua cabeça, perguntando-se que barulho podia fazer agora. Suspirou alto, soltando uma respiração funda.

De repente, Elizabeth ficou ereta, tremeu e puxou o zíper de seu casaco de moletom mais para cima.

E, aí, ele *soube* que ela tinha sentido sua respiração.

CAPÍTULO 4

Elizabeth ajustou mais o robe em torno do corpo e o amarrou na cintura. Sentou-se sobre suas pernas longas e se aconchegou na grande poltrona na sala de estar. Seu cabelo molhado estava enrolado em uma toalha, parecendo uma torre no topo da cabeça dela. Sua pele tinha cheiro de maracujá, por causa de seu banho de espuma aromatizado com a fruta. Ela segurava uma xícara de café recém-passado, incluindo uma camada de chantilly, e olhava para a televisão. Estava literalmente assistindo à tinta secar. Seu programa favorito de reformas de casa estava passando, e ela amava ver como eles conseguiam transformar os cômodos mais caídos em ambientes elegantes e sofisticadas.

Desde criança, ela amava reformar tudo em que tocava. Passava o tempo, à espera pela volta de sua mãe, decorando a mesa da cozinha com margaridas espalhadas, jogando purpurina no capacho da porta, fazendo com que uma trilha de purpurina enfeitasse o piso sem graça de pedra do bangalô, decorando molduras de porta-retratos com flores frescas e colocando pétalas na roupa de cama. Ela achava que era sua natureza de consertadora, sempre querendo algo melhor do que tinha, nunca se acomodando, nunca satisfeita.

Supunha também que fosse sua própria forma infantil de tentar convencer a mãe a ficar. Ela se lembrava de pensar que, talvez, quanto mais bonita a casa, mais tempo sua mãe ia querer estar lá. Mas as margaridas na mesa não eram celebradas por mais de cinco minutos, a purpurina no capacho rapidamente era pisoteada, as flores nos porta-retratos não sobreviviam sem água e as pétalas na cama eram jogadas para o alto e flutuavam para o chão durante o sono agitado da mãe. Assim que essas coisas ficavam cansativas, Elizabeth começava a pensar em algo que realmente prendesse a atenção da mãe, algo que a atrairia por mais de cinco minutos, algo que ela amaria tanto que não conseguiria abandonar. Elizabeth nunca considerou que, como filha, ela mesma devia ser essa coisa.

Conforme crescia, ela passou a amar destacar a beleza nas coisas. Tivera muita prática com isso na velha casa de fazenda do pai. Agora, amava os dias de trabalho em que podia restaurar lareiras antigas e arrancar carpetes velhos para revelar lindos pisos originais. Até em sua própria casa, ela vivia mudando tudo, rearranjando e tentando melhorar. Ela buscava a perfeição. Amava atribuir desafios a si mesma, às vezes impossíveis, para provar a seu coração que, embaixo de cada coisa feia, havia algo lindo por dentro.

Ela amava seu trabalho, amava a satisfação que ele lhe trazia, e, com todos os novos empreendimentos habitacionais em Baile na gCroíthe e nas cidades próximas, era bem remunerada. Se algo novo fosse acontecer, a empresa de Elizabeth era aquela que as construtoras procuravam. Ela acreditava firmemente que o bom design melhorava a vida. Espaços belos, confortáveis e funcionais eram sua proposta.

Sua própria sala de estar era cheia de cores suaves e texturas. Almofadas de suede e tapetes fofos... Ela amava tocar e sentir tudo. Havia cores leves de café e creme, e, como a xícara na mão dela, isso a ajudava a limpar a mente. Em um mundo em que a maioria das coisas eram bagunçadas, ter uma casa que transmitisse paz era vital à sua sanidade. Era o esconderijo dela, seu ninho, onde ela podia fugir dos problemas que estavam do lado de fora da porta. Pelo menos, em sua casa, ela estava no controle. Ao contrário do resto da vida, ela podia permitir entrar só quem quisesse, podia decidir quanto tempo a pessoa devia ficar e em qual cômodo. Não era como um coração, que convida as pessoas sem permissão, coloca-as em um lugar especial que ela nunca pode ditar e depois deseja que permaneça ali por mais tempo do que a pessoa planeja. Não, os convidados da casa de Elizabeth iam e vinham de acordo com suas ordens. E ela escolhia deixá-los de fora.

A reunião de sexta-feira havia sido vital. Ela passara semanas se preparando para o encontro, atualizando seu portfólio, criando uma apresentação, reunindo recortes de revista e reportagens de jornal sobre o que ela planejara. O trabalho de sua vida toda havia sido reunido em uma pasta para convencer aquelas pessoas a contratá-la. Uma velha torre no alto da encosta da montanha, com vista para Baile na gCroíthe, estava prestes a ser demolida para abrir espaço para um hotel. A torre outrora protegia a pequena cidade de agressores que se aproximavam durante a época dos vikings, mas Elizabeth não conseguia ver por que mantê-la em pé hoje em dia, já que não era bonita ou tinha relevância histórica. Quando os ônibus de turismo, cheios de olhos ansiosos do mundo todo, passavam por Baile na gCroíthe, a torre nem era mencionada. Ninguém tinha orgulho dela ou interesse em sua história. Era uma pilha de pedras feia que tinha sido deixada para se desintegrar e decair, e que, de dia, abrigava os adolescentes e, à noite, os bêbados. Saoirse já esteve entre os dois grupos.

Mas muitos dos habitantes da cidade tinham lutado para evitar que o hotel fosse construído, alegando que a torre tinha alguma história mítica e romântica. Começou a circular uma lenda de que, se o prédio fosse derrubado, todo amor seria perdido. Isso chamou a atenção dos tabloides e dos programas de notícias leves, e por fim os construtores viram a oportunidade de uma mina de ouro maior do que esperavam. Decidiram restaurar a torre a uma versão de sua antiga glória e construir ao seu redor, deixando-a como um patrimônio histórico no pátio e mantendo, dessa forma, o amor vivo na Cidade dos Corações. De repente, houve por todo o país um enorme interesse de pessoas que acreditavam nessa história, querendo se hospedar no hotel para ficar perto da torre abençoada pelo amor.

Elizabeth, por sua vez, teria passado por cima da torre. Achava a história ridícula, criada por uma cidade que tinha medo de mudança e que estava decidida a manter a torre na montanha. Era uma história mantida viva por turistas e sonhadores, mas ela não podia negar que ser responsável pelo interior do hotel era perfeito para ela. Seria um lugar pequeno, mas que daria emprego para o povo de Hartstown. Melhor ainda, ficava a apenas alguns minutos de sua casa, e ela não precisaria se preocupar em ficar longe de Luke por muito tempo enquanto trabalhava no projeto.

Antes de Luke nascer, ela viajava o tempo todo. Nunca passava mais do que algumas semanas em Baile na gCroíthe e amava ter a liberdade de se movimentar e trabalhar em vários projetos em países diferentes. Seu último grande trabalho a levou a Nova York, mas, assim que Luke nasceu, tudo isso acabou. Quando ele era mais novo, Elizabeth não conseguiu continuar nem com seu trabalho pelo país, quanto mais ao redor do mundo. Tinha sido uma época muito difícil, tentando firmar sua empresa em Baile na gCroíthe e se acostumar de novo a criar uma criança. Sua única escolha fora contratar Edith, já que seu pai não ajudava e Saoirse não tinha interesse algum. Agora que Luke estava mais velho e estabelecido na escola, Elizabeth estava descobrindo que achar um trabalho a curta distância era cada vez mais difícil. O *boom* de construções em Baile na gCroíthe ia acabar em algum momento, e ela vivia preocupada com escassez nas ofertas de trabalho.

Ela não podia ter saído no meio da reunião na sexta-feira. Ninguém no escritório dela era capaz de vender suas habilidades como decoradora de interiores melhor do que ela. Suas funcionárias consistiam na recepcionista Becca e em Poppy. Becca era uma garota de 17 anos extremamente tímida e retraída, que tinha se juntado a Elizabeth em seu ano de transição para ganhar experiência de trabalho e decidira não voltar a estudar. Trabalhava duro, ficava na dela e fazia silêncio no escritório, algo de que Elizabeth gostava. Elizabeth a tinha contratado logo depois de Saoirse, que trabalharia lá em meio período, mas a deixou na mão. Ela tinha feito *mais* que isso, e Elizabeth estava desesperada para achar alguém o quanto antes. Para limpar a bagunça. De novo. Manter Saoirse perto dela durante o dia como tentativa de ajudá-la a se recuperar só tinha conseguido afastá-la ainda mais e derrubá-la de vez.

E havia ainda Poppy, de 25 anos, recém-formada na faculdade de artes, cheia de muitas ideias criativas maravilhosamente impossíveis e pronta para pintar o mundo de uma cor que ela tinha inventado. Eram só as três no escritório, mas Elizabeth muitas vezes contratava os serviços da sra. Bracken — que tinha 68 anos, era uma gênia com uma agulha de tricô e proprietária de uma loja de estofados na cidade. E também incrivelmente mal-humorada, insistindo em ser chamada de *sra. Bracken* em vez de Gwen, por respeito a seu saudoso *sr. Bracken*, que Elizabeth imaginava não ter nascido com um primeiro nome. E, finalmente, havia Harry, de 52 anos, um faz-tudo completo, capaz desde pendurar quadros até refazer a parte elétrica de um prédio, mas incapaz de entender o conceito de uma mulher solteira com uma carreira, para não dizer uma mulher solteira com uma carreira e um filho que não era dela. A depender do orçamento dos clientes, Elizabeth podia apenas orientar os pintores e decoradores ou até fazer tudo sozinha, mas preferia colocar a mão na massa na maior parte do tempo. Ela gostava de ver a transformação bem diante de seus olhos, e fazia parte de sua natureza querer consertar tudo sozinha.

Não era incomum que Saoirse tivesse aparecido na casa de Elizabeth naquela manhã. Era frequente sua irmã chegar bêbada e abusiva, e disposta a pegar qualquer coisa em que conseguisse colocar as mãos — qualquer coisa que desse para vender, é claro, o que automaticamente excluía Luke. Elizabeth não sabia se a irmã era viciada apenas em bebida alcoólica; fazia muito tempo desde que haviam conversado. Ela tentava ajudá-la desde os 14 anos. Era como se um interruptor tivesse sido ligado na cabeça de Saoirse e eles a tivessem perdido para outro mundo. Elizabeth tentou enviá-la para psicólogo, reabilitação, médicos, deu dinheiro, encontrou emprego, contratou-a, permitiu que ela se mudasse para sua casa, alugou apartamentos para ela. Tentou ser amiga dela, tentou ser inimiga dela, riu com ela e gritou com ela, mas nada funcionava. Saoirse estava perdida, perdida em um mundo em que ninguém mais importava.

Elizabeth não conseguia deixar de pensar na ironia daquele nome. Saoirse não era livre. Podia sentir que era, indo e vindo quando queria, sem se amarrar a ninguém, a nada, a lugar nenhum, mas era escrava de seus vícios. Mas não conseguia enxergar isso, e Elizabeth não conseguia ajudá-la a enxergar. Não podia simplesmente virar as costas para a irmã, mas tinha ficado sem energia, ideias e fé de que Saoirse pudesse ser mudada, e sua persistência lhe custara amigos e amores. A frustração deles crescia à medida que viam Saoirse tirar vantagem de Elizabeth várias e várias vezes, até não conseguirem mais ficar na vida dela. Mas, ao contrário do que achavam, Elizabeth não se via como vítima. Sempre estava no controle. Sabia o que estava fazendo e por que, e se recusava a abandonar um familiar. Ela não ia ser igual à mãe. Tinha trabalhado demais a vida toda tentando não ser.

Elizabeth de repente apertou o botão de mudo no controle da televisão, e a sala ficou em silêncio. Ela inclinou a cabeça para um lado. Achou ter ouvido algo mais uma vez. Depois de olhar ao redor da sala e ver que tudo estava como devia, aumentou o volume.

De novo, lá estava.

Ela silenciou a TV novamente e se levantou da poltrona.

Eram 22h15, e ainda não estava totalmente escuro. Ela olhou o jardim dos fundos pela janela e, no crepúsculo, só conseguiu ver sombras e formas. Fechou rápido as cortinas e imediatamente se sentiu mais segura em seu casulo nude e creme. Apertou de novo o robe e voltou a se sentar em sua poltrona, aproximando as pernas ainda mais do corpo e abraçando os joelhos, de forma protetora. O sofá creme de couro vazio a olhou de volta. Ela tremeu, aumentou ainda mais o volume e tomou um gole de café. O líquido aveludado desceu por sua garganta e esquentou seu corpo, e ela tentou ser sugada novamente para o mundo da televisão.

Ela se sentira esquisita o dia inteiro. O pai dela sempre falava que, quando a gente sentia um frio na espinha, queria dizer que tinha alguém andando em cima do nosso túmulo. Elizabeth não acreditava nisso, mas, olhando para a televisão, virou a cabeça para o lado oposto do sofá creme de três lugares e tentou afastar a sensação de que havia um par de olhos a encarando.

Ivan a viu colocar a televisão de novo no mudo, apoiar a xícara de café na mesa ao lado e pular da poltrona como se estivesse sentada sobre alfinetes. *Lá vai ela mais uma vez*, pensou ele. Os olhos da mulher estavam arregalados e aterrorizados observando a sala. Mais uma vez,

Ivan se preparou e empurrou o corpo para o canto do sofá. O jeans de sua calça fez um barulho agudo contra o couro.

Elizabeth pulou para olhar o sofá.

Ela agarrou um atiçador de ferro da grande lareira de mármore e girou sobre os calcanhares. Os nós de seus dedos ficaram brancos ao redor do objeto. Ela andou pela sala devagar, na ponta dos pés, com os olhos loucos de medo. O couro chiou de novo sob ele, e Elizabeth se atirou na direção do sofá. Ivan pulou de seu assento e mergulhou no canto.

Ele se escondeu atrás das cortinas para se proteger e a viu puxar todas as almofadas do sofá, murmurando para si mesma algo sobre ratos. Depois de dez minutos olhando pelo sofá, Elizabeth colocou todas as almofadas de volta para restaurar a forma imaculada do móvel.

Insegura, ela pegou a xícara de café e foi para a cozinha. Ivan a seguiu de perto. Estava tão grudado em seus calcanhares que as mechas do cabelo macio dela faziam cócegas no rosto dele. O cabelo dela tinha cheiro de coco, e a pele, de frutas saborosas.

Ele não conseguia entender a própria fascinação com ela. Estava-a observando desde o almoço na sexta. Luke o ficava chamando para brincar de uma coisa depois da outra, e Ivan só queria ficar perto de Elizabeth. No início, era só para ver se ela conseguia ouvi-lo ou senti-lo de novo, mas, passadas algumas horas, ele começou a achá-la envolvente. Ela era obsessivamente organizada. Ele notou que ela não conseguia sair de um cômodo para atender o telefone ou a campainha até tudo estar guardado e limpo. Ela bebia muito café, olhava para o jardim, pegava fiapos imaginários de quase tudo. E ela pensava. Ele conseguia ver no rosto dela. A testa se enrugava de concentração, e ela fazia expressões faciais como se estivesse conversando com pessoas em sua mente. As conversas pareciam, quase sempre, transformar-se em debates, a julgar pela movimentação na testa dela.

Ele notou que ela sempre estava cercada de silêncio. Nunca havia música nem sons no fundo, como com a maioria das pessoas, um rádio ligado, a janela aberta para deixar entrar os sons do verão — o canto dos pássaros e os cortadores de grama. Luke e ela falavam pouco e, quando o faziam, era basicamente ela dando ordens a ele, ele pedindo permissão, nada divertido. O telefone quase nunca tocava, ninguém visitava a casa. Era quase como se as conversas na mente dela fossem altas o bastante para preencher o silêncio.

Ele passou a maior parte da sexta e do sábado a seguindo, sentando-se no sofá de couro creme à noite e vendo-a assistir ao único programa de que gostava na TV. Os dois riam nos mesmos pontos, resmungavam nos mesmos momentos e pareciam sintonizados, mas ela não sabia que ele estava lá. Ele a observara dormir na noite anterior. Ela era inquieta — dormia apenas três horas, no máximo; o resto do tempo, passava lendo um livro, largando-o depois de cinco minutos, olhando para o nada, pegando o livro de novo, lendo algumas páginas, voltando a ler as mesmas páginas, largando de novo, fechando os olhos, abrindo-o de novo, acendendo a luz, fazendo esboços de móveis e cômodos, brincando com cores, sombras e pedaços de material, apagando a luz de novo.

Ivan tinha ficado cansado só de observá-la, sentado na cadeira de palha no canto do quarto. As idas à cozinha em busca de café também não deviam ajudar. Na manhã de domingo, ela se levantou cedo para arrumar, passar aspirador, polir e limpar uma casa já impecável. Ela passou a manhã inteira assim, enquanto Ivan brincava de pega-pega com Luke no jardim dos fundos. Ele se lembrava de Elizabeth especialmente irritada por ver Luke correndo pelo jardim rindo e gritando sozinho. Ela tinha se juntado a eles na mesa da cozinha e observado Luke jogando baralho, balançando a cabeça e parecendo preocupada quando ele explicou as regras de paciência de forma detalhada para o nada.

Quando Luke foi para a cama às nove, Ivan leu para ele a história de "O Pequeno Polegar" mais rápido do que de costume e depois correu para continuar observando Elizabeth. Mas ele a sentia ficando mais agitada ao longo dos dias.

Ela lavou sua xícara de café, certificando-se de que estava imaculada antes de colocar no lava-louça. Secou a pia molhada com um pano e colocou-o no cesto de roupas sujas na área de serviço. Tirou fiapos imaginários de alguns itens no caminho, pegou migalhas do chão, apagou todas as luzes e começou o mesmo processo na sala de estar. Tinha feito exatamente a mesma coisa nas últimas duas noites.

Mas, antes de sair da sala, dessa vez ela parou abruptamente, quase fazendo Ivan se chocar com suas costas. O coração dele batia loucamente. Será que ela o tinha sentido?

Ela se virou devagar.

Ele arrumou a camisa para estar apresentável.

Quando ela estava de frente para ele, Ivan sorriu.

— Oi — disse ele, sentindo-se muito acanhado.

Ela esfregou os olhos, cansada, e os abriu de novo.

— Ah, Elizabeth, você está ficando louca — sussurrou ela.

Mordeu o lábio e atacou Ivan.

CAPÍTULO 5

Elizabeth soube que estava enlouquecendo bem naquele momento. Tinha acontecido com sua irmã e sua mãe, e agora era a vez dela. Nos últimos dias, ela se sentira incrivelmente insegura, como se alguém a observasse. Tinha trancado todas as portas, fechado todas as cortinas, ligado o alarme. Provavelmente devia ser o suficiente, mas, agora, ela estava começando a dar aquele passo além.

Ela atacou a sala bem na direção da lareira, agarrou o atiçador de ferro, saiu marchando, trancou a porta e subiu. Olhou para o atiçador ao lado de sua mesa de cabeceira, revirou os olhos e apagou o abajur. Ela *estava* ficando louca.

Ivan emergiu de trás do sofá e olhou ao redor. Ele tinha mergulhado atrás do móvel pensando que Elizabeth ia atacá-lo. Tinha ouvido a porta se trancar depois de ela sair batendo os pés. Ele se afundou com uma decepção que nunca sentira antes. Ela ainda não o tinha visto.

Eu não sou mágico, sabe. Não consigo cruzar os braços, fazer um gesto com a cabeça, piscar, desaparecer e reaparecer no topo de uma estante de livros nem nada assim. Não moro em uma lâmpada, não tenho orelhinhas engraçadas, pés peludos nem asas. Não coloco dinheiro no lugar de dentes caídos, deixo presentes sob uma árvore nem escondo ovos de chocolate. Não consigo voar, subir pelas paredes de prédios nem correr mais rápido que a velocidade da luz.

E não consigo abrir portas.

Alguém precisa fazer isso por mim. Os adultos acham essa a parte mais engraçada, mas também a mais vergonhosa quando os filhos fazem isso em público. Não dou risada dos adultos quando eles não conseguem subir em árvores ou dizer o alfabeto de trás para a frente, porque não lhes é possível fisicamente. Isso não os torna aberrações.

Então, Elizabeth não precisava ter trancado a porta da sala de estar quando foi dormir naquela noite, porque eu nem conseguiria lidar com a maçaneta. Como eu disse, não sou super-herói, o meu poder especial é a amizade. Eu escuto as pessoas e ouço o que elas dizem. Ouço o tom delas, as palavras que usam para se expressar e, mais importante: ouço o que elas *não* dizem.

Então, a única coisa que eu podia fazer naquela noite era pensar em meu novo amigo, Luke. Eu precisava fazer isso de vez em quando. Mantenho anotações mentais para poder enviar um relatório à administração. Eles gostam de ter tudo registrado, para possíveis treinamentos. Temos gente nova chegando o tempo todo. Inclusive, quando estou entre um amigo e outro, dou palestras.

Eu precisava pensar sobre o motivo de estar ali. O que fez Luke querer me ver? Como ele podia se beneficiar com a minha amizade? O negócio é extremamente profissional, e precisamos sempre fornecer à empresa um breve histórico de nossos amigos e depois listar nossos objetivos e metas. Eu sempre consigo identificar o problema de primeira, mas este cenário era um pouco enigmático. Veja, nunca fui amigo de um adulto antes. Qualquer um que já conheceu um adulto entende por quê. Eles não sabem se divertir. Ficam presos a agendas e horários restritos, priorizam as coisas mais desimportantes que se pode imaginar, como hipotecas e extratos bancários, sendo que todo mundo sabe que, na maior parte do tempo, são as pessoas ao redor que colocam um sorriso no seu rosto. É só trabalho e nada de diversão, e eu trabalho muito, mesmo, mas brincar é de longe minha coisa favorita.

Veja, por exemplo, Elizabeth: ela fica deitada na cama se preocupando com o imposto do carro e a conta de telefone, babás e cores de tinta. Se você não pode colocar rosa-claro em uma parede, tem um milhão de outras cores para usar; se não pode pagar seu telefone, é só escrever uma carta explicando. As pessoas esquecem que têm opções. E esquecem que essas coisas não importam de verdade. Elas deviam se concentrar no que têm, não no que não têm. Mas estou me desviando da história de novo.

Na noite em que fiquei trancado na sala de estar, me preocupei um pouco com meu trabalho. Foi a primeira vez que isso aconteceu. Eu me preocupei porque não conseguia entender o motivo de estar lá. Luke tinha um cenário familiar difícil, mas isso era normal, e eu sentia que ele era amado. Ele era feliz e adorava brincar, dormia bem à noite, comia toda a comida, tinha um bom amigo chamado Sam e, quando falava, eu ouvia e ouvia, e tentava ouvir as palavras que ele não estava dizendo, mas não havia nada. Ele gostava de morar com a tia, tinha medo da mãe e adorava falar sobre vegetais com o avô. Mas o fato de Luke me ver todo dia e querer brincar comigo significava que eu definitivamente precisava estar lá por causa dele.

Por outro lado, a tia dele nunca dormia, comia muito pouco, vivia cercada de um silêncio tão alto que era ensurdecedor, não tinha ninguém próximo com quem conversar, pelo menos que eu tivesse visto, e *se calava bem mais* do que efetivamente falava. Ela tinha me escutado falar "obrigado" uma vez, sentido minha respiração algumas vezes, me ouvido fazer barulho no sofá de couro, mas ainda não conseguia me ver e não suportava que eu estivesse na casa dela.

Elizabeth não queria brincar.

Além do mais, ela era adulta, me dava frio na barriga e não reconheceria a diversão nem se estivesse bem debaixo do nariz dela — e, acredite, tentei jogar a diversão em cima dela várias vezes durante o fim de semana. Então, eu não podia de jeito nenhum estar lá para ajudá-la. Seria algo inédito.

As pessoas se referem a mim como amigo invisível ou imaginário. Como se houvesse algum grande mistério sobre mim. Eu li os livros que os adultos escreveram sobre por que as crianças me veem, por que acreditam em mim por tanto tempo e de repente param e voltam a ser como eram. Vi os programas de televisão que tentam debater por que as crianças inventam pessoas como eu.

Então, só para deixar registrado para todos vocês, não sou invisível nem imaginário. Estou sempre por aqui, andando pelos lugares, como todos vocês. E pessoas como Luke não *escolhem* me ver. São pessoas como você e Elizabeth que escolhem não ver.

CAPÍTULO 6

Elizabeth acordou às 6h08 da manhã, com o sol entrando pela janela do quarto e batendo no rosto dela. Ela sempre dormia com as cortinas abertas. Era por ter sido criada em uma fazenda. Deitada na cama, ela via pela janela do bangalô o caminho do jardim até o portão da frente. Para além, havia uma estrada rural que saía direto da fazenda, estendendo-se por quase dois quilômetros. Ela conseguia ver a mãe voltando de suas aventuras, caminhando pela estrada por pelo menos vinte minutos antes de chegar à casa. Elizabeth conseguia reconhecer o meio passo, meio pulinho a quilômetros de distância. Aqueles vinte minutos sempre pareciam uma eternidade para ela. A longa estrada tinha um jeito próprio de aumentar a animação dela, quase como uma provocação.

E, finalmente, ela ouvia aquele som familiar, aquele guincho do portão da frente. As dobradiças enferrujadas agiam como uma banda de boas-vindas ao espírito livre. Elizabeth tinha uma relação de amor e ódio com aquele portão. Como o longo trecho da estrada, ele a provocava, e, alguns dias, ao ouvir o chiado, ela corria para ver quem estava na porta, e seu coração apertava ao ver que era só o carteiro.

Ela tinha irritado colegas de quarto na faculdade e parceiros românticos com a insistência de deixar as cortinas abertas. Não sabia o motivo de não conseguir abrir mão disso, não era como se ainda estivesse esperando. Mas agora, em sua vida adulta, as cortinas abertas funcionavam como um alarme — com elas abertas, Elizabeth sabia que a luz nunca lhe permitiria cair em um sono profundo novamente. Mesmo dormindo, ela se sentia alerta e no controle. Ia para a cama descansar, não sonhar.

Ela apertou os olhos no quarto claro, e sua cabeça latejou. Precisava de café, e rápido. Do lado de fora, ecoou alto a melodia de um pássaro no silêncio do interior. Em algum lugar ao longe, uma vaca respondeu àquele chamado. Mas, apesar da manhã idílica, Elizabeth não estava animada com nada nesta segunda-feira. Ela precisava tentar remarcar uma reunião com os empreiteiros do hotel, o que ia se provar difícil porque, depois do truque publicitário na imprensa sobre o novo ninho de amor no topo da montanha, tinha gente do mundo inteiro vindo compartilhar suas ideias de design. Isso a irritava — aquele era o território dela. Mas esse não era seu único problema.

Luke tinha sido convidado para passar o dia com o avô na fazenda. Com isso, Elizabeth estava feliz. O que a preocupava era o fato de que o pai dela estava esperando outro menino de 6 anos chamado Ivan. Ela precisaria conversar com Luke sobre isso durante a manhã, porque temia pensar no que aconteceria se houvesse uma menção a um amigo imaginário a seu pai.

Brendan tinha 65 anos e era grande, largo e mal-humorado. A idade não o enternecera — em vez disso, tinha trazido amargura, ressentimento e ainda mais confusão. Ele era tacanho e não estava disposto a se abrir ou a mudar. Elizabeth seria capaz de ao menos tentar entender a natureza difícil dele se aquela personalidade o fizesse feliz, mas, até onde conseguia ver, suas visões o frustravam e só tornavam sua vida mais infeliz. Ele era sério, raramente falava, exceto com as vacas ou os vegetais, nunca ria e, sempre que decidia que alguém era digno de suas palavras, dava palestras. Não havia necessidade de responder. Ele não falava com o intuito de conversar. Falava para fazer afirmações. Raramente passava tempo com Luke, porque não tinha paciência para o jeito aéreo das crianças, suas brincadeiras bobas e falta de bom senso. A única coisa que Elizabeth via que seu pai gostava em Luke era que ele era um livro aberto, pronto para ser preenchido com informações e sem conhecimento o bastante para questionar ou criticar. Contos de fadas e histórias fantásticas não tinham vez com o pai dela. Ela achava que era a única coisa que tinham em comum.

Ela bocejou, se espreguiçou e, ainda sem conseguir abrir os olhos contra a luz do dia, tateou a mesa de cabeceira em busca do alarme. Embora acordasse no mesmo horário todas as manhãs, ela nunca se esquecia de colocar o alarme para despertar. Seu braço bateu em algo frio e duro, que caiu no chão com um baque alto. Seu coração sonolento pulou de medo.

Pendurando a cabeça na lateral da cama, ela viu o atiçador de ferro caído no tapete branco. Sua "arma" também a lembrou de que ela precisava ligar para a Rentokil para se livrar dos ratos. Tinha-os sentido pela casa o fim de semana todo e estava tão paranoica de estarem no quarto que mal dormira nas últimas noites, embora isso não fosse exatamente incomum.

De banho tomado e vestida, depois de acordar Luke, ela desceu para a cozinha. Minutos mais tarde, com um espresso na mão, discou o número da Rentokil. Luke entrou sonolento na cozinha, cabelo loiro despenteado, vestido com uma camiseta laranja enfiada pela metade para dentro dos shorts vermelhos. O visual se completava com meias esquisitas e um par de tênis que se acendiam a cada passo que ele dava.

— Cadê o Ivan? — perguntou ele, grogue, olhando pela cozinha como se nunca tivesse estado no cômodo. Era assim toda manhã. Ele levava pelo menos uma hora para acordar, mesmo depois de estar de pé e vestido. Durante as manhãs escuras de inverno, demorava ainda mais. Elizabeth imaginava que, em algum momento de suas aulas diurnas na escola, ele finalmente percebia o que estava fazendo.

— Cadê o Ivan? — repetiu ele.

Elizabeth o silenciou colocando o dedo nos lábios e dando-lhe um olhar sério, enquanto ouvia a mulher da Rentokil. Ele sabia que não devia interrompê-la quando ela estava ao telefone.

— Bom, eu só notei neste fim de semana. Desde o horário do almoço da sexta-feira, na verdade, então, eu queria sab…

— IVAN? — gritou Luke, e começou a procurar embaixo da mesa da cozinha, atrás das cortinas, atrás da porta.

Elizabeth revirou os olhos. De novo esse alvoroço.

— Não, na verdade, eu não vi…

— IVAAAAN?

— … nenhum ainda, mas sinto que estão aqui — finalizou Elizabeth, e tentou chamar a atenção de Luke com o olhar para poder lançar mais uma vez sua expressão furiosa.

— IVAN, CADÊ VOCÊEEEE? — chamou Luke.

— Excrementos? Não, nada de excrementos — disse Elizabeth, ficando frustrada.

Luke parou de gritar e pareceu prestar atenção em algo.

— O QUÊ? NÃO CONSIGO TE ESCUTAR DIREITO.

— Não, não tenho nenhuma ratoeira. Olha, estou muito ocupada, não tenho tempo para vinte perguntas. Não dá para alguém vir e olhar? — indagou Elizabeth, impaciente.

Luke de repente saiu correndo da cozinha para o corredor. Ela o ouviu batendo na porta da sala de estar.

— O QUE VOCÊ ESTÁ FAZENDO AÍ, IVAN?

Ele puxou a maçaneta.

Finalmente, a conversa de Elizabeth terminou e ela desligou o telefone. Luke estava gritando pela porta da sala de estar a todo volume. O sangue dela ferveu.

— LUKE! VENHA JÁ AQUI!

Os gritos pararam imediatamente. Ele arrastou os pés devagar até a cozinha.

— PARE DE ARRASTAR OS PÉS! — gritou ela.

Ele levantou os pés, e as luzes nas solas de seus tênis acendiam a cada passo. O menino parou diante dela e disse no tom mais baixo e mais inocente que conseguia em sua vozinha aguda:

— Por que você trancou o Ivan na sala ontem à noite?

Silêncio.

Ela tinha que acabar com aquela situação agora. Ia escolher esse momento para sentar e discutir a questão com Luke, e, no fim, ele ia respeitar os desejos dela. Ela o ajudaria a ser sensato, e não haveria mais conversa de amigos invisíveis.

— E o Ivan quer saber por que você levou o atiçador de lareira com você — completou ele, sentindo-se mais confiante, porque ela não conseguia gritar de novo.

Elizabeth explodiu.

— Não quero mais ouvir falar desse Ivan, entendeu?

O rosto de Luke ficou branco.

— ENTENDEU? — berrou ela, sem dar a ele nenhuma chance de responder. — Você sabe tão bem quanto eu que *não existe* Ivan. Ele *não* brinca de pega-pega, ele *não* come pizza, ele *não* está na sala e ele *não* é seu amigo porque *ele não existe*.

O rosto de Luke se enrugou todo, como se ele estivesse prestes a chorar.

Elizabeth continuou:

— Hoje você vai para a casa do seu avô, e, se eu ficar sabendo que o nome "Ivan" foi mencionado, você vai estar *em sérios apuros*. Entendeu?

Luke começou a chorar baixinho.

— Entendeu? — repetiu ela.

Ele fez que sim devagar, enquanto as lágrimas rolavam por seu rosto.

O sangue de Elizabeth parou de ferver, e a garganta dela começou a arder de tanto gritar.

— Agora, sente-se à mesa e eu trago o cereal — falou ela, baixinho. Ela pegou o Coco Pops. Em geral, não permitia que ele comesse açúcar no café da manhã, mas a conversa sobre Ivan não havia saído como o planejado. Ela sabia que tinha dificuldade de manter a calma. Sentou-se à mesa e o observou colocando o cereal na tigela e, aí, as mãozinhas dele tremeram com o peso da caixa de leite. O leite caiu na mesa. Ela se segurou para não gritar com ele, embora ontem mesmo tivesse limpado a mesa até brilhar. Algo que Luke dissera a estava incomodando, e ela não conseguia lembrar exatamente o quê. Apoiou o queixo na mão e ficou observando-o comer.

Ele mastigou devagar. Triste. Fora o som das mastigadas, havia silêncio no cômodo.

— Onde está a chave da sala? — perguntou ele, depois de alguns minutos, recusando-se a olhar nos olhos dela.

— Luke, não fale de boca cheia — disse ela suavemente. Ela pegou a chave da sala do bolso, foi até a porta no corredor e girou a chave.

— Pronto, agora o Ivan está livre para *ir embora* da casa — brincou ela, e imediatamente se arrependeu.

— Não está — falou Luke, triste, da mesa da cozinha. — Ele não consegue abrir as portas sozinho.

Silêncio.

— Não consegue? — repetiu Elizabeth.

Luke balançou a cabeça como se o que tivesse dito fosse a coisa mais normal do mundo. Era a coisa mais ridícula que Elizabeth já ouvira. Que tipo de amigo imaginário ele era se não era capaz de atravessar portas e paredes? Bem, ela não ia abrir a porta, já tinha destrancado, e aquilo já era besteira o bastante. Ela voltou até a cozinha para pegar suas coisas para ir trabalhar. Luke terminou o cereal, colocou a tigela no lava-louça, lavou as mãos, secou-as e foi até a porta da sala. Ele girou a maçaneta, empurrou a porta, saiu do caminho, sorriu abertamente para o nada, colocou um dedo na frente dos lábios, apontou para a tia com a outra mão e riu baixinho para si mesmo. Elizabeth o observou horrorizada. Ela caminhou pelo corredor e parou ao lado de Luke na porta. Olhou na sala.

Vazia.

A garota da Rentokil tinha dito que seria incomum haver ratos na casa em junho, e Elizabeth olhou a sala de estar com suspeita, perguntando-se o que podia fazer todos aqueles barulhos.

As risadinhas de Luke a tiraram do transe e, olhando pelo corredor, ela o viu sentado à mesa, balançando as pernas feliz e fazendo caretas para o ar. Tinha um jogo americano a mais e uma tigela nova de Coco Pops na frente dele.

— Caramba, como ela é brava — sussurrei a Luke na mesa, tentando pegar colheradas de Coco Pops sem ela notar. Em geral, eu não preciso sussurrar perto dos pais, mas, como ela já tinha me ouvido algumas vezes nos últimos dias, eu não ia arriscar.

Luke deu uma risadinha e assentiu.

— Ela é assim o tempo todo?

Ele assentiu de novo.

— Ela nunca brinca com você e te abraça? — perguntei, vendo Elizabeth limpar cada centímetro dos balcões da cozinha já brilhando, mover as coisas meio centímetro para a direita e meio centímetro para a esquerda.

Luke pensou um pouco e deu de ombros.

— Não muito.

— Mas isso é horrível! Você não liga?

— Edith diz que tem gente no mundo que não te abraça o tempo todo nem brinca, mas ainda te ama. Eles só não sabem como dizer — sussurrou ele de volta.

Elizabeth o olhou nervosa.

— Quem é Edith?

— Minha babá.

— Cadê ela?

— De férias.

— Então, quem vai cuidar de você enquanto ela está de férias?

— Você.

Luke sorriu.

— Vamos apertar as mãos para fechar o acordo — sugeri, esticando a mão. Luke a pegou. — A gente faz assim — expliquei, balançando a cabeça e o corpo todo, como se estivesse tendo uma convulsão. Luke começou a rir e me copiou. Rimos ainda mais quando Elizabeth parou de limpar para olhar. Os olhos dela se arregalaram.

— Você faz muitas perguntas — sussurrou Luke.

— Você responde muito — devolvi, e nós dois rimos de novo.

A BMW de Elizabeth chacoalhava no caminho irregular que levava à fazenda de seu pai. Ela segurava com firmeza o volante, exasperada, enquanto a poeira voava do chão e se agarrava à lateral de seu carro recém-lavado. Era inimaginável que ela tivesse vivido dezoito anos nesta fazenda. Não dava para manter nada limpo. As fúcsias selvagens dançavam com a brisa, acenando do acostamento suas boas-vindas. Elas ladeavam a estrada de um quilômetro e meio como luzes de aterrisagem e se esfregavam nas janelas do carro, apertando o rosto para ver quem estava lá dentro. Luke abriu a janela e deixou que a mão fosse acariciada pelos beijos delas.

Elizabeth rezava para que não viesse nenhum carro na direção dela, já que a estrada tinha o tamanho exato para o seu veículo passar, não deixando espaço para o trânsito de via dupla. Para deixar alguém passar, ela teria de dar ré por oitocentos metros só para abrir espaço. Às vezes, parecia a estrada mais longa do mundo. Ela conseguia ver o seu destino final, mas tinha de ficar dando ré para chegar até lá.

Dois passos para a frente e um passo para trás.

Era como quando ela era criança, vendo sua mãe a um quilômetro e meio, sendo forçada a esperar os vinte minutos que ela levava para vir dançando pela estrada, até Elizabeth ouvir o som familiar do portão rangendo.

Mas, felizmente, porque eles já estavam atrasados, não veio nenhum carro dessa vez. As palavras de Elizabeth obviamente tinham caído em ouvidos moucos, porque Luke se recusara a sair da casa até Ivan terminar o cereal. Depois, insistira em colocar o banco do passageiro do carro para a frente, para Ivan poder entrar no banco de trás.

Ela lançou um olhar rápido para Luke. Ele estava com o cinto no banco da frente, braço para fora da janela, cantarolando a mesma música que tinha passado o fim de semana cantando. Parecia feliz. Ela torcia para ele acabar logo com o faz de conta, pelo menos enquanto estivesse com o avô.

Ela viu o pai no portão, esperando. Uma visão familiar. Uma ação familiar. Esperar era o forte dele. Ele estava vestindo a mesma calça marrom que Elizabeth era capaz de jurar que ele usava quando ela era criança. As pernas da calça estavam colocadas para dentro das galochas verdes lamacentas que ele usava dentro de casa. O pulôver cinza de algodão era bordado com um padrão desbotado de losango verde e azul, tinha um buraco no centro, e dava para ver o verde da camisa polo por baixo. Uma boina de tweed estava firme na cabeça dele, uma bengala de espinheiro-negro na mão direita o mantinha estável, e uma barba rala e grisalha decorava o rosto e seu queixo. Suas sobrancelhas eram grisalhas e selvagens, e, quando ele franzia a testa, pareciam cobrir completamente os olhos cinzas dele. O nariz dominava o rosto, com grandes narinas cheias de pelos brancos. Rugas fundas rachavam a face, as mãos grandes como pás, os ombros largos como o Gap of Dunloe. Ele fazia o bangalô atrás parecer minúsculo.

Assim que viu o avô, Luke parou de cantarolar e colocou o braço para dentro do carro. Elizabeth estacionou, desligou o motor e saiu. Ela tinha um plano. Logo que Luke saiu do carro, ela fechou a porta e trancou antes de ele conseguir puxar para a frente o banco do passageiro e abrir espaço para Ivan. O rosto do menino se enrugou de novo ao olhar de Elizabeth para o carro.

O portão em frente ao bangalô rangeu.

O estômago de Elizabeth embrulhou.

— Bom dia — bramiu uma voz grave. Não era um cumprimento. Era uma afirmação.

O lábio inferior de Luke tremeu, e ele apertou o rosto e as mãos contra o vidro do banco traseiro do carro. Elizabeth torceu para ele não dar um chilique naquele momento.

— Não vai dizer bom dia para o seu avô, Luke? — perguntou Elizabeth, séria, bem ciente de que ela própria ainda não o tinha cumprimentado.

— Oi, vovô — disse Luke, com a voz vacilante e o rosto ainda apertado contra o vidro.

Elizabeth cogitou abrir a porta do carro para ele só para evitar uma cena, mas pensou melhor. Ele precisava superar essa fase.

— Cadê o outro? — bramiu a voz de Brendan.

— O outro o quê? — Ela pegou a mão de Luke e tentou afastá-lo do carro. Os olhos azuis dele olharam para os dela em súplica. O coração dela afundou. Ele sabia que não podia fazer uma cena.

— O garoto que sabia do vegetal estrangeiro.

— O Ivan — disse Luke, com lágrimas nos olhos.

Elizabeth entrou na conversa.

— Ivan não pôde vir hoje, não é, Luke? Quem sabe outro dia — respondeu rápido, antes de eles poderem discutir mais. — Bom, é melhor eu ir para o trabalho para não me atrasar. Luke, divirta-se com seu avô, está bem?

Luke olhou incerto para ela e assentiu.

Elizabeth detestava a situação, mas sabia que estava certa de controlar esse comportamento absurdo.

— Pode ir. — Brendan balançou sua bengala de espinheiro-negro para ela, como se para dispensá-la, e virou as costas para ir em direção ao bangalô. A última coisa que ela ouviu foi o portão rangendo antes de ela bater a porta do carro. Elizabeth precisou dar ré duas vezes pela estrada para deixar dois tratores passarem. No retrovisor, ela via Luke e seu pai no jardim da frente, o pai parecendo um gigante ao lado dele. Ela não conseguia se afastar da casa rápido o bastante. Era como se o tráfego a puxasse de volta, como a maré.

Elizabeth lembrava o momento, aos 18 anos, em que desfrutara da liberdade daquela visão. Pela primeira vez na vida, ela estava indo embora do bangalô com as malas feitas e a intenção de só voltar no Natal. Ela ia para a Universidade de Cork depois de vencer a batalha com o pai, mas, em troca, perder todo o respeito que ele já tivera por ela. Em vez de compartilhar a animação da filha, ele se recusara a se despedir quando o momento chegou. A única figura que Elizabeth via na frente do bangalô naquela manhã clara de agosto ao se afastar era a de Saoirse, com 6 anos, o cabelo ruivo preso em um rabo de cavalo bagunçado, o sorriso desdentado em alguns pontos, mas amplo e aberto, o braço balançando freneticamente em um adeus, cheia de orgulho da irmã mais velha.

Em vez do alívio e da animação que ela sempre sonhara que sentiria, o que sentiu quando o táxi finalmente se afastou de sua casa, cortando o cordão umbilical que a mantinha ali, foi temor e preocupação. Não pelo que lhe esperava, mas pelo que estava deixando para trás. Ela não podia ser mãe de Saoirse para sempre, era uma jovem que precisava se libertar, que precisava achar seu próprio lugar no mundo. Seu pai precisava assumir seu lugar de direito na paternidade, um título que ele descartara há muitos anos e se recusava a reconhecer. Ela só esperava que, agora que os dois estavam sozinhos, ele percebesse seus deveres e mostrasse o máximo de amor que podia pelo que lhe restava.

Mas e se isso não acontecesse? Ela continuou observando a irmã pelo retrovisor, sentindo que nunca mais a veria, dando tchau o mais rápida e furiosamente que conseguia enquanto as lágrimas enchiam seus olhos pela pequena vida e pacotinho de energia que ela estava abandonando. Podia ver aquele cabelo ruivo subindo e descendo a mais de um quilômetro, então ambas continuaram acenando. O que faria sua irmãzinha quando a diversão de se despedir acabasse e ela percebesse que estava sozinha com o homem que nunca falava, nunca ajudava e nunca amava? Elizabeth quase pediu para o motorista parar o carro bem ali, mas logo disse a si mesma para ser forte. Ela precisava viver.

Faça o mesmo que eu um dia, pequena Saoirse, os olhos dela ficavam dizendo à pequena figura enquanto o carro se afastava. Prometa que vai fazer o mesmo. Voe para longe daqui.

Com os olhos cheios de lágrima, Elizabeth viu o bangalô ficando cada vez menor no retrovisor até, finalmente, desaparecer quando ela chegou ao fim da estrada de um quilômetro e meio. Na mesma hora, os ombros dela relaxaram, e ela percebeu que tinha passado o tempo todo segurando a respiração.

— Bom, Ivan — disse ela, olhando no retrovisor para o banco vazio. — Pelo jeito, você vai comigo para o trabalho.

Aí, Elizabeth fez uma coisa engraçada.

Ela riu igual a uma criança.

CAPÍTULO 7

Baile na gCroíthe estava agitada quando Elizabeth atravessou a ponte de pedra cinza que servia como entrada da cidade. Dois enormes ônibus de turismo estavam tentando ultrapassar um ao outro na rua estreita. Ela podia ver os rostos apertados contra as janelas, fazendo interjeições de "oh" e "ah", sorrindo e apontando, câmeras no vidro para capturar a cidade de bonecas. O motorista do ônibus em frente a Elizabeth lambeu os lábios em concentração, e ela via o suor brilhando na testa dele à medida que ele lentamente manobrava o veículo grande demais pela rua estreita desenhada originalmente para cavalos e carros. A lateral dos ônibus estavam quase se tocando. Ao lado dele, o guia de turismo, com o microfone na mão, fazia o possível para entreter sua plateia de cem pessoas de manhã tão cedo.

Elizabeth puxou o freio de mão e suspirou alto. Não era uma ocorrência rara na cidade, e ela sabia que podia demorar. Ela duvidava que os ônibus fossem parar. Raramente o faziam, a não ser para os passageiros usarem o banheiro. O trânsito sempre parecia estar passando por Baile na gCroíthe, sem nunca parar ali. Ela não os culpava, afinal era um ótimo lugar para ajudar a chegar aonde se precisava, mas não para ficar. O trânsito desacelerava, e os visitantes davam uma boa olhada, sim, mas aí os motoristas pisavam no acelerador e saíam do outro lado.

Não é que Baile na gCroíthe não fosse bela — com certeza era. Seu momento de maior orgulho fora vencer a competição de Cidade Organizada pelo terceiro ano seguido, e, quando se entrava no lugarejo pela ponte, uma exposição de flores coloridas soletrava as boas-vindas. Os arranjos de flores continuavam pela cidade. Floreiras adornavam as vitrines das lojas, cestas ficavam penduradas em postes de iluminação, árvores cresciam pela rua principal. Cada construção era pintada de uma cor diferente, e a rua principal, a única rua, era um arco-íris de cores vivas e pastel, verde-menta, salmão, lilás, limão e azul. As calçadas não tinham lixo e brilhavam, e, assim que se desviava o olhar para cima dos telhados cinzas, você se via cercado por majestosas montanhas verdes. Era como se Baile na gCroíthe estivesse encasulada, seguramente aninhada no peito da mãe natureza.

Aconchegante ou sufocante.

O escritório de Elizabeth ficava ao lado de um correio verde e um supermercado amarelo, em cima da loja de cortinas, tecidos e estofados da sra. Bracken, em um prédio azul-claro. O espaço antes fora uma loja de ferramentas gerida pelo sr. Bracken, mas, quando ele morrera, há dez anos, Gwen decidira transformar em seu próprio negócio. Ela parecia tomar decisões puramente com base no que seu falecido marido ia pensar. Abrira a loja "porque é o que o sr. Bracken iria querer". Mas se recusava a sair aos fins de semana ou se envolver em qualquer atividade social, pois "não é o que o sr. Bracken ia querer". Até onde Elizabeth conseguia ver, o que deixava o sr. Bracken feliz ou infeliz parecia casar bem com a filosofia de vida de Gwen.

Os ônibus se movimentavam centímetro a centímetro. Baile na gCroíthe no horário do rush: o resultado de dois ônibus de tamanho exagerado tentando compartilhar uma rua estreita. Finalmente, conseguiram passar, e Elizabeth olhou à frente, nada impressionada com o guia de turismo pulando de animação no assento, o microfone em mãos, conseguindo transformar o que era essencialmente uma parada tediosa em uma jornada de ônibus cheia de acontecimentos nas estradas rurais da Irlanda. Corta para as palmas e a comemoração a bordo do ônibus. Uma nação inteira celebrando. Mais flashes pela janela, e os ocupantes dos dois ônibus acenam uns aos outros depois de compartilhar a animação da manhã.

Elizabeth seguiu, olhando o retrovisor para observar a excitação dentro ônibus evaporar quando ele se deparou com outro na pequena ponte que saía da cidade. Os braços lentamente se abaixaram, e os flashes sumiram enquanto os turistas se acomodavam para mais uma longa batalha para seguir viagem.

A cidade tinha essa tendência. Era quase como se fizesse de propósito. Ela o recebia de braços abertos, mostrava tudo o que tinha a oferecer com suas vitrines brilhantes multicoloridas e floridas. Era como levar uma criança a uma loja de doces, mostrando suas prateleiras de guloseimas luminosas cobertas de açúcar, de dar água na boca. E, enquanto ela estava lá parada com o olho arregalado e o pulso acelerado, você colocava de volta as tampas nos potes e fechava com força. Depois de perceber a beleza, também se percebia que não havia nada mais a oferecer.

Estranhamente, era mais fácil dirigir na ponte vindo de fora da cidade. A curva dela era em uma forma incomum, o que tornava difícil fazer o caminho de saída. Isso sempre perturbava Elizabeth.

Era como a estrada que saía da fazenda de seu pai, fazia parecer impossível ir embora às pressas. Algo na cidade a arrastava de volta, e ela tinha passado anos tentando lutar contra isso. Uma vez, conseguira se mudar para Nova York. Estava indo atrás do namorado e da oportunidade de decorar uma boate. Ela amava a cidade. Amava que ninguém sabia o nome dela nem conhecia o seu rosto ou a história de sua família. Ela podia comprar um café, mil tipos diferentes de café, sem receber um olhar de compaixão por qualquer drama familiar recente. Ninguém sabia que a mãe dela tinha ido embora quando ela era criança, que a irmã era descontrolada e que o pai mal falava com ela. Ela amava estar apaixonada lá. Em Nova York, ela podia ser quem quisesse. Em Baile na gCroíthe, não podia se esconder de quem era.

Ela percebeu que estava cantarolando baixinho o tempo todo, aquela musiquinha boba cuja autoria, insistia Luke, era de Ivan. Luke chamava de "a música de cantarolar", e era irritantemente grudenta, alegre e repetitiva. Ela parou de cantar e estacionou o carro na vaga disponível na rua. Empurrou o banco do motorista para trás e esticou o braço para pegar sua pasta do banco traseiro. Antes de mais nada: café. Baile na gCroíthe ainda não tinha descoberto as maravilhas do Starbucks — aliás, só no mês passado o Joe's finalmente tinha permitido que Elizabeth levasse o café para viagem, mas o proprietário estava ficando cada vez mais cansado de ter que pedir as xícaras de volta.

Às vezes, ela achava que a cidade toda precisava de uma injeção de cafeína. Era como se, em alguns dias de inverno, o lugar ainda estivesse de olhos fechados e sonambulando. Precisava de um belo chacoalhão. Mas dias de verão como hoje sempre eram cheios de gente passando. Ela entrou no Joe's, pintado de roxo, que estava praticamente vazio. O conceito de tomar café da manhã fora de casa ainda não era compreendido pelos habitantes da cidade.

— Ah, lá vem ela, a própria — ecoou a voz cantada de Joe. — Sem dúvida, cuspindo fogo para conseguir um café.

— Bom dia, Joe.

Ele fingiu olhar o relógio e deu um tapinha no mostrador.

— Um pouco atrasada hoje, não? — Ele ergueu as sobrancelhas.

— Achei que talvez você tivesse pego uma gripe de verão. Parece que todo mundo pegou nessa semana. — Ele tentou abaixar a voz, mas só conseguiu abaixar a cabeça e falar mais alto. — E não é que Sandy O'Flynn pegou logo depois de desaparecer do pub uma noite dessas com P.J. Flanagan, que estava doente na semana passada? Ela ficou de cama o fim de semana todo. — Ele resfolegou. — Levando ela para casa, sei. Nunca ouvi uma bobagem maior na vida.

Elizabeth sentiu-se irritada. Ela não ligava para aquele falatório sobre gente que não conhecia, especialmente porque sabia que, por tantos anos, sua própria família tinha sido o assunto de todas as fofocas.

— Um café, por favor, Joe — pediu Elizabeth de forma seca, ignorando a falação dele. — Para levar. Com chantilly, sem leite — continuou, séria, embora pedisse a mesma coisa todo dia, enquanto buscava por sua carteira na bolsa, tentando indicar a Joe que não tinha tempo para tagarelar.

Ele foi devagar até a cafeteira. Para a irritação suprema de Elizabeth, o Joe's só vendia um tipo de café. E era do tipo instantâneo. Ela sentia falta da variedade de sabores que tomava em outras cidades. Sentia falta da baunilha francesa suave e doce em um café de Paris, do sabor encorpado e cremoso de avelã em um café lotado em Nova York, da obra-prima aveludada de macadâmia em Milão e de seu favorito, o Coco Mocha-Nut, mistura de chocolate e coco que a transportava de um banco no Central Park para uma espreguiçadeira ensolarada no Caribe. Aqui em Baile na gCroíthe, Joe encheu a chaleira de água e ligou o botão. O café só tinha uma pequena chaleira, e ele não tinha nem fervido a água ainda. Elizabeth revirou os olhos.

Joe olhou para ela. Parecia que ia comentar...

— Então, por que veio tão tarde?

... isso.

— Eu cheguei *cinco minutos* mais tarde do que o normal, Joe — respondeu Elizabeth, incrédula.

— Eu sei, eu sei, e cinco minutos para você é o mesmo que cinco horas. Tem certeza de que os ursos não usam sua agenda para planejar quando vão hibernar?

Isso fez Elizabeth sorrir sem querer.

Joe riu e piscou.

— Melhor assim. — A chaleira desligou ao ferver, e ele virou de costas para fazer o café.

— Os ônibus me atrasaram — explicou Elizabeth, com voz suave, pegando a xícara quente das mãos de Joe.

— Ah, eu vi isso. — Ele fez um gesto de cabeça na direção da janela. — Jaimsie se saiu bem dessa.

— Jaimsie? — Elizabeth franziu o cenho, adicionando um punhado de chantilly, que logo derreteu e fez a xícara se encher até o topo. Joe olhou enojado.

— Jaimsie O'Connor. Filho de Jack. Jack, cuja outra filha, Mary, ficou noiva do garoto de Dublin no fim de semana passado. Mora lá em Mayfair. Cinco filhos. O mais novo foi preso na semana passada por jogar uma garrafa de vinho em Joseph.

Elizabeth ficou paralisada olhando para ele.

— Joseph McCann — repetiu ele, como se ela fosse louca por não saber. — Filho do Paddy. Mora em Newtown. A esposa morreu no ano passado afogada no pântano. A filha Maggie disse que foi um acidente, mas é claro que a família suspeitou por conta da briga que elas estavam tendo porque a filha queria fugir com aquele encrenqueiro de Cahirciveen.

Elizabeth colocou o dinheiro no balcão e sorriu, não querendo mais fazer parte das conversas bizarras dele.

— Obrigada, Joe — disse, indo para a porta.

— Bom, enfim... Era Jaimsie que estava dirigindo o ônibus. Não se esqueça de trazer a xícara de volta — gritou para ela, e resmungou para si mesmo: — Café para viagem, onde já se ouviu falar de uma coisa mais absurda?

Antes de sair, Elizabeth chamou da porta:

— Joe, você não quer considerar comprar uma máquina de café? Para poder fazer lattes, e cappuccinos, e espressos em vez dessa coisa instantânea?

Ela mostrou a xícara. Joe cruzou os braços, apoiou-se contra o balcão e respondeu em tom entediado:

— Elizabeth, se não gosta do meu café, não beba. Eu bebo chá. Só gosto de um tipo de chá. E o nome dele é chá. Não tem nome chique para isso.

Elizabeth sorriu.

— Na verdade, tem vários tipos diferentes de chá. Os chineses...

— Ah, vai, vai. — Ele balançou a mão para ela, dispensando-a. — Se dependesse de você, todos nós íamos estar bebendo chá com palitinhos e colocando chocolate e creme no café como se fosse sobremesa. Mas, já que é assim, deixa eu fazer uma sugestão também: que tal você comprar uma chaleira para aquele seu escritório e acabar com minha infelicidade?

— E com seu negócio. — Elizabeth sorriu e saiu.

A cidadezinha tinha se espreguiçado e bocejado, e estava andando sonolenta da cama para o banheiro. Em breve, estaria de banho tomado, vestida e bem desperta. Como sempre, ela estava um passo adiante, mesmo atrasada.

Elizabeth sempre era a primeira a chegar. Amava o silêncio, a imobilidade de seu escritório naquela hora do dia. Ajudava-a a se concentrar no que a aguardava, antes que seus colegas barulhentos começassem a matraquear e o trânsito chegasse na rua. Elizabeth não fazia o tipo conversadora e risonha. Assim como comia para se manter viva, só falava o necessário. Não era o tipo de mulher que vivia nos restaurantes e cafés, rindo e fofocando sobre algo que alguém um dia disse sobre alguma coisa. Conversas sobre nada simplesmente não a interessavam.

Ela não esmiuçava nem analisava conversas, olhares, aparências ou situações. Com ela, não havia duplo sentido — ela sempre dizia o que queria dizer. Não gostava de debates nem de discussões acaloradas. Mas, sentada em silêncio em seu pequeno escritório, imaginou que era por isso que não tinha um grupo de amigos. Ela já tinha tentado se envolver em um, especialmente durante a faculdade, em uma tentativa de se enturmar. Mas, assim como antes, rapidamente se desligava dos papos bobos.

Desde a infância, ela não sentia desejo por amizades. Gostava da própria companhia e dos próprios pensamentos, e depois, na adolescência, tinha Saoirse como distração. Ela gostava de como era ordeiro poder depender de si mesma e administrar seu tempo de modo mais eficaz sem amigos. Quando voltou de Nova York, tentou dar um jantar em sua casa nova, para os vizinhos. Achou que podia experimentar um recomeço, tentar fazer amigos, como a maioria das pessoas, mas, como sempre, Saoirse irrompeu na casa e, de uma só vez, conseguiu ofender todas as pessoas da mesa. Acusou Ray Collins de estar tendo um caso, Bernie Conway de ter colocado silicone e Kevin Smith, de 60 anos, de olhá-la com intenções sexuais. O resultado dos delírios e das vociferações de Saoirse foi um Luke de nove meses chorando, alguns rostos vermelhos ao redor da mesa e uma costeleta de cordeiro queimada.

Claro, os vizinhos não iam ser obtusos a ponto de pensar que Elizabeth era responsável pelo comportamento de sua família, mas, depois disso, ela desistiu. Sua vontade de fazer novos amigos não era suficiente para conseguir lidar com a vergonha de ter que se explicar e desculpar o tempo todo.

Seu próprio silêncio, para ela, valia mais que mil palavras. Naquele silêncio, ela tinha paz e clareza. Exceto durante a noite, quando seus pensamentos embolados a mantinham acordada, parecendo mil vozes falando e se interrompendo tanto que ela mal conseguia fechar os olhos.

No momento, Elizabeth estava preocupada com o comportamento de Luke. Esse tal de Ivan estava na cabeça do sobrinho há tempo demais. Ela tinha observado Luke o fim de semana todo andando, falando e brincando sozinho. Gargalhando e dando risadinhas como se estivesse se divertindo à beça. Talvez ela devesse fazer alguma coisa. E Edith não estava lá para testemunhar o comportamento esquisito e lidar com aquilo da maneira maravilhosa como sempre lidava. Talvez Elizabeth devesse saber automaticamente o que fazer. Mais uma vez, os mistérios da maternidade mostraram suas garras, e ela não tinha ninguém a quem pedir conselho. Nem tinha exemplos com os quais aprender. Bem, isso não era exatamente verdade — ela tinha aprendido o que *não* fazer, uma lição tão boa quanto qualquer outra. Por enquanto, havia seguido seus instintos, cometido alguns erros pelo caminho, mas no geral Luke tinha se tornado uma criança educada e estável. Ou talvez ela estivesse fazendo tudo errado. E se Luke acabasse igual a Saoirse? O que ela tinha feito de tão errado com Saoirse para a irmã ser daquele jeito? Elizabeth gemeu de frustração e descansou a cabeça na mesa.

Ela ligou o computador e bebeu um gole de café enquanto a máquina carregava. Então, entrou no Google, digitou as palavras "amigo imaginário" e clicou em "Pesquisa Google". Centenas de sites apareceram na tela. Trinta minutos depois, ela se sentia bem mais tranquila quanto àquela situação.

Para sua surpresa, ela ficou sabendo que amigos imaginários eram muito comuns e não eram um problema, desde que não interferissem na vida normal da criança. Embora o próprio fato de ter um amigo imaginário fosse uma interferência direta na vida normal, isso não parecia um problema para os médicos da internet. Todos os sites lhe diziam para perguntar a Luke o que Ivan estava pensando e fazendo, pois isso seria uma forma positiva de compreender o que o próprio Luke estava pensando. Eles encorajavam Elizabeth a realmente colocar um lugar para seu convidado fantasmagórico no jantar e diziam que não era necessário apontar que o "amigo" de Luke só existia na imaginação dele. Ela ficou aliviada em saber que amigos imaginários eram um sinal de criatividade, não de solidão ou estresse.

Mesmo assim, ia ser complicado para Elizabeth. Aquilo ia contra tudo o que ela acreditava. O mundo dela e o mundo de faz de conta existiam em dois planos muito diferentes, e ela achava difícil fingir. Não conseguia fazer barulhinhos infantis para um bebê, não conseguia brincar de se esconder atrás das mãos nem dar voz a um ursinho de pelúcia, não conseguia nem interpretar papéis sociais na faculdade. Ela tinha crescido sabendo que não devia fazer isso, não devia soar como a mãe, por medo de o pai enlouquecer. Foi-lhe incutido desde cedo, mas agora os especialistas estavam dizendo para ela mudar tudo.

Elizabeth terminou o café frio e leu a última frase na tela.

Amigos imaginários desaparecem dentro de três meses, quer você os encoraje ou não.

Depois de três meses, ela ia ficar mais do que feliz de ver Ivan pelas costas e de voltar à rotina. Ela passou as folhas de seu calendário e circulou agosto com marcador vermelho. Se Ivan não estivesse fora de sua casa naquela data, Elizabeth ia abrir a porta e mostrar a saída.

CAPÍTULO 8

Ivan ria enquanto girava na cadeira preta de couro que ficava na mesa da recepção em frente ao escritório de Elizabeth. Ele a ouvia na outra sala, aquela voz chata de adulta ao telefone, marcando uma reunião. Mas, assim que ela desligou, ele a escutou cantarolando sua música de novo. Ivan riu sozinho. Era mesmo viciante. Depois que a melodia entrava na sua cabeça, você não conseguia esquecê-la.

Ele rodou de novo na cadeira, cada vez mais rápido, fazendo piruetas sobre as rodas até seu estômago dançar e sua cabeça começar a latejar. Decidiu que girar a cadeira era definitivamente sua coisa favorita. Ivan sabia que Luke teria amado a brincadeira. Imaginando seu rostinho triste pressionado contra a janela do carro naquela manhã mais cedo, a sua mente vagou, e a cadeira desacelerou. Ivan queria muito visitar a fazenda, e o avô de Luke parecia precisar de um pouco de diversão. Nesse sentido, era parecido com Elizabeth. Dois grandes sotahc.

Pelo menos, teria tempo de monitorar Elizabeth e de escrever um relatório sobre ela. Ele tinha uma reunião em poucos dias e deveria fazer uma apresentação para o resto da equipe sobre a pessoa com quem estava trabalhando no momento. Faziam isso o tempo todo. Ele só precisava passar mais alguns dias com Elizabeth para comprovar que ela não o via, e, aí, poderia voltar a se concentrar em Luke. Talvez houvesse algo que ele não estava percebendo, apesar de seus anos de experiência.

Quando começou a ficar tonto, Ivan colocou os pés no chão para parar. Decidiu pular da cadeira enquanto ela ainda girava, fingindo que saltava de um carro em movimento. Rolou dramaticamente pelo chão como se fazia nos filmes, levantou os olhos de onde estava agachado e viu uma adolescente parada diante dele de boca aberta, olhando sua cadeira do escritório girar descontroladamente.

Ivan a viu olhar pela sala para checar se havia mais alguém ali. Ela franziu a testa, aproximou-se da mesa como se andasse sobre minas terrestres e apoiou a bolsa muito suavemente, como se tivesse medo de perturbar a cadeira. Olhou para ver se alguém a observava e, então, se aproximou, na ponta dos pés, para analisá-la. Ela esticou as mãos como se tentasse domar um cavalo selvagem.

Ivan riu.

Vendo que não tinha nada de errado, Becca coçou a cabeça, confusa. Talvez Elizabeth estivesse sentada na cadeira antes de ela chegar. Ela deu um sorrisinho ao pensar em Elizabeth girando como uma criança, cabelo bem preso, vestida com um de seus terninhos pretos elegantes e seus sapatos sensatos pendurados no ar. Não, a imagem não combinava. No mundo de Elizabeth, cadeiras eram feitas para sentar. Então, foi o que Becca fez, começando a trabalhar logo em seguida.

— Bom dia, pessoal — cantou uma voz aguda um pouco depois naquela manhã. Uma Poppy de cabelo cor de ameixa entrou dançando pela porta da sala, vestida com calça jeans de boca larga bordada de flores, sapatos plataforma e uma camiseta tie-dye. Como sempre, cada centímetro do corpo dela estava coberto de tinta. — Tiveram um bom fim de semana?

Ela sempre cantava as frases e dançava pela sala, balançando os braços com a graça de um elefante.

Becca fez que sim.

— Ótimo. — Poppy parou na frente de Becca com as mãos nos quadris. — O que você fez, Becca? Entrou para uma equipe de debates? Teve um encontro e falou até o cara não aguentar mais? Hein?

Becca virou a página do livro que estava lendo, ignorando a colega.

— Uau, incrível, parece divertidíssimo. Sabe, eu amo as conversas descontraídas que a gente tem nesse escritório.

Becca virou outra página.

— Ah, sério? Bom, aí já é informação demais, na verdade. Que... — Ela girou o corpo, de costas para a mesa de Becca, e ficou em silêncio.

Becca não levantou os olhos do livro que estava lendo.

— Está assim a manhã toda — disse, em um tom bastante entediado.

Foi a vez de Poppy ficar quieta.

Houve silêncio no escritório por alguns minutos, enquanto Becca lia seu livro e Poppy olhava à frente. Em sua sala, Elizabeth ouviu o longo silêncio entre as duas e colocou a cabeça para fora.

— Tudo bem por aí, meninas? — perguntou.

Um som de guincho misterioso foi a única resposta.

— Poppy?

Ela não mexeu a cabeça ao responder:

— A cadeira.

Elizabeth saiu de sua sala e olhou na mesma direção. A cadeira atrás da mesa de Poppy — e Elizabeth tentava convencê-la a se livrar daquela cadeira há meses —, girava sozinha, com os parafusos chiando alto. Poppy soltou uma risada nervosa. As duas se aproximaram para examinar. Becca ainda lia seu livro em silêncio, como se fosse a coisa mais normal do mundo.

— Becca — disse Elizabeth, meio rindo —, você viu isto?

Becca ainda não tinha levantado os olhos da página.

— Está desse jeito há uma hora — respondeu, suavemente. — Ela para e recomeça o tempo todo.

Elizabeth fez uma cara feia.

— É alguma nova criação artística sua, Poppy?

— Quem me dera — retrucou Poppy, ainda atordoada.

Todas olharam a cadeira girar. Nhec, nhec, nhec.

— Acho melhor ligar para o Harry. Deve ser algo nos parafusos — argumentou Elizabeth.

Poppy arqueou as sobrancelhas, incerta.

— É, claro, são os *parafusos* que estão fazendo a cadeira rodopiar descontrolada — comentou, sarcástica, olhando maravilhada para a cadeira multicolorida e giratória.

Elizabeth tirou um fiapo imaginário de seu paletó e pigarreou.

— Poppy, você precisa trocar o estofado da sua cadeira. Não é uma visão muito bonita para os clientes que vêm nos visitar. Tenho certeza de que Gwen pode resolver rápido para você.

Os olhos de Poppy se esbugalharam.

— Mas é para ser assim. É uma expressão de personalidade, uma extensão minha. É o único item com que posso me projetar nessa sala. — Ela olhou ao redor, enojada. — Nesta porcaria de sala *bege* — reclamou, quase cuspindo a palavra, como se fosse uma doença. — E a *sra. Bracken*, que em vez de trabalhar passa mais tempo fofocando com as amigas dela, que não têm mais nada que fazer além de visitá-la todos os dias.

— Você sabe que isso não é verdade, e lembre-se de que nem todo mundo tem o seu gosto. Além do mais, como empresa de design de interiores, devíamos refletir menos decorações… alternativas e mais do que as pessoas podem usar na própria casa. — Elizabeth analisou um pouco mais a cadeira. — Parece que um pássaro com dor de barriga fez cocô nela.

Poppy a olhou com orgulho.

— Que bom que *alguém* entendeu a ideia.

— Enfim, já deixei que você colocasse aquela tela.

Elizabeth fez um gesto com a cabeça para o anteparo que servia de divisória entre ela e Poppy, a qual o decorara com todas as cores e todos os materiais conhecidos pelo homem.

— Sim, e as pessoas *amam* essa tela — disse Poppy. — Já tive três pedidos de clientes.

— Pedidos para quê? Tirar? — Elizabeth sorriu.

As duas analisaram com atenção a divisória, braços cruzados, cabeças inclinadas para o lado como se estudassem uma obra de arte num museu, enquanto a cadeira continuava girando diante delas.

De repente, a cadeira pulou, e a tela ao lado da mesa de Poppy desmoronou no chão. As três mulheres pularam e deram um passo para trás. A cadeira começou a desacelerar e parou.

Poppy colocou a mão na frente da boca.

— É um sinal — declarou, abafada.

Do outro lado da sala, a geralmente quieta Becca começou a rir alto.

Elizabeth e Poppy se olharam chocadas.

— Hum — foi só o que Elizabeth conseguiu dizer antes de se virar lentamente e voltar à sua sala.

Deitado no chão do escritório onde tinha pulado da cadeira para cima de não sabia o quê, Ivan segurou a cabeça nas mãos até a sala parar de girar. Ele estava com dor de cabeça e tinha chegado à conclusão de que, talvez, girar cadeiras não fosse mais sua coisa favorita. Ele observou, grogue, Elizabeth entrar em sua sala e empurrar a porta atrás de si com o pé. Ivan deu um pulo e mergulhou na direção dela, conseguindo passar seu corpo pela fresta antes de a porta se fechar. Ela não ia fechar portas na cara dele hoje.

Ele se sentou na cadeira (sem rodinhas) em frente à mesa de Elizabeth e olhou pela sala. Sentia que estava na sala de uma diretora esperando uma bronca. Tinha a atmosfera de uma sala de diretora, silenciosa e tensa, e o cheiro também, fora o perfume de Elizabeth, que ele adorava. Ivan tinha estado em algumas diretorias com seus melhores amigos anteriores, então sabia bem como era a sensação. No treinamento, em geral eram ensinados a não ir para a escola com os melhores amigos. Não havia necessidade de estar lá, e a regra fora introduzida porque as crianças estavam se metendo em problemas e os pais, sendo chamados na direção. Então, eles esperavam do lado de fora, no pátio, até a hora do recreio. E mesmo que as crianças decidissem não brincar com eles no pátio, sabiam que estavam por perto, o que lhes dava mais confiança para brincar com as outras crianças. Isso tudo era resultado de anos de pesquisa, mas Ivan tendia a ignorar todos esses fatos e estatísticas. Se seu melhor amigo precisasse dele na escola, ele estaria lá e não tinha medo de quebrar nenhuma regra.

Elizabeth estava sentada em uma enorme cadeira de couro preto atrás de uma grande mesa de vidro, vestida com um terno preto sério. Até onde ele conseguia ver, era só o que ela usava: preto, marrom e cinza. Tão contido e tão chato, chato, chato. A mesa era imaculada, brilhando e reluzindo como se acabasse de ser polida. Em cima, só havia um computador e um teclado, um diário preto grosso e o trabalho sobre o qual Elizabeth estava debruçada, que, na opinião de Ivan, parecia uns pedaços chatos de material cortado em quadradinhos. Todo o resto tinha sido organizado em armários pretos. Não havia absolutamente nada à mostra, exceto fotografias emolduradas das salas que Elizabeth havia decorado. Assim como na casa, não havia sinal de personalidade ali. Só preto, branco e vidro. Ele se sentia em uma nave espacial. Na sala da diretora de uma nave espacial.

Ivan bocejou. Elizabeth era mesmo uma atahc. Não havia fotos de família ou de amigos nem qualquer joguinho fofo no computador, e Ivan não via qualquer sinal do desenho que Luke fizera para ela no fim de semana. Ela tinha dito a ele que ia colocar no escritório. A única coisa interessante era uma coleção de xícaras de café do Joe's no parapeito da janela. Ele apostava que Joe não ia ficar nada feliz com aquilo.

Ele se inclinou para a frente, descansou os cotovelos na mesa e colocou o rosto perto do dela. O rosto dela demonstrava pura concentração, a testa estava lisa, e não havia rugas marcando a pele como de costume. Seus lábios brilhantes, que cheiravam a morango para Ivan, se contraíam e soltavam de leve. Ela cantarolava baixinho para si.

A opinião que ele tinha dela mudou mais uma vez naquele momento. Ela não parecia mais uma diretora. Estava tranquila, calma e serena, e diferente de como quando pensava sozinha. Ele achava que era porque, por um momento, ela não estava se preocupando. Depois de observá-la um pouco, os olhos de Ivan foram até o pedaço de papel em que ela trabalhava. Entre os dedos, Elizabeth segurava um lápis de cor marrom e estava sombreando o desenho de um quarto.

Os olhos de Ivan se acenderam. Colorir era de longe sua coisa favorita. Ele se levantou da cadeira e foi para trás dela para conseguir ver melhor o que ela estava fazendo e se era boa em ficar dentro das linhas. Ela era canhota. Ele se inclinou por cima do ombro dela e colocou o braço na mesa ao lado dela, para se segurar. Estava tão perto que conseguia sentir o cheiro de coco de seu cabelo. Inspirou fundo e sentiu os fios fazerem cócegas em seu nariz.

Elizabeth parou de sombrear por um momento, fechou os olhos, recostou a cabeça, relaxou os ombros, inspirou fundo e sorriu de leve para si mesma. Ivan fez o mesmo e sentiu a pele dela roçar contra a bochecha dele. Seu corpo formigou. Por um momento, ele se sentiu esquisito, mas de um jeito bom. Era a mesma sensação de quando era envolvido por um abraço quente, e isso era bom, porque abraços eram sua coisa favorita. Ele ficou aéreo e um pouco tonto, mas nada parecido com a tontura da cadeira girando. Essa sensação era bem melhor. Ele a reteve por alguns minutos até, enfim, os dois abrirem os olhos ao mesmo tempo e olharem para o desenho de um quarto. A mão dela foi na direção do estojo de lápis, enquanto decidia se pegava ou não outro tom de marrom.

— Elizabeth, marrom, de novo, não. Vai, escolhe uma cor tipo aquele verde-limão — sussurrou Ivan no ouvido dela, ciente de que que ela não o ouviria.

Os dedos de Elizabeth pairaram sobre o lápis como se uma força magnética a impedisse de tocá-lo. Ela lentamente se desviou do marrom-chocolate e foi em direção ao verde-limão. Sorriu de leve, parecendo achar divertida sua escolha, e delicadamente segurou o lápis entre os dedos como se fosse a primeira vez. Ela o mexeu nos dedos, como se segurá-lo lhe fosse estranho. Lentamente, começou a sombrear as almofadas espalhadas sobre a cama, passando para peças maiores como a manta na ponta da cama e, por fim, o sofá no canto do quarto.

— Bem melhor — murmurou Ivan, orgulhoso.

Elizabeth sorriu e fechou de novo os olhos, respirando lenta e profundamente.

Houve uma batida repentina na porta.

— Posso entrar? — cantarolou Poppy.

Os olhos de Elizabeth se abriram de repente e derrubaram o lápis criminoso da mão dela como se fosse uma arma perigosa.

— Sim — respondeu ela, recostando na cadeira, o ombro roçando brevemente no peito de Ivan.

Elizabeth olhou atrás de si, tocou o próprio ombro de leve e voltou a encarar Poppy, que entrava saltitante na sala, olhos brilhando de animação.

— Tá, então, a Becca me contou que você tem outra reunião com o pessoal do hotel do amor.

As palavras dela também saltitavam, como se ela estivesse cantando.

Ivan se sentou no parapeito da janela atrás da mesa de Elizabeth e esticou as pernas. Os dois cruzaram os braços em frente ao peito ao mesmo tempo. Ivan sorriu.

— Poppy, por favor, *não* chame de "hotel do amor".

Elizabeth esfregou os olhos, cansada. Ivan estava decepcionado. A voz atahc estava de volta.

— Tá, então, o "hotel" — Poppy exagerou a palavra. — Tenho umas ideias. Pensei em colchões d'água em forma de corações, jacuzzis, taças de champanhe que sobem das mesas de cabeceira. — O tom de sua voz baixou para o de um sussurro animado. — Estou pensando em uma fusão de era romântica com *art déco*. De *Casper David Fredrich* com *Jean Dunand*. Vai ser uma *explosão* de vermelhos ricos, Bordeaux e vinhos que fazem a pessoa sentir que está sendo abraçada por um *útero* forrado de veludo. *Velas* por todo lado. Uma fusão de boudoir francês com...

— Las Vegas — finalizou, seca, Elizabeth.

Poppy saiu de seu transe, e seu rosto mostrou a decepção.

— Poppy. — Elizabeth suspirou. — Já falamos sobre isso. Acho mesmo que nesse você deveria se concentrar no perfil.

— Ah. — Ela caiu como se tivesse levado um tiro no peito. — Mas o perfil é tão *chato*.

— É isso aí! — Ivan se levantou e aplaudiu. — Atahc — disse ele, alto, no ouvido de Elizabeth.

Elizabeth se encolheu e coçou a orelha.

— Que pena que se sinta assim, Poppy, mas, infelizmente, o que você considera chato é como as outras pessoas escolhem decorar suas casas. Com ambientes habitáveis, confortáveis e relaxantes. Ninguém quer chegar depois de um dia duro de trabalho em uma casa que grita afirmações dramáticas em cada viga ou cores que dão dor de cabeça. Com os ambientes de trabalho tão estressantes, as pessoas só querem casas administráveis, relaxantes e calmas — explicou ela, com um discurso que ela já fizera a todos os seus clientes. — E isso é um *hotel*, Poppy. Precisamos falar com todo tipo de gente, não só com as poucas, *bem* poucas, aliás, que gostariam de residir em um útero forrado de veludo — completou ela, inexpressiva.

— Bom, não conheço muita gente que *não* viveu em úteros forrados de veludo, e você? Não acho que isso exclui ninguém, pelo menos não *neste* planeta — argumentou Poppy. — Pode trazer algumas memórias reconfortantes à tona.

Elizabeth parecia enojada.

— Elizabeth... — resmungou Poppy, e afundou dramaticamente na cadeira em frente à chefe. — Você precisa me deixar colocar minha marca em alguma coisa. Eu me sinto muito presa aqui, como se minha criatividade não pudesse fluir e... uuuh, que lindo — disse ela, animada, inclinando-se para olhar a folha na frente de Elizabeth. — Chocolate e limão ficam lindos juntos. O que fez *você* escolher isso?

Ivan voltou ao lado de Elizabeth e agachou, analisando o rosto dela. A mulher olhou o esboço diante de si como se o visse pela primeira vez. Ela fez uma careta, mas aí suavizou o rosto.

— Na verdade, não sei. Só... — Ela fechou os olhos por um instante, respirou fundo e lembrou-se do sentimento. — Só meio que... entrou na minha cabeça, de repente.

Poppy sorriu e assentiu com animação.

— Viu, agora você entende como é para mim. Não posso suprimir minha criatividade, sabe? Sei *exatamente* o que você quer dizer.

É uma coisa instintiva, muito natural. — Os olhos dela brilharam, e a voz baixou para o tom de um sussurro. — Como o *amor*.

— É isso aí! — repetiu Ivan, vendo Elizabeth tão de perto que seu nariz quase tocava a bochecha dela, mas dessa vez num sussurro leve que soprou alguns fios de cabelo soltos em volta da orelha de Elizabeth.

CAPÍTULO 9

— Poppy, você me chamou? — perguntou Elizabeth, por trás da montanha de amostras de carpete empilhadas em sua mesa naquele mesmo dia.

— Não, *de novo* — veio a resposta entediada. — E, por favor, pare de me chamar quando estou prestes a encomendar duas mil latas de tinta de cor magnólia para nossos futuros projetos. É melhor ser organizada e planejar para os próximos vinte anos — murmurou ela, depois resmungou alto o bastante para Elizabeth ouvir —, já que não vamos mesmo mudar de ideia tão cedo.

— Ah, está bem. — Elizabeth sorriu. — Você pode encomendar outra cor também.

Poppy quase caiu da cadeira de animação.

— Peça algumas centenas de latas de bege, já que está aí. Chama "Barley".

— Ha-ha — disse Poppy, seca.

Ivan arqueou as sobrancelhas para Elizabeth.

— Elizabeth, Elizabeth — cantou ele —, você fez uma piadinha? Acho que fez.

Ele olhou direto para ela, com os cotovelos na mesa. Suspirou, soprando de novo as mechas soltas do cabelo dela ao fazer isso.

Elizabeth ficou paralisada, mexeu os olhos da esquerda para a direita, suspeitando de algo, e continuou trabalhando.

— Ah, está vendo como ela me trata? — disse Ivan dramaticamente, segurando a mão na testa e fingindo desmaiar em um divã de couro preto no canto da sala. — É como se eu nem estivesse aqui. — Ele colocou os pés para cima e olhou para o teto. — Esqueça a história de sala da diretora, isso aqui parece um consultório de psiquiatra. — Ele olhou para as rachaduras do teto, fez um sotaque americano e disse em voz alta para a sala: — Sabe, doutor, tudo começou quando Elizabeth ficou me ignorando. Eu me sentia tão *mal-amado*, tão *sozinho, muito, muito sozinho*. É como se eu não existisse. Como se eu fosse *nada*! É tudo culpa de Elizabeth. — Ele parou e a observou por um instante, combinando carpetes com tecidos e cartelas de tinta e, quando falou de novo, a voz dele tinha voltado ao normal: — Mas é culpa dela não conseguir me ver, porque tem medo demais de acreditar. Não é, Elizabeth?

— O quê? — gritou Elizabeth de novo.

— "O que" o quê? — gritou de volta Poppy, irritada. — Eu não falei nada!

— Você me chamou.

— Não chamei, não, você está ouvindo vozes de novo e, por favor, pare de cantarolar essa porcaria dessa música! — berrou Poppy, esganiçada.

— Que música? — perguntou Elizabeth, e fez uma cara feia.

— O que quer que seja esse *negócio* que você está cantarolando a manhã toda. Está me deixando *louca*.

— Muito obrigado! — anunciou Ivan, levantando-se e fazendo uma mesura dramática antes de jogar seu corpo de volta no divã. — *Eu* inventei essa música. Toma essa, Andrew Lloyd Webber.

Elizabeth continuou trabalhando. Tinha começado a cantarolar, depois parou imediatamente.

— Sabe, Poppy — gritou Ivan para a outra sala. — Acho que Elizabeth consegue me ouvir. — Ele cruzou as mãos em frente ao peito e girou os dedões. — Acho que ela consegue me ouvir muito bem. Não é, Elizabeth?

— Deus do céu. — Elizabeth jogou as amostras na mesa. — Becca, é você que está me chamando?

— Não. — A voz de Becca mal estava audível.

O rosto de Elizabeth ficou vermelho e agitado com a vergonha de parecer louca na frente de suas funcionárias. Tentando demonstrar domínio de novo, ela chamou, séria:

— Becca, pode me trazer um café do Joe's?

— Ah, aliás — cantou Ivan, se divertindo —, não se esqueça de dizer para ela levar uma das canecas consigo. O Joe vai gostar.

— Ah! — Elizabeth estalou os dedos como se tivesse acabado de se lembrar de alguma coisa. — Pode levar uma dessas canecas com você. — Ela entregou uma caneca a Becca. — O Joe vai — pausou, parecendo confusa — gostar.

— Olha, ela consegue me ouvir, sim. — Ivan riu. — Só não quer admitir para si mesma. Aquela mente mandona dela não permite. Tudo é preto e branco para essa mulher... E bege. Mas vou deixar as coisas aqui um pouco mais animadas, a gente vai se *divertir*. Já fez isso antes, Elizabeth? Já se divertiu?

Os olhos dele brilhavam com a travessura.

Ele balançou as pernas para fora do divã e ficou de pé em um pulo. Sentou-se na ponta da mesa de Elizabeth e olhou para as páginas impressas contendo as informações das pesquisas on-line sobre amigos imaginários. Fez "tsc-tsc" e balançou a cabeça.

— Não, você não acredita nessa bobajada, né, Lizzie? Posso te chamar de Lizzie?

O rosto de Elizabeth se contraiu.

— Ah — disse Ivan, gentilmente —, você não gosta de ser chamada de Lizzie?

Elizabeth engoliu de leve.

Ele se deitou na mesa em cima de todas as amostras de carpete e descansou a cabeça na mão.

— Bom, tenho notícias para você — sussurrou ele. — Eu sou real. E não vou a lugar nenhum até você abrir esses olhos direito para me enxergar.

Elizabeth parou de mexer nas cartelas de cores e levantou os olhos lentamente. Olhou ao redor do escritório e à sua frente. Por algum motivo, sentia-se calma, mais calma do que há muito tempo. Estava em um transe, olhando para o nada, mas sem conseguir piscar nem desviar os olhos, sentindo-se cercada de afeto e segurança.

De repente, a porta de seu escritório se abriu com tanta força e rapidez que a maçaneta bateu contra a parede. Elizabeth e Ivan deram um solavanco de susto.

— Aaaah, bom, desculpe interromper os pombinhos — brincou Saoirse, da porta.

Elizabeth, confusa, imediatamente começou a arrumar a mesa, um reflexo de pânico natural para ela com aquela chegada inesperada de sua irmã mais nova. Ela passou as mãos pelo paletó e depois pelo cabelo.

— Ah, não precisa arrumar nada por minha causa. — Saoirse fez um gesto de indiferença com a mão, mascando rápido um chiclete. — Você é tão certinha, sabia? *Relaxa.* — Os olhos dela se moveram para cima e para baixo enquanto ela examinava com suspeita a área ao lado da mesa de Elizabeth. — E então? Não vai me apresentar?

Com os olhos semicerrados, Elizabeth examinou a irmã. Saoirse a deixava nervosa com seu comportamento neurótico e seus chiliques esporádicos. Com ou sem álcool, Saoirse sempre fora a mesma: difícil. Aliás, Elizabeth mal conseguia saber quando ela estava bêbada ou sóbria. A irmã nunca se encontrara, nunca desenvolvera uma personalidade ou aprendera quem era, o que queria, o que a fazia feliz ou qual caminho queria seguir na vida. Ela ainda não sabia. Era uma mescla de personalidades que nunca tiveram a permissão de se desenvolver. Elizabeth se perguntava quem a irmã poderia ser se conseguisse parar de beber. Temia que o álcool fosse apenas um problema a menos em uma lista de muitos.

Era tão raro elas ficarem sozinhas em uma sala para conversar — Elizabeth se sentia como uma criança sozinha em um campo, tentando prender uma borboleta em um pote. Ela era muito linda, iluminava o cômodo, mas nunca parava tempo suficiente para ser capturada. Elizabeth vivia caçando e, quando conseguia pegar a irmã, Saoirse batia as asas o tempo todo em pânico, tentando fugir.

Quando estava com Saoirse, tentava muito ser compreensiva, tratá-la com a empatia que a irmã merecia. Tinha aprendido tudo sobre isso ao buscar ajuda profissional. Queria conselho do maior número possível de lugares para ajudar a irmã. Precisava saber as elusivas palavras mágicas para dizer a Saoirse em suas raras visitas. Então, mesmo quando Saoirse a maltratava, Elizabeth continuava a apoiando e sendo gentil, porque tinha medo de perdê-la para sempre, medo de que a irmã perdesse o controle por completo. Além do mais, sentia ter o dever de cuidar dela. Mas, acima de tudo, era porque ela estava cansada de ver todas as lindas borboletas de sua vida voarem.

— Apresentar a quem? — respondeu Elizabeth, gentilmente.

— Ah, para de ser condescendente. Se não quer me apresentar, tudo bem. — Ela virou-se à cadeira vazia. — Ela tem vergonha de mim, sabe. Acha que sujei o "bom nome" dela. Você sabe como os vizinhos gostam de falar... — Ela riu com amargura. — Ou talvez ela tenha medo de que eu espante você. Aconteceu com o outro, entende. Ele...

— Está bem, está bem, Saoirse — interrompeu Elizabeth. — Olha, é bom que você tenha vindo, porque eu queria conversar sobre uma coisa.

O joelho de Saoirse subia e descia. Sua mandíbula mascava o chiclete.

— Colm me trouxe o carro de volta na sexta e me disse que tinha prendido você. É sério, Saoirse. Você vai ter que tomar muito cuidado até o julgamento. Será em algumas semanas, e se fizer... mais alguma coisa, bom, vai afetar sua pena.

Saoirse revirou os olhos.

— Elizabeth, *relaxa*! O que eles vão fazer? Me prender por anos por dirigir dois minutos pela estrada no carro da minha irmã? Não podem tirar minha carteira de motorista, porque eu não tenho uma, e, se me impedirem de tirar, não estou nem aí, porque não quero. Eles só vão me dar umas semanas de serviço comunitário de merda, provavelmente ajudando umas velhinhas a atravessar a rua ou algo assim. Vai ficar tudo bem. — Ela fez uma bola e estourou contra os lábios rachados.

Os olhos de Elizabeth se arregalaram.

— Saoirse, você não pegou meu carro *emprestado*. Pegou sem permissão e sem carteira de motorista. Por favor — a voz dela falhou —, você não é idiota, sabe muito bem o que é errado.

Elizabeth pausou e tentou se recompor. Dessa vez, ela tinha que falar. Mas, embora a situação fosse igual sempre, Saoirse continuava em negação. Ela engoliu em seco.

— Olha — disse Saoirse, ficando irritada. — Tenho 22 anos e estou fazendo exatamente a mesma coisa que todo mundo da minha idade: saindo e me divertindo. — O tom dela ficou maldoso. — Só porque você não tinha vida com a minha idade, não quer dizer que eu não possa ter. — As asas dela estavam batendo loucamente, como se ela estivesse presa em um pote e ficando sem ar.

"É, eu estava ocupada criando você", pensou Elizabeth, com raiva. "E obviamente fiz um péssimo trabalho."

— Você vai ficar aí sentado ouvindo a nossa conversa ou o quê? — comentou Saoirse, grossa, olhando na direção do divã.

Elizabeth franziu o cenho e pigarreou.

— Mas e o que Paddy disse? Não importa se *você* acha que não fez nada de errado. A polícia acha que você fez.

Saoirse mascou seu chiclete, e seus olhos azuis frios miraram Elizabeth.

— Paddy não teria a capacidade de organizar um concurso de mijo em uma cervejaria. Ele não tem motivo para me acusar de *nada*. A não ser que de repente seja ilegal se divertir. — As asas batiam, batiam.

— Por favor, Saoirse — disse Elizabeth, baixinho —, por favor, me ouça. Eles estão falando sério dessa vez. Só... pegue mais leve com... hã... Com a bebida.

— Ah, chega de falar disso, cala a boca. — O semblante de Saoirse se contraiu. — Cala a boca, cala a boca, cala a boca, estou cansada de te ouvir. — Ela se levantou. — Não tem problema nenhum com o quanto eu bebo. É você que tem problema, achando que é perfeita pra caralho. — Ela abriu a porta e gritou para todo mundo ouvir. — Ah, e você — ela fez um gesto com a cabeça para o divã —, não acho que vai ficar muito tempo por aqui. Todos eles acabam indo embora, né, *Lizzie*? — Ela cuspiu o nome.

Os olhos de Elizabeth brilharam com lágrimas de raiva.

Saoirse bateu a porta com força atrás de si. Ela tinha forçado a tampa do pote a se abrir e estava livre para voar de novo. O barulho da batida fez o corpo de Elizabeth tremer. O escritório ficou tão silencioso que até a mosca que estava zunindo por ali parou e pousou na luminária. Um momento depois, houve uma batida fraca na porta.

— O que foi? — disparou Elizabeth.

— Hã, é a Becca — veio a resposta baixinha — com seu café.

Elizabeth arrumou o cabelo para trás e enxugou os olhos.

— Entre.

Quando Becca estava saindo da sala, Elizabeth viu Saoirse marchando de volta pela área da recepção.

— Ah, aliás, esqueci de pedir um dinheiro. — A voz dela estava mais gentil. Sempre ficava assim quando queria algo.

O coração de Elizabeth afundou.

— Quanto?

Saoirse deu de ombros.

— Cinquenta euros.

Elizabeth procurou na bolsa.

— Você ainda está hospedada na pousada?

Saoirse fez que sim.

Ela tirou cinquenta euros e pausou antes de entregar.

— Para que é?

— Drogas, Elizabeth, muitas, muitas drogas — disse Saoirse, irônica.

Os ombros de Elizabeth caíram.

— Eu quis dizer...

— Compras. Sabe como é, pão, leite, papel higiênico. Esse tipo de coisa. — Ela arrancou a nota novinha da mão de Elizabeth. — Nem todo mundo limpa a bunda com seda, sabe. — Ela pegou uma amostra de material da mesa e jogou em Elizabeth.

A porta se fechou atrás dela, e Elizabeth ficou parada sozinha no centro de sua sala, vendo o pedaço de seda preta cair sem esforço no tapete branco.

Ela sabia como era cair.

CAPÍTULO 10

Algumas horas depois, Elizabeth fechou o computador, arrumou a mesa pela vigésima vez e saiu de sua sala. Becca e Poppy estavam paradas olhando para o nada. Elizabeth se virou para ver o que prendia a atenção delas.

— Está acontecendo de novo — entoou Poppy, nervosa.

Todas olharam a cadeira girando sozinha.

— Vocês acham que é o sr. Bracken? — perguntou Becca, baixinho.

Poppy imitou a voz da sra. Bracken.

— Girar cadeiras não é o que o sr. Bracken ia querer.

— Não se preocupem, meninas — disse Elizabeth, tentando não rir. — Vou chamar o Harry para arrumar amanhã. Podem ir para casa.

Depois de se despedirem, Elizabeth continuou olhando em silêncio para a cadeira. Aproximou-se dela devagar, centímetro a centímetro. Quando chegou bem perto, ela parou de girar.

— Covarde — murmurou Elizabeth.

Ela olhou ao redor para se certificar de que estava sozinha e, lentamente, agarrou os braços da cadeira e se sentou. Nada aconteceu. Ela quicou algumas vezes, olhou as laterais e embaixo, e ainda assim nada aconteceu. Bem quando ela estava prestes a se levantar e ir embora, a cadeira começou a se mexer. Devagar, de início, depois ganhando velocidade aos poucos. Nervosa, ela considerou pular, mas, com a cadeira girando cada vez mais rápido, ela começou a rir. Gargalhou cada vez mais alto quanto mais rápido ia. Os lados de sua barriga doíam. Ela não se lembrava da última vez que se sentira tão jovem, pés para o ar, cabelo voando na brisa. Por fim, depois de alguns momentos, a cadeira desacelerou até parar, e Elizabeth recuperou o fôlego.

Seu sorriso lentamente desbotou, e a risada infantil na cabeça dela começou a morrer. Só sobrou o completo silêncio do escritório abandonado. Ela começou a cantarolar, e seus olhos examinaram a mesa desorganizada de Poppy, com pilhas de material, potinhos de amostra de tinta, esboços e revistas de decoração de interiores. Seu olhar caiu sobre uma foto de Poppy, suas duas irmãs, três irmãos e pais, todos se espremendo em um sofá, parecendo um time de futebol. A semelhança entre eles era óbvia. Tinham narizinhos redondos e olhos verdes que se fechavam até virar fendas quando eles riam. No canto da moldura havia uma série de fotos de cabine com Poppy e o namorado, os dois fazendo caretas nas três primeiras. Mas a quarta era deles olhando amorosamente nos olhos um do outro. Um momento entre os dois, capturado eternamente pela câmera.

Elizabeth parou de cantarolar e engoliu em seco. Ela conhecera esse olhar.

Continuou olhando a moldura, tentando não pensar naqueles momentos, mas, de novo, perdeu a batalha, afogando-se no mar de memórias que inundou sua mente.

Ela começou a soluçar. Lamúrias baixinhas, no início, que logo saíram de sua boca como lamentos cheios de dor da profundeza de seu coração. Ela conseguia ouvir a própria mágoa. Cada lágrima era um grito de ajuda que nunca fora respondido, e que agora ela não esperava mais que fosse. E isso a fez chorar ainda mais.

Elizabeth marcou outro dia em seu calendário com uma caneta vermelha. Sua mãe estava sumida há exatamente três semanas dessa vez. Não era o maior tempo, por enquanto, mas era o bastante para Elizabeth. Ela escondeu o calendário embaixo da cama e se deitou. Tinha sido mandada para o quarto pelo pai há três horas, pois ele estava cansado de vê-la caminhando animada para lá e para cá na frente da janela da sala de estar. Ela precisava lutar contra o sono para não perder a volta da mãe. Aqueles eram os melhores momentos, pois a mãe estaria de bom humor, feliz por estar em casa, dizendo a Elizabeth como sentia sua falta, sufocando-a tanto com abraços e beijos que Elizabeth não conseguia se lembrar de algum dia ter se sentido triste.

A mãe flutuaria pelos quartos da casa quase como se seus pés não tocassem o chão. Suas palavras seriam grandes sussurros de animação, a voz tão baixa que fazia Elizabeth sentir que cada palavra era um segredo delas. Seus olhos brilhariam e dançariam de deleite enquanto ela contava à filha suas aventuras e quem tinha conhecido pelo caminho. Elizabeth não queria dormir, para não perder aquilo tudo.

Elizabeth pulou de novo da cama, na pia da suíte, e jogou no rosto água gelada. Fique acordada, Elizabeth, fique acordada, disse a si mesma. Apoiou seus travesseiros contra a parede e se sentou aprumada na cama, olhando pelas cortinas abertas para a estrada escura que levava à escuridão. Não tinha dúvidas de que a mãe voltaria hoje, pois tinha prometido. E tinha que manter a promessa, pois era o aniversário de 10 anos de Elizabeth no dia seguinte e a mãe não ia perder. Há apenas algumas semanas, ela prometera que iam comer bolos, pães e todos os doces que a filha quisesse. E teriam balões das cores favoritas de Elizabeth, que elas levariam para o campo, soltariam e veriam voar até as nuvens. Elizabeth não parava de pensar naquilo desde que sua mãe se fora. Sua boca se enchia de água só de pensar nos bolinhos com linda cobertura cor-de-rosa, e ela sonhava com balões da mesma cor presos em fitas brancas flutuando até o céu azul bem alto. E o dia estava quase chegando, a espera tinha acabado!

Ela pegou *A teia de Charlotte*, um livro que estava lendo à noite para ficar acordada, e acendeu a lanterna, já que o pai não permitia luzes acesas depois das oito. Após algumas páginas, suas pálpebras ficaram pesadas. Ela fechou lentamente os olhos, pretendendo apenas descansá-los um pouquinho. Toda noite, ela lutava contra o sono, porque era sempre o sono que permitia que sua mãe saísse de fininho noite afora, e era o sono que lhe fazia perder suas grandes chegadas. Até quando a mãe estava em casa, ela lutava para não dormir, escolhendo, em vez disso, ficar em frente à porta dela, às vezes vendo-a cair em sono profundo, outras vezes protegendo-a e impedindo-a de ir embora. Mesmo nas raras vezes em que dormia, seus sonhos gritavam para que ela acordasse como se estivesse fazendo algo errado. As pessoas viviam comentando com seu pai que ela era jovem demais para ter olheiras escuras embaixo dos olhos.

O livro caiu das mãos de Elizabeth, e ela se perdeu no mundo do sono.

O portão da frente rangeu.

Os olhos da menina se abriram para a claridade da manhã, e o coração dela batia loucamente. Ela ouviu o som de passos no cascalho aproximando-se da porta de entrada. O coração de Elizabeth deu piruetas. A mãe não a tinha esquecido! Sabia que ela não perderia seu aniversário.

Elizabeth pulou da cama e fez uma dancinha pelo quarto, sem saber se abria a porta para a mãe ou deixava que ela fizesse a entrada triunfal que tanto amava. Ela saiu correndo de camisola pelo corredor. Conseguia ver a imagem borrada de um corpo pelo vidro ondulado da porta da frente. Ela pulou de pé em pé, nervosa e animada.

A porta do quarto de seu pai se abriu. Ela se virou para olhá-lo, sorridente. Ele lhe deu um sorrisinho e se apoiou no batente, observando a porta da frente. Elizabeth virou a cabeça para lá, torcendo a barra da camisola com suas mãozinhas. A caixa de correio se abriu. Dois envelopes brancos deslizaram por ela e caíram no piso de pedra. A figura na porta começou a sumir. O portão rangeu e se fechou.

Elizabeth soltou a barra da camisola e parou de pular. De repente, sentiu o frio do piso de pedra.

Lentamente, pegou os envelopes. Ambos estavam endereçados a ela, e seu coração acelerou de novo. Talvez, afinal, a mãe não tivesse esquecido. Talvez tivesse ficado tão envolvida com uma de suas aventuras que não conseguira chegar em casa a tempo e precisara explicar tudo em uma carta. Ela abriu os envelopes, tomando cuidado para não rasgar o papel que podia conter palavras preciosas da mãe.

Os dois eram cartões de aniversário de parentes distantes e diligentes.

Ela se desanimou, e seu coração encolheu. Virou-se para olhar o pai e balançou a cabeça devagar. O rosto dele escureceu, e ele olhou com raiva para o nada. Eles cruzaram olhares de novo e, por um momento, um raro momento, compartilharam o mesmo sentimento de certeza, e Elizabeth não se sentiu mais tão só. Ela deu um passo à frente para abraçá-lo.

Mas ele tinha se virado e fechado a porta atrás de si.

O lábio inferior de Elizabeth tremeu. Não houve bolinhos nem pães naquele dia. Os balões cor-de-rosa flutuando para as nuvens não passaram de sonhos. E Elizabeth aprendeu que imaginar e fantasiar só servia para partir seu coração.

CAPÍTULO 11

O assobio da água fervendo na chaleira trouxe Elizabeth de repente de volta ao presente. Ela atravessou correndo a cozinha para levantar a panela da boca do fogão e abaixar o fogo. Espetou o frango cozido e os vegetais, perguntando-se onde estava com a cabeça hoje.

— Luke, o jantar está pronto — chamou.

Ela tinha pegado Luke na casa do avô depois do trabalho, embora não estivesse nem um pouco a fim de dirigir por aquela estrada depois de se debulhar em lágrimas no escritório. Ela não chorava havia anos. Não sabia o que estava acontecendo nos últimos dias. Sua mente ficava vagando, o que nunca acontecia. Permanecia sempre a mesma, tinha pensamentos estáveis, controlados, e era sempre constante, nunca parava. Nada parecido com o seu comportamento hoje no escritório.

Luke entrou na cozinha arrastando os pés, já vestido com o pijama do Homem-Aranha. Olhou triste para a mesa.

— Você não colocou o lugar do Ivan de novo.

Elizabeth abriu a boca para protestar, mas parou a tempo, lembrando o conselho dos sites.

— Ah, não?

Luke a olhou com surpresa.

— Desculpe, Ivan — disse ela, pegando um terceiro prato.

Que desperdício de comida, pensou, colocando brócolis, couve-flor e batatas no prato dele.

— Acho que ele não gosta de frango, então, isto vai ter que ser suficiente.

Ela colocou o prato com sobra de vegetais à sua frente.

Luke balançou a cabeça.

— Ele disse que adora frango.

— Deixe-me adivinhar — disse Elizabeth, cortando um pedaço de sua própria refeição. — Frango é a coisa favorita dele.

Luke sorriu.

— Ele falou que é a *ave* favorita dele.

— Certo. — Elizabeth revirou os olhos. Observou o prato de Ivan, perguntando-se como é que Luke comeria um segundo prato de vegetais. Era difícil o bastante tentar fazer com que ele comesse os seus próprios.

— Ivan disse que se divertiu hoje no seu escritório — comentou Luke, dando uma garfada no brócolis, mastigando rápido e fazendo cara de nojo. Ele engoliu depressa e tomou um gole de leite.

— Ah, é? — Elizabeth sorriu. — O que teve de tão divertido no meu escritório?

— Ele gostou de girar a cadeira — respondeu ele, espetando uma batata bolinha.

Elizabeth parou de mastigar e olhou fixamente para Luke.

— Como assim?

Luke colocou a batata na boca e mastigou.

— Ele disse que girar na cadeira de Poppy é a coisa favorita dele.

Elizabeth, pela primeira vez, ignorou o fato de ele estar falando de boca cheia.

— Você falou com a Poppy hoje?

Luke amava Poppy e, às vezes, conversava com ela quando Edith ligava para o escritório para checar algum detalhe com Elizabeth. Ele sabia o telefone do escritório de Elizabeth de cor — ela tinha insistido para que aprendesse assim que aprendera os números —, então, era bem possível que tivesse ligado, sentindo falta das conversas com ela enquanto Edith não estava. Deve ter sido isso, pensou, aliviada.

— Não.

— Falou com a Becca?

— Não.

O frango de repente ficou com gosto de papelão na boca de Elizabeth. Ela engoliu rápido e apoiou a faca e o garfo. Observou Luke comendo, perdido em pensamentos. O prato de Ivan estava intocado, como era de se esperar.

— Você falou com a Saoirse hoje? — Ela analisou o rosto dele. Perguntou-se se o teatrinho de Saoirse em seu escritório tinha algo a ver com a nova obsessão de Luke por Ivan. Conhecendo bem a irmã, ela a teria atormentado se tivesse ficado sabendo de um amigo imaginário.

— Não.

Talvez fosse só uma coincidência. Talvez Luke estivesse apenas adivinhando sobre a cadeira giratória. Talvez, talvez, talvez. Onde tinham ido parar, de repente, todas as certezas dela?

— Não brinque com os vegetais, Luke. O Ivan me disse para dizer a você que eles fazem bem para a saúde. — Ela bem que podia usar aquela situação em benefício próprio.

Luke começou a rir.

— Qual é a graça?

— O Ivan diz que todas as mães usam ele para fazer as crianças comerem os vegetais.

Elizabeth arqueou as sobrancelhas e sorriu.

— Bom, pode dizer a ele que é porque as mães sabem o que é bom. — O sorriso dela sumiu. Bem, *algumas* mães, pelo menos.

— Pode dizer você mesma — sugeriu Luke, e deu uma risadinha.

— Está bem — concordou Elizabeth, e olhou para a cadeira vazia à sua frente. — De onde você é, Ivan?

Ela inclinou-se para a frente e falou como se se dirigisse a uma criança.

Luke começou a rir dela, que se sentiu tola.

— Ele é de Atnoc ed Zaf.

Foi a vez de Elizabeth rir.

— Ah, é? E onde fica isso?

— Muito, muito distante — comentou Luke.

— Quão distante? Tipo Donegal? — brincou ela, e sorriu.

Luke deu de ombros, já entediado com a conversa.

— Ei. — Elizabeth olhou para Luke e riu. — Como você fez isso?

— Fiz o quê?

— Pegou uma batata do prato do Ivan.

— Eu não peguei. — Luke fez uma careta. — Ele comeu.

— Não seja bob... — Ela se interrompeu.

Naquela mesma noite, Luke estava deitado no chão da sala de estar, cantarolando *aquela* música enquanto Elizabeth bebia uma xícara de café e olhava para a televisão. Havia muito tempo que não faziam isso. Em geral, depois do jantar, cada um seguia para um canto. Em geral, não conversavam muito durante a refeição, mas era porque *em geral* Elizabeth não fazia brincadeiras tolas. Ela começou a se arrepender do que tinha feito. Observou Luke colorindo com giz de cera no chão. Ela tinha colocado um tapete para ele não sujar o carpete e, embora detestasse quando ele brincava fora da sala de brinquedos, ficou feliz de ele ao menos estar brincando com brinquedos que ela conseguia enxergar. Tudo tem um lado bom, é o que dizem. Ela voltou sua atenção novamente ao programa de reformas de casa.

— Elizabeth. — Ela sentiu a batida de um dedinho em seu ombro.

— Sim, Luke?

— Desenhei pra você — disse ele, e entregou um desenho muito colorido. — Sou eu e o Ivan brincando no jardim.

Elizabeth sorriu e analisou o desenho. Luke tinha escrito os nomes em cima dos dois homens de palitinho, mas o que a surpreendeu foi a altura de Ivan. Ele tinha o dobro do tamanho de Luke e estava vestido com uma camiseta azul, jeans, sapatos azuis e tinha cabelo preto e grandes olhos azuis. Sua mandíbula estava coberta pelo que parecia uma barba por fazer. Eles estavam de mãos dadas, com um grande sorriso no rosto. Ela paralisou, sem saber muito bem o que dizer. O amigo imaginário não devia ter a mesma idade que ele?

— Hã, o Ivan é bem alto para ter só 6 anos, não? — Talvez Luke o tivesse desenhado bem grande porque era muito importante para ele, raciocinou Elizabeth.

Luke rolou no chão, rindo.

— O Ivan sempre diz que não tem nada de *só* ter 6 anos, e, de todo modo, *ele* não tem 6 anos. — Ele riu alto de novo. — Ele é velho igual a você!

Os olhos de Elizabeth se arregalaram de horror. *Velho igual a ela?* Que tipo de amigo imaginário o sobrinho dela tinha criado?

CAPÍTULO 12

Amigos têm todos os formatos e tamanhos, todos sabemos disso, então por que amigos "imaginários" seriam diferentes? Elizabeth estava enganada. Aliás, ela estava *completamente* enganada porque, até onde eu podia ver, ela não tinha *nenhum* amigo. Talvez seja porque ela só estava procurando mulheres de 34 anos que se pareciam com ela, se vestiam e agiam como ela. A expressão em seu rosto ao olhar o desenho denunciava sua expectativa de que Luke desenharia alguém igual a ele mesmo. E não é assim que se faz amigos.

O importante não é nossa *aparência*, mas o papel que temos na vida de nosso melhor amigo. Amigos escolhem certos amigos porque é o tipo de companhia que estão buscando naquele momento específico, não porque são da altura ou da idade correta, ou porque têm a cor de cabelo certa. Nem sempre é o caso, mas muitas vezes tem um motivo para, por exemplo, Luke me ver em vez de ver meu colega Tommy, que parece ter 6 anos e está sempre com o nariz escorrendo. Quer dizer, eu não vejo nenhum outro homem mais velho interagindo com Luke, entende? Só porque alguém vê amigos "imaginários" não quer dizer que veja todos. A pessoa tem a *habilidade* de ver todos, mas como os seres humanos só usam dez por cento do cérebro, você nem imagina quantas outras habilidades existem. Tem tantas outras coisas maravilhosas que os olhos poderiam ver se focassem de verdade. A vida é meio como uma pintura. Uma pintura abstrata muito bizarra. É possível olhar para ela e achar que só existe um borrão. E é possível continuar vivendo com a crença de que é tudo um borrão. Mas, quando se olha de verdade, quando se vê de verdade, foca e usa a imaginação, a vida pode se tornar muito mais. Aquela pintura pode ser do mar, do céu, de pessoas, de prédios, de uma borboleta posando em uma flor ou de *qualquer coisa* diferente do borrão que você antes estava convencido de estar lá.

Depois dos acontecimentos no escritório de Elizabeth, precisei convocar uma reunião de emergência de "AI?". Tenho esse emprego há anos e achei que já tinha visto de tudo, mas, obviamente, não tinha. Saoirse me enxergar e falar comigo me atordoou. Quer dizer, nunca aconteceu antes. Sim, Luke podia me ver — isso era normal. Elizabeth conseguia sentir minha presença, mas eu estava começando a me acostumar a isso. Mas Saoirse me ver? Claro, é comum ser visto por mais de uma pessoa durante um trabalho, mas nunca por um *adulto* nem nunca por *dois* adultos. A única amiga na empresa que lidava com adultos era a Olivia, e não era uma regra, só parecia acontecer com frequência. Fiquei confuso, então, pedi para a "chefe" reunir todo o pessoal de sempre para uma reunião "AI?" de última hora.

Nossas reuniões "AI?" foram criadas para discutir a situação atual de cada um e debater algumas ideias e sugestões para quem estiver meio perdido. Nunca precisei convocar uma para mim mesmo, então vi que a chefe ficou chocada quando o fiz. Todos estávamos cansados de ser rotulados "amigos imaginários" pelas pessoas e pela mídia, então, decidimos chamar a reunião de "Amigos Imaginários?". Foi ideia minha.

As seis pessoas que se reúnem são as mais sêniores da empresa. Cheguei à sala AI? ao som de todos rindo e brincando. Cumprimentei-os e nos sentamos para esperar a chefe. Não nos reunimos em torno de longas mesas de reunião com cadeiras de couro fedidas em uma sala de conselho sem janelas. Temos uma abordagem mais relaxada, porque, quanto mais confortáveis todos nos sentirmos, mais podemos contribuir. Sentamos em círculo, em assentos confortáveis. O meu é um pufe. O de Olivia é uma cadeira de balanço. Ela diz que, assim, é mais fácil de tricotar.

A chefe não é muito mandona, é só o jeito de dizer. Na verdade, ela é uma das pessoas mais legais que você vai conhecer na vida.

Ela já viu de tudo *mesmo*: sabe tudo o que se pode saber sobre ser um melhor amigo. É paciente e afetuosa, ouve e escuta as entrelinhas mais do que qualquer um que eu conheça. O nome dela é Opal, e ela é linda. Bem naquele momento, ela entrou flutuando na sala com um robe roxo, os dreadlocks presos em um meio rabo de cavalo afastado do rosto, com comprimento passando dos ombros. Ela tinha minúsculas miçangas espalhadas pelo cabelo, que brilhavam conforme ela se movia. Havia margaridas encaixadas nos dreadlocks como uma tiara, uma corrente de margaridas em torno do pescoço e dos pulsos. Óculos redondos com lentes roxas repousavam em seu nariz, e, quando ela sorriu, o brilho era suficiente para guiar navios a portos seguros em uma noite escura.

— Lindas margaridas, Opal — disse Calendula, baixinho, atrás de mim.

— Obrigada, Calendula. — Ela sorriu. — Eu e a pequena Tara as fizemos hoje no jardim dela. Você está muito bem-vestida hoje. Que cor linda.

Calendula abriu um sorrisão. Ela era melhor amiga há séculos, como eu, mas parece ter a idade de Luke. É pequena, com o cabelo loiro que, hoje, estava arrumado em cachos largos, fala baixo, tem grandes olhos azuis e estava usando um vestidinho amarelo leve, com faixas amarelas combinando no cabelo. Ela calçava sapatos brancos novos e brilhantes que balançavam de sua cadeira de madeira feita à mão. A cadeira sempre me lembrava de uma cadeira de João e Maria, amarela, com corações e doces pintados.

— Obrigada, Opal. — As bochechas de Calendula ficaram cor-de-rosa. — Vou a um chá depois desta reunião com minha nova melhor amiga.

— Ah, é? — Opal arqueou as sobrancelhas, impressionada. — Que bom! Onde é?

— No quintal dos fundos. Ontem ela ganhou de aniversário um jogo de chá novo — respondeu ela.

— Ah, que adorável. Como vão as coisas com Maeve?

— Bem, obrigada.

Calendula baixou o olhar para o colo.

O barulho dos outros na sala foi diminuindo. E todo o foco estava em Opal e Calendula. Opal não era o tipo de pessoa que pedia para todos fazerem silêncio para começar a reunião. Ela sempre a começava fazendo silêncio, sabendo que os outros logo terminariam suas conversas e se acomodariam em seu próprio tempo. Sempre dizia que as pessoas precisavam de tempo e, então, conseguiam entender sozinhas a maioria das coisas.

Opal ainda estava observando Calendula mexer em uma fita de seu vestido.

— A Maeve ainda está te dando ordens, Calendula?

Calendula fez que sim e pareceu triste.

— Ela continua me falando o que fazer o tempo todo e, quando quebra alguma coisa e os pais ficam bravos, ela põe a culpa em mim.

Olivia, uma melhor amiga de aparência velha que estava balançando em sua cadeira enquanto tricotava, fez um "tsc-tsc" alto.

— Você sabe por que Maeve está fazendo isso, né, Calendula? — indagou Opal, suavemente.

Calendula assentiu.

— Eu sei que me ter por perto dá a ela a oportunidade de estar no controle e que ela está espelhando o comportamento dos pais. Entendo por que está fazendo isso e a importância dessas ações, mas ser tratada desse jeito dia sim e dia também é um pouco desanimador às vezes.

Todo mundo balançou a cabeça em concordância. Todos já tínhamos passado por aquilo. A maioria das crianças pequenas gostava de mandar em nós, já que era sua única chance de fazer isso sem criar problemas.

— Bem, você sabe que ela não vai fazer isso por muito mais tempo, Calendula — disse Opal, em tom encorajador, e Calendula fez que sim, os cachos balançando para cima e para baixo.

— Bobby — chamou Opal, e se virou para um menininho com o boné virado para trás. Sentado em um skate, ele ia para a frente e para trás enquanto ouvia a conversa. — Você precisa parar de jogar jogos de computador com o pequeno Anthony. Você sabe por quê, né?

O menininho com rosto de anjo assentiu e, quando falou, sua voz soava muito mais velha do que seus aparentes 6 anos.

— Bem, porque Anthony só tem 3 anos e não devia ser obrigado a se conformar a papéis de gênero. Ele precisa brincar com brinquedos que lhe permitam assumir o controle, que sejam flexíveis e que tenham mais de uma utilidade. Brincar muito com um tipo de brinquedo vai atrapalhar o desenvolvimento dele.

— Com que tipo de coisa você acha que deviam estar brincando? — perguntou Opal.

— Vou me concentrar em brincar com... bem, na verdade, quase nada, para podemos interpretar papéis, ou então usar caixas, utensílios de cozinha ou rolos acabados de papel higiênico.

Todos rimos deste último. Rolos de papel higiênico são minha coisa favorita. Dá para fazer muitas coisas com eles.

— Muito bom, Bobby. Só tente não se esquecer disso quando Anthony tentar te convencer a jogar no computador de novo. Como o Tommy faz... — A voz dela diminui, e ela olha ao redor. — Aliás, cadê o Tommy?

— Desculpem pelo atraso — respondeu uma voz alta da porta.

Tommy entrou na sala com os ombros para trás e os braços balançando, como um homem cinquenta anos mais velho do que ele. Havia sujeira por toda a sua cara, manchas de grama em torno dos joelhos e das canelas, cortes, feridas e lama nos cotovelos. Ele mergulhou no pufe, fazendo um som de estrondo com a boca.

Opal riu.

— Bem-vindo, Tommy. Andou ocupado, é?

— Sim — Tommy respondeu, arrogante. — Eu e o Johnno estávamos no parque, cavando buracos atrás de bichinhos. — Ele limpou com o braço o nariz escorrendo.

— Argh! — exclamou Calendula, que torceu o nariz de nojo e puxou a cadeira para mais perto do meu pufe.

— Tá bom, princesa — ironizou Tommy.

Depois, piscou para Calendula, apoiando os pés na mesa à sua frente. A mesa estava cheia de refrigerantes e biscoitos de chocolate.

Calendula desviou seus olhos arregalados dele e se concentrou em Opal.

— Então, John está como sempre — afirmou Opal, divertindo-se.

— Aham, ele ainda me vê — respondeu Tommy, como se aquilo fosse algum tipo de vitória. — Ele tem um problema de bullying no momento, Opal, e, como foi intimidado para manter segredo, não quer contar aos pais. — Ele meneou a cabeça, triste. — Ele tem medo de os pais criticarem ele ou se intrometerem, o que vai piorar tudo. Todas as emoções típicas que vêm com o bullying.

Ele colocou um doce na boca.

— Então, o que você está fazendo em relação a isso? — perguntou Opal, preocupada.

— Infelizmente, o que estava acontecendo antes de eu chegar é que John estava passando por intimidação crônica. Ele desenvolveu um padrão de aceitação das exigências injustas daqueles que percebia como mais fortes e estava começando a se identificar com os valentões e a virar um — relatou Tommy. — Mas não deixei que ele me intimidasse. Estamos trabalhando na postura, voz e olho no olho. Como você sabe, isso comunica muito sobre se alguém está vulnerável. Estou ensinando a ele como ser vigilante com indivíduos suspeitos, e todo dia passamos por uma lista de possíveis atributos. — Ele se recostou e descansou os braços atrás da cabeça. — Estamos trabalhando para desenvolver nele um senso maduro de justiça.

— E estavam cavando buracos atrás de bichinhos?

— Sempre dá tempo de cavar buracos atrás de bichinhos, né, Ivan? — disse Tommy, e piscou para mim.

— Jamie-Lynn — chamou Opal, virando-se para uma garotinha com macacão jeans e tênis sujos. O cabelo dela era curto, e ela estava sentada, se equilibrando em uma bola de futebol. — Como vai a pequena Samantha? Espero que não continuem arrancando o jardim de flores da mãe dela.

Jamie-Lynn era uma molequinha e vivia enfiando seus amigos em encrencas, enquanto Calendula passava a maior parte do tempo indo a chás e brincando de Barbie e Meu Pequeno Pônei. Jamie-Lynn abriu a boca e começou a tagarelar em uma língua misteriosa.

Opal arqueou as sobrancelhas.

— Então, você e Samantha ainda estão falando sua própria língua.

Jamie-Lynn fez que sim.

— Está bem, mas tome cuidado. Não é uma boa ideia continuar falando assim por muito mais tempo.

— Não se preocupe, eu sei que Samantha está aprendendo a falar em frases e desenvolver a memória, então não vou continuar — disse Jamie-Lynn, voltando ao seu idioma normal. Sua voz ficou triste. — Samantha não me viu hoje de manhã quando acordou. Mas aí me viu de novo na hora do almoço.

Todo mundo ficou triste por Jamie-Lynn, e demos nossos pêsames, porque sabíamos muito bem como era aquilo. Era o início do fim.

— Olivia, como vai a sra. Cromwell? — A voz de Opal estava mais gentil.

Olivia parou de tricotar e balançar, e meneou a cabeça com tristeza.

— Não demora muito para ela partir. Tivemos uma ótima conversa ontem à noite sobre uma viagem que ela fez há setenta anos com a família para a praia de Sandymount. Isso a deixou de bom-humor. Mas, assim que ela contou para a família, hoje de manhã, que estava conversando comigo sobre isso, eles foram embora. Acham que ela está falando sobre a tia-avó Olivia, que morreu há quarenta anos, e estão convencidos de que ela está enlouquecendo. Mesmo assim, vou ficar com ela até o fim. Como eu disse, não demora muito para ela partir, e a família só a visitou duas vezes no último mês. Ela não está se segurando por ninguém.

Olivia sempre fazia amigos em hospitais, casas de repouso e asilos. Era boa nesse tipo de coisa, em ajudar as pessoas a relembrar para preencher o tempo se não conseguissem dormir.

— Obrigada, Olivia. — Opal sorriu e se virou para mim. — Então, Ivan, como estão indo as coisas em Fuchsia Lane? Qual é a grande emergência? O pequeno Luke parece estar bem.

Fiquei confortável no pufe.

— Sim, ele está bem. Tem algumas coisas em que precisamos trabalhar, como os sentimentos dele com a formação de sua família, mas nada sério.

— Ótimo — disse Opal, parecendo contente.

— Mas não é esse o problema. — Olhei para todos ao redor do círculo. — A *tia* dele, que o adotou, tem *34 anos* e às vezes consegue sentir minha *presença*.

Todo mundo prendeu a respiração e se olhou horrorizado. Eu sabia que iam reagir daquele jeito.

— Mas isso não é nem a metade — continuei, tentando não curtir demais o drama, porque, afinal, era um problema meu. — A *mãe* do Luke, que tem *22 anos*, entrou no escritório da Elizabeth hoje, me *viu* e *falou* comigo!

Respirações presas de novo — menos Opal, cujos olhos piscaram para mim com sabedoria. Senti-me melhor ao ver isso, porque soube que ela saberia o que fazer. Sempre sabia, e eu não precisaria mais me sentir tão confuso.

— Onde estava o Luke quando você estava no escritório da Elizabeth? — perguntou Opal, com um sorriso se formando no canto dos lábios.

— Na fazenda do avô — expliquei. — Elizabeth não quis me deixar sair do carro com ele, porque tinha medo do avô ficar bravo por Luke ter um amigo que ele não conseguiria ver — expliquei, perdendo fôlego depois disso.

— Então, por que você não voltou andando até Luke quando chegou no escritório? — perguntou Tommy, espalhado no pufe com os braços atrás da cabeça.

Os olhos de Opal brilharam de novo. O que estava acontecendo com ela?

— Porque não — respondi.

— "Porque não" não é resposta — retrucou Calendula.

"Até a Calendula?", pensei.

— Qual é a distância da fazenda até o escritório? — quis saber Bobby.

Por que estavam fazendo tantas perguntas? Descobrir por que aquelas pessoas estavam sentindo minha presença deveria ser a parte importante, não?

— De carro, são mais ou menos dois minutos, mas, a pé, são uns vinte — expliquei, confuso. — Qual é a de todas essas perguntas?

— Ivan. — Olivia riu. — Não se faça de bobo. Você sabe que, quando é separado de um amigo, precisa encontrá-lo. Uma caminhada de vinte minutos não é nada em comparação com o que você fez para encontrar aquele seu último amigo — disse ela, e deu uma risadinha.

— Ah, vai, gente. — Joguei as mãos para cima em sinal de impotência. — Eu estava tentando descobrir se Elizabeth conseguia me ver ou não. Eu estava confuso, sabe. Isso nunca aconteceu antes.

— Não se preocupe, Ivan. — Opal sorriu e, quando voltou a falar, sua voz era como mel. — É raro, mas já aconteceu antes.

Todo mundo prendeu a respiração de novo.

Opal reuniu seus arquivos e se preparou para ir embora da reunião.

— Aonde você vai? — perguntei, surpreso. — Ainda não me falou o que devo fazer.

Opal tirou os óculos de lentes roxas, e seus olhos cor de chocolate me miraram.

— Isso não é emergência, Ivan. Não tem conselho que eu possa te dar. Você só precisa confiar que, quando chegar o momento, vai tomar a decisão certa.

— Que decisão? Sobre o quê? — perguntei, sentindo-me ainda mais confuso.

Opal me abriu um sorriso.

— Quando chegar a hora, você vai saber. Boa sorte. — E, com isso, ela saiu da reunião, deixando todos me olhando, atordoados. Os rostos sem expressão foram o bastante para me impedir de pedir o conselho de qualquer um deles.

— Sinto muito, Ivan, eu estaria tão confuso quanto você — confessou Calendula, levantando-se e alisando os amassados em seu vestido. Ela me deu um grande abraço e um beijo na bochecha.

— Melhor eu ir também, ou vou me atrasar.

Eu a observei saltitando na direção da porta, os cachos loiros balançando a cada passo.

— Divirta-se no chá! — gritei. Então, pensando nas palavras de Opa, resmunguei para mim mesmo: — Tomar a decisão certa. A decisão certa sobre o quê?

E, então, um pensamento assustador me ocorreu. E se eu não tomasse a decisão certa? Será que alguém ia se machucar?

CAPÍTULO 13

Elizabeth se balançou gentilmente no balanço de seu jardim dos fundos. Ela segurava uma xícara quente de café, envolvendo a caneca cor de calcário com seus dedos esguios. O sol estava se pondo, e um leve frio estava surgindo. Ela olhou para o céu, uma visão perfeita de nuvens cor de algodão-doce, rosa, vermelho e laranja, como uma pintura a óleo. Um brilho âmbar vinha de trás da montanha diante dela, como o brilho escondido que saía de baixo das cobertas de Luke quando ele usava uma lanterna para ler. Ela inspirou profundamente o ar refrescante.

"À noite céu vermelho", ela ouviu uma voz sussurrando em sua cabeça.

— Cuidado, marinheiro — sussurrou ela.

Uma brisa suave soprou, fazendo parecer que o ar, como ela, estava suspirando. Fazia uma hora que ela estava sentada ao ar livre. Luke estava lá em cima brincando com seu amigo Sam, depois de passar o dia na casa do avô. Ela estava esperando o pai de Sam, que ainda não conhecia, vir buscá-lo. Em geral, Edith lidava com os pais dos amigos de Luke, portanto, Elizabeth não estava nada ansiosa para jogar conversa fora sobre crianças.

Eram 21h45, e a luz parecia finalizar o dia. Elizabeth se balançava para a frente e para trás, lutando contra as lágrimas que ameaçavam cair, engolindo o nó que ameaçava se instalar em sua garganta, interrompendo os pensamentos que tentavam inundar sua mente. Ela sentia que estava lutando contra tudo que ameaçava arriscar seus planos. Ela lutava contra pessoas que se convidavam para seu mundo sem sua permissão; lutava contra Luke e sua cabeça infantil;

sua irmã e seus problemas; Poppy e suas ideias no trabalho; Joe e sua cafeteria; concorrentes em seu negócio. Sentia que estava sempre lutando, lutando, lutando. E agora estava ali sentada, lutando contra as próprias emoções.

Ela sentia como se tivesse passado por cem rounds no ringue e tomado cada soco, porrada e chute que seus adversários lhe davam. Agora, estava cansada. Seus músculos doíam, suas defesas estavam caindo e suas feridas não estavam cicatrizando tão rápido. Um gato pulou do muro alto que separava a casa de Elizabeth do vizinho e aterrissou no jardim dela. Olhou para ela — o focinho para o alto, olhos brilhando na escuridão. Ele caminhou lentamente pela grama sem qualquer preocupação. Tão seguro de si, tão confiante, tão cheio de presunção. Pulou no muro oposto e desapareceu na noite. Ela invejava a habilidade de ir e vir, e a entendia como não dever nada a ninguém, nem àqueles mais próximos que o amavam e cuidavam dele.

Elizabeth usou o pé para se empurrar para trás de novo. O balanço rangeu de leve. À distância, a montanha parecia estar queimando com o sol que descia e sumia de vista. Do outro lado, a lua cheia esperava sua chamada final ao palco. Os grilos continuavam cantando alto um para o outro, as últimas crianças na rua corriam de volta para casa. Motores de carro paravam, portas eram batidas, janelas e cortinas eram fechadas. E, aí, houve o silêncio, e Elizabeth estava mais uma vez sozinha, sentindo-se como uma visitante no próprio jardim, que tinha ganhado nova vida na escuridão que caía.

A mente dela começou a rebobinar os acontecimentos do dia. Reviu a visita de Saoirse. Viu aquela cena várias e várias vezes, com o volume aumentando a cada nova exibição. *Todos eles acabam indo embora, né, Lizzie?* A frase se repetia como um disco quebrado. Cutucava-a como um dedo batendo em seu peito. Mais e mais forte, primeiro roçando a pele, depois a rompendo, cutucando e cutucando até acabar rasgando tudo e chegando ao coração. O lugar onde doía mais. A brisa soprou e fez sua ferida aberta arder.

Ela fechou os olhos com força. Pela segunda vez naquele dia, Elizabeth chorou. *Todos eles acabam indo embora, né, Lizzie?*

Aquelas palavras se repetiam sem parar, esperando uma resposta dela. Sua cabeça explodiu. *SIM!*, gritou. Sim, todos vão embora. Cada um, toda vez. Cada pessoa que já conseguira iluminar o dia dela e animar seu coração desaparecera rápido como um gato na noite. Como se a felicidade devesse ser apenas uma espécie de agrado de fim de semana, um sorvete. A mãe dela fizera como o sol de hoje: a abandonara, levara embora a luz e o calor, e fora substituída pelo frio e pela escuridão.

Tios e tias que visitavam e ajudavam se mudaram ou faleceram. Professores queridos só podiam se importar durante o ano letivo. Amigos da escola evoluíam e também tentavam se encontrar. Sempre eram as pessoas boas que iam embora, as pessoas que não tinham medo de sorrir nem de amar.

Elizabeth abraçou os joelhos, chorou e chorou, como uma garotinha que havia caído e se machucado. Ela desejava que a mãe voltasse, a buscasse, a levasse e a sentasse em cima do balcão enquanto colocava um curativo no corte. E, aí, como sempre fazia, ela a carregaria pelo cômodo, dançando e cantando até a dor ser esquecida a as lágrimas terem secado.

Ela desejava que Mark, seu único amor, a tomasse em seus braços, braços tão grandes que ela se sentia minúscula no abraço dele. Desejava ser cercada pelo amor dele enquanto ele a balançava lenta e suavemente como costumava fazer, sussurrando palavras de segurança no ouvido dela e passando os dedos por seu cabelo. Ela acreditava no que ele dizia. Ele a fazia acreditar que tudo ia dar certo e, deitada nos braços dele, ela sabia que ia, *sentia* que ia.

E quanto mais ela desejava, mais chorava, porque percebia que estava cercada por um pai que mal conseguia olhá-la nos olhos por medo de se lembrar da esposa, uma irmã que tinha esquecido o próprio filho e um sobrinho que a buscava todos os dias com grandes olhos azuis, esperançoso, apenas *pedindo* para ser amado e aconchegado. Algo que ela sentia nunca ter recebido o suficiente para ser capaz de dar.

E, enquanto Elizabeth estava lá chorando e balançando, tremendo na brisa, ela se perguntava por que tinha permitido que uma frase dita pelos lábios de uma garota que nunca recebera beijos de amor o suficiente, sentira abraços quentes ou dissera palavras de amor fosse capaz de, com socos e chutes, fazê-la ir ao chão. Como a irmã havia feito com aquele pedaço de seda preta no escritório.

Maldita Saoirse. Maldita seja ela e seu ódio pela vida, maldito seu desrespeito pelos outros e pela própria irmã. Maldita por não tentar quando só o que Elizabeth fazia era tentar de todo coração. O que lhe dava o poder de falar com tanta grosseria? Como ela podia ser tão atrevida com seus insultos? E a voz na cabeça de Elizabeth a lembrou de que não era a bebida falando, nunca era a bebida falando. Era a mágoa.

A mágoa de Elizabeth gritava com ela hoje.

— Ah, me ajude — pediu baixinho, enquanto chorava cobrindo o rosto com as mãos. — Me ajude, me ajude, me ajude... — sussurrou entre os soluços.

Um leve ranger na porta de correr fez com que a cabeça dela se levantasse dos joelhos. Na porta, havia um homem, iluminado como um anjo pela luz da cozinha atrás dele.

— Ah. — Elizabeth engoliu em seco, o coração batendo forte por ter sido pega. Ela limpou os olhos com dureza e alisou o cabelo despenteado. Ficou de pé. — Você deve ser o pai de Sam. — A voz dela ainda tremia com a emoção fervendo por dentro. — Eu sou Elizabeth.

Houve um silêncio. Ele provavelmente estava se perguntando o que estava pensando ao deixar o filho de 6 anos ser cuidado por aquela mulher, uma mulher que permitia que seu sobrinho pequeno abrisse a porta sozinho às dez da noite.

— Desculpe, não ouvi a campainha. — Ela puxou o cardigã mais ao redor da cintura e cruzou os braços. Não queria entrar no cômodo iluminado. Não queria que ele visse que ela estava chorando.

— Com certeza Luke disse ao Sam que você chegou, mas... — *Mas o quê, Elizabeth?* — ... mas vou rapidinho chamá-lo mesmo assim — murmurou.

Caminhou pela grama na direção da casa com a cabeça baixa, esfregando a testa com a mão para esconder os olhos.

Chegando à porta da cozinha, ela semicerrou os olhos contra a claridade, mas manteve a cabeça baixa, sem desejar olhar diretamente para o homem. Dele, só conseguia ver um par de All-stars azuis no fim de um jeans desbotado.

CAPÍTULO 14

— Sam, seu pai está aqui! — avisou Elizabeth com a voz fraca.

Não houve resposta no andar de cima, só o som de um par de pezinhos correndo pelo patamar. Ela suspirou e olhou seu reflexo no espelho. Não reconheceu a mulher que viu. O rosto dela estava inchado e intumescido, e o cabelo, bagunçado por ter sido soprado pela brisa e úmido de tanto ela passar mãos molhadas de lágrimas por ele.

Luke apareceu no topo da escada, com os olhos sonolentos e vestido com o pijama do Homem-Aranha que ele se recusava a deixá-la lavar, escondendo-o atrás de seu urso de pelúcia favorito, George, como proteção. Cansado, ele esfregou os olhos com os punhos e a observou confuso.

— Hã?

— Luke, é "pois não", não "hã" — corrigiu-o Elizabeth, depois perguntou-se por que, com o humor que ela estava no momento, aquilo importava. — O pai de Sam ainda está esperando, então pode por favor pedir para ele descer logo?

Luke coçou a cabeça, confuso.

— Mas... — disse ele, que parou e esfregou o rosto, cansado.

— Mas o quê?

— O pai do Sam pegou ele quando você estava no jar...

Ele parou quando seu olhar foi desviado por cima do ombro de Elizabeth.

O rosto de Luke se abriu em um sorriso banguela.

— Ah, oi, pai do Sam — cumprimentou o menino, e começou a rir descontroladamente. — Sam vai estar aqui em um minuto.

Luke riu e saiu correndo de volta pelo patamar.

Elizabeth não teve escolha a não ser virar lentamente e enfrentar o pai de Sam. Não podia continuar evitando-o enquanto ele esperava pelo filho na casa dela. À primeira vista, ela notou que ele parecia desnorteado ao ver Luke correr de volta escada acima, rindo. Virou-se para ela, evidentemente preocupado. Estava apoiado contra o batente da porta, as mãos no bolso traseiro dos jeans desbotados sob uma camiseta azul, e fios de cabelo muito preto escapando de baixo do boné azul. Apesar de suas vestimentas jovens, ela supôs que ele tivesse a idade dela.

— Não se preocupe com Luke — disse Elizabeth, levemente envergonhada pelo comportamento do sobrinho. — Ele só está animado demais hoje e... — Ela apressou as palavras. — Sinto muito por ter me pegado em um momento ruim no jardim. — Ela passou os braços ao redor do corpo de forma protetora. — Em geral, não sou assim.

Ela secou os olhos e percebeu que sua mão estava trêmula. Uniu-as depressa para esconder o tremor. A inundação de emoções a tinha desorientado.

— Não tem problema — respondeu a voz grave e suave. — Todos temos nossos dias ruins.

Elizabeth mordeu o interior da bochecha e tentou, em vão, lembrar-se de seu último dia bom.

— Edith, no momento, está fora. Com certeza você já falou com ela, por isso nunca nos conhecemos.

— Ah, Edith. — Ele sorriu. — Luke a mencionou muitas vezes. Ele gosta muito dela.

— Sim. — Elizabeth deu um sorriso fraco e se perguntou se Luke já havia falado sobre ela. — Deseja se sentar?

Ela fez um gesto na direção da sala de estar. Depois de lhe oferecer uma bebida, ela voltou da cozinha com um copo de leite para ele e um espresso para si mesma. Pausou na porta da sala, surpresa por pegá-lo girando na cadeira de couro de rodinhas. A visão lhe deu vontade de sorrir.

Vendo-a na porta, ele sorriu de volta, parou de girar, pegou o copo de leite e foi para o sofá de couro. Elizabeth se sentou em sua poltrona de sempre, tão grande que quase a engolia, e se odiou por torcer para os tênis dele não sujarem seu tapete cor de creme.

— Desculpe, não sei seu nome — disse ela, tentando aliviar o tom pesado de sua voz.

— Meu nome é Ivan.

Ela cuspiu café na blusa quando não conseguiu engolir.

Ivan correu para dar tapinhas nas costas dela. Seus olhos preocupados olharam direto nos dela. A testa dele se enrugou de preocupação.

Elizabeth tossiu, sentindo-se tola, rapidamente quebrou o contato visual e pigarreou.

— Não se preocupe, estou bem — murmurou ela. — É só engraçado seu nome ser Ivan... — Ela parou. O que ia dizer? Contar a um estranho que seu sobrinho estava delirando? Independentemente do conselho da internet, ela ainda não tinha certeza de que o comportamento dele pudesse ser considerado normal. — Ah, é uma longa história — continuou ela. Fez um gesto de desprezo com a mão e desviou o olhar para dar mais um gole. — Então, o que você faz, Ivan, se é que posso perguntar? — O café quente correu pelo corpo dela, preenchendo-a com uma sensação familiar e confortável. Ela se sentia voltando a si, saindo do coma da tristeza.

— Acho que podemos dizer que estou na área de fazer amigos, Elizabeth.

Ela fez que sim, compreendendo.

— Estamos todos, não é, Ivan?

Ele contemplou aquela ideia.

— Então, como se chama sua empresa?

Os olhos dele se iluminaram.

— É uma boa empresa. Eu amo meu trabalho.

— Uma Boa Empresa? — Ela franziu o cenho. — Não conheço. É baseada aqui em Kerry?

Ivan piscou.

— É baseada em todos os lugares, Elizabeth.

Elizabeth arqueou as sobrancelhas.

— É internacional?

Ivan fez que sim e bebeu um pouco mais de leite.

— Qual é o negócio da empresa?

— Crianças — disse ele, rápido. — Fora Olivia, que trabalha com idosos, mas eu trabalho com crianças. Eu as ajudo, entende. Bem, antes eram só crianças, mas agora parece que estamos expandindo... Eu acho... — A voz dele foi sumindo. Ele bateu com a unha no copo e franziu o cenho, olhando para o horizonte.

— Ah, que bacana! — exclamou Elizabeth, sorrindo. Isso explicava as roupas jovens dele e sua natureza brincalhona. — Acho que, se vocês veem espaço em outro mercado, precisam entrar nele, né? Expandir a empresa, aumentar o lucro. Vivo buscando formas de fazer isso.

— Que mercado?

— Dos idosos.

— Eles têm um mercado? Que ótimo. Quando será que ele abre? Aos domingos, imagino. Sempre dá para comprar umas boas bugigangas aqui e ali, né? O pai do meu antigo amigo Barry comprava carros de segunda mão para consertar. A mãe do Barry comprava cortinas e as transformava em roupas. Ela parecia saída de *A noviça rebelde*...

Elizabeth mal o ouvia. Sua mente tinha entrado em modo de pensamento. Ela não conseguia evitar.

— ... e, como Barry era meu melhor amigo, eu precisava ir, entende? Você está bem? — perguntou a voz gentil.

Ela parou de olhar para dentro da xícara de café para mirá-lo. Por que ele parecia se importar tanto? Quem era esse estranho de voz suave que a deixava tão confortável em sua presença? Cada piscada de seus olhos azuis criava um arrepio na pele dela, o olhar dele era hipnótico, e o tom de sua voz era como uma música favorita que ela queria ouvir bem alto no *repeat*. Quem era esse homem que entrou na casa dela e lhe fez uma pergunta que nem sua própria família fazia? *Você está bem?* Bem? Ela estava bem? Girou o café na xícara e observou o líquido bater nas laterais, se pulverizando como o mar nos rochedos de Slea Head. Ela pensou bem e chegou à conclusão de que, se não ouvia aquelas palavras fazia anos, então a resposta era não. Ela não estava bem.

Estava cansada de abraçar travesseiros, contar com cobertores para aquecê-la e reviver momentos românticos apenas em seus sonhos. Estava cansada de esperar que cada dia passasse rápido para chegar ao outro. Esperar que seria um dia melhor, mais fácil. Mas nunca era. Ela trabalhava, pagava as contas e ia para a cama, mas nunca dormia. A cada manhã, o peso nos seus ombros aumentava mais e mais, e a cada manhã ela desejava que a noite caísse rápido para poder voltar à cama e abraçar seus travesseiros e se enrolar no calor dos cobertores.

Ela olhou para o estranho gentil de olhos azuis observando-a e viu mais cuidado naqueles olhos do que em qualquer pessoa que conhecesse. Ela queria contar para ele como se sentia, queria ouvi-lo dizer que ia ficar tudo bem, que ela não estava sozinha e que todos viveriam felizes para sempre e que... Ela se interrompeu. Sonhos, desejos e esperanças não eram coisas realistas. Ela precisava fazer sua mente parar de vagar por esses caminhos. Ela tinha um bom trabalho, e Luke e ela estavam com saúde. Era tudo o que precisava. Ela olhou para Ivan e pensou em como responder à pergunta dele. Ela estava bem?

Ele tomou um gole do leite.

O rosto dela se abriu em um sorriso, e ela começou a rir, pois, em cima do lábio dele, havia um bigode de leite tão grande que chegava às narinas.

— Sim, obrigado, Ivan, eu estou bem.

Ele pareceu incerto ao limpar a boca e, depois de um tempo analisando-a, disse:

— Então, você é designer de interiores?

Elizabeth franziu o cenho.

— Sim, como você sabe?

Os olhos de Ivan dançaram.

— Eu sei de tudo.

Elizabeth sorriu.

— Como todos os homens. — Ela olhou para o relógio. — Não sei por que Sam está demorando. Sua esposa provavelmente vai achar que sequestrei vocês dois.

— Ah, não sou casado — respondeu Ivan rapidamente. — Garotas, *argh.* — Ele fez uma careta.

Elizabeth riu.

— Sinto muito, não sabia que você e Fiona não estavam juntos.

— Fiona? — perguntou Ivan, parecendo confuso.

— A mãe do Sam? — perguntou Elizabeth, sentindo-se tola.

— Ah, *ela*? — Ivan fez outra careta. — De jeito *nenhum.*

Ele se inclinou para a frente no sofá de couro, que rangeu sob os jeans dele. Um som familiar a Elizabeth.

— Sabe, ela faz um frango *horrível.* Molho acaba com o frango.

Elizabeth se viu rindo de novo.

— É uma razão incomum para não gostar de alguém — comentou ela, mas o engraçado era que Luke tinha reclamado daquilo também, depois de jantar na casa de Sam no fim de semana.

— Não se você gosta de frango — respondeu Ivan com since- ridade. — Frango é minha coisa favorita — comentou ele, e sorriu.

Elizabeth assentiu, tentando suprimir uma risadinha.

— Bom, minha *ave* favorita, na verdade.

Aquilo foi a gota d'água. Ela começou a rir de novo. Luke devia ter pegado algumas frases dele.

— O que foi? — Ivan deu um grande sorriso, revelando dentes brancos brilhantes.

— Você — disse Elizabeth, tentando se acalmar e controlar a risada. Ela não acreditava que estava se comportando daquele jeito com um completo estranho.

— O que tem eu?

— Você é engraçado.

Ela sorriu.

— Você é linda — disse ele calmamente, e ela o olhou com surpresa.

O rosto dela ficou vermelho. Dizer aquilo, daquele jeito! Houve outro silêncio desconfortável da parte dela, que se perguntava se devia ou não se sentir insultada. Raramente as pessoas faziam comentários assim para Elizabeth. Ela não sabia como devia se sentir.

Olhando de soslaio para Ivan, ficou intrigada ao notar que ele não parecia nem um pouco perplexo ou envergonhado. Como se dissesse aquilo o tempo todo. Um homem como ele provavelmente dizia, pensou ela, com cinismo. Um sedutor, era o que ele era. Se bem que, por mais que olhasse para ele com um desdém forçado, ela não conseguia acreditar nisso. Esse homem não a conhecia, havia se apresentado a ela há menos de dez minutos, dito que ela era linda e continuava sentado na sala dela como se fosse seu melhor amigo, olhando pelo cômodo como se fosse o lugar mais interessante que ele já vira. Tinha uma natureza tão amigável, era fácil de conversar, era fácil de ouvir e, apesar de dizer que ela era linda enquanto estava lá sentada com roupas velhas e puídas, olhos vermelhos e cabelo oleoso, não a deixava desconfortável. Quanto mais ficavam em silêncio, mais ela percebia que tinha sido apenas um elogio.

— Obrigada, Ivan — disse ela, educadamente.

— E obrigado a você, também.

— Pelo quê?

— Você disse que eu era engraçado.

— Ah, sim. Bem, hã... de nada.

— Você não recebe muitos elogios, né?

Elizabeth devia ter se levantado ali mesmo e mandado que ele saísse da sala dela por ser tão intrometido, mas não fez isso, porque, por mais que achasse que *tecnicamente* devia — segundo suas próprias regras — se incomodar com aquilo, não estava incomodada. Ela suspirou.

— Não, Ivan, não recebo.

Ele sorriu para ela.

— Bem, que este seja o primeiro de muitos.

Ele a olhou, e o rosto dela começou a ter espasmos por segurar o olhar dele por tanto tempo.

— Sam vai ficar na sua casa hoje?

Ivan revirou os olhos.

— Espero que não. Para um garoto de só 6 anos, ele ronca incrivelmente alto.

Elizabeth sorriu.

— Não tem nada de *só* ter sei... — Ela se interrompeu e engoliu um pouco de café.

Ele arqueou as sobrancelhas.

— O quê?

— Nada — murmurou ela.

Enquanto Ivan olhava pela sala, Elizabeth o olhou de soslaio de novo. Ela não conseguia descobrir quantos anos ele tinha. Era alto e musculoso, másculo, mas ainda tinha um charme de menino. Ele a confundia. Ela decidiu ir direto ao ponto.

— Ivan, estou confusa com uma coisa — disse ela, e inspirou fundo.

— Não fique. Nunca fique confusa.

Elizabeth percebeu que sorria e franzia o cenho ao mesmo tempo. Até o rosto dela estava confuso com aquela afirmação.

— Está bem — disse ela, devagar —, você se importa de eu perguntar quantos anos você tem?

— Não — falou ele, alegre. — Não me importo nada.

Silêncio.

— Então?

— Então o quê?

— Quantos anos você tem?

Ivan sorriu.

— Vamos dizer apenas que ouvi de uma pessoa em particular que sou velho igual a você.

Elizabeth riu. Ela bem que tinha imaginado. Obviamente, Ivan não tinha ficado livre de nenhum dos comentários nada sutis de Luke.

— Mas as crianças nos mantêm jovens, Elizabeth. — A voz dele ficou séria, e os olhos, profundos e pensativos. — Meu trabalho é cuidar delas, ajudá-las e estar disponível para elas.

— Você é um cuidador? — perguntou Elizabeth.

Ivan pensou.

— Você pode me chamar de cuidador, melhor amigo profissional, guia... — Ele estendeu as mãos e deu de ombros. — São as crianças que sabem exatamente o que está se passando no mundo, sabe.

Elas *veem* mais que os adultos, *acreditam* mais, são sinceras e sempre, *sempre* dizem a verdade.

Elizabeth assentiu com ele. Ele amava mesmo seu trabalho — como pai e como cuidador.

— Sabe, é interessante. — Ele se inclinou de novo para a frente. — As crianças aprendem muito mais e bem mais rápido que os adultos. Sabe por quê?

Elizabeth supôs que houvesse alguma explicação científica, mas fez que não.

— Porque têm a cabeça aberta. Porque *querem* saber e *querem* aprender. Os adultos — ele balançou a cabeça com tristeza — acham que sabem tudo. Eles crescem e esquecem com muita facilidade e, em vez de abrir a mente e desenvolvê-la, *escolhem* no que acreditar e no que não acreditar. Não dá para fazer escolhas nessa área: ou você acredita, ou não. É por isso que eles aprendem mais devagar. São mais cínicos, perdem a fé e só querem saber coisas que vão ajudá-los no dia a dia. Não têm interesse nos extras. Mas Elizabeth... — continuou.

Elizabeth tremeu quando seu braço se arrepiou. Sentia como se ele estivesse contando-lhe o maior segredo do mundo. Moveu sua cabeça mais para perto.

— São os *extras* que fazem a vida.

— Que fazem a vida o quê? — sussurrou ela.

Ele sorriu.

— Que fazem *a vida*.

Elizabeth engoliu o nó em sua garganta.

— É isso?

Ivan sorriu.

— Como assim, é isso? Quanto mais se pode ter além da vida, o que mais se pode pedir além da vida? Esse é o presente. A vida é *tudo*, e você só a vive direito quando acredita.

— Acredita no quê?

Ivan revirou os olhos e sorriu.

— Ah, Elizabeth, você vai descobrir.

Elizabeth queria os extras de que ele falava. Queria a faísca e a animação da vida, queria soltar balões em um campo de cevada e encher um cômodo com bolinhos cor-de-rosa. Os olhos dela se encheram de novo, e seu coração bateu no peito quando ela pensou em chorar na frente dele. Ela não precisava se preocupar, porque ele se levantou devagar.

— Elizabeth — disse, gentilmente —, agora preciso ir. Foi um prazer passar esse tempo com você.

Ele estendeu a mão.

Quando Elizabeth estendeu a sua para tocar a pele suave dele, ele a agarrou gentilmente e chacoalhou de forma hipnótica. Ela não conseguia falar por causa do nó em sua garganta, que a tinha dominado.

— Boa sorte com sua reunião amanhã. — Ele sorriu, encorajador, e então saiu da sala. A porta foi fechada atrás dele por Luke, que gritou "tchau, Sam" a plenos pulmões, riu alto e subiu a escada correndo.

Naquela mesma noite, Elizabeth se deitou na cama, com a cabeça quente, o nariz entupido e os olhos doloridos de tanto chorar. Abraçou o travesseiro e se aconchegou no edredom. As cortinas abertas permitiam que o luar brilhasse um rastro de luz azul prateada no quarto. Ela olhou pela janela para a mesma lua que via quando criança, as mesmas estrelas às quais fazia pedidos, e um pensamento lhe ocorreu.

Ela não tinha mencionado absolutamente nada para Ivan sobre sua reunião no dia seguinte.

CAPÍTULO 15

Elizabeth tirou a mala do porta-malas do táxi e a arrastou atrás de si até a área de chegadas e partidas do Aeroporto de Farranfore. Suspirou de alívio. Agora, sentia que estava indo para casa. Depois de um mês morando em Nova York, ela sentia pertencer àquela cidade mais do que a Baile na gCroíthe. Estava começando a fazer amigos — mais importante, estava começando a *querer* fazer amigos.

— Pelo menos, o voo está no horário — disse Mark, entrando na pequena fila do check-in.

Elizabeth sorriu para ele e descansou a testa contra a bochecha dele.

— Vou precisar de outras férias para me recuperar desta — brincou, cansada.

Mark deu uma risadinha, beijou o topo da cabeça de Elizabeth e passou as mãos pelo cabelo escuro dela.

— Você chama visitar nossas famílias de férias? — Ele riu. — Vamos para o Havaí quando voltarmos.

Ela levantou a cabeça.

— Claro, Mark, vou deixar você dar a notícia para minha chefe. Você sabe que preciso voltar para trabalhar naquele projeto urgente.

Mark analisou o rosto determinado dela.

— Você devia abrir sua própria empresa.

Elizabeth revirou os olhos e apoiou a testa contra a bochecha dele mais uma vez.

— De novo isso? — interpelou ela, com a voz abafada no casaco de lã dele.

— Escute. — Mark levantou o rosto dela com o dedo indicador. — Você trabalha sem parar, quase não tira folga e se estressa. Para quê?

Ela abriu a boca para responder.

— Para quê? — repetiu ele, interrompendo-a.

De novo, ela abriu a boca para responder, e ele continuou:

— Bom, vendo que você está tão relutante em responder — ele sorriu —, vou falar para quê. Para *outras pessoas*. Para elas ficarem com toda a glória. *Você* faz todo o trabalho, *elas* ficam com toda a glória.

— Com licença — Elizabeth deu uma meia risada —, aquele emprego me paga extremamente bem, você sabe *bem* disso, e no ritmo que estou indo, daqui a um ano, se decidirmos ficar em Nova York, vou conseguir comprar aquela casa que vimos...

— Minha querida Elizabeth, no ritmo em que você está indo, daqui a um ano aquela casa vai ter sido *vendida* e no lugar dela vai haver um arranha-céu ou um bar da moda que não vende álcool ou um restaurante que não serve comida "*só para ser diferente*" — ironizou ele, desenhando aspas com os dedos e fazendo Elizabeth rir —, que você sem dúvida vai pintar de branco, colocar luzes fluorescentes e se recusar a comprar móveis, para não atulhar o lugar — provocou ele. — E os outros vão levar crédito por isso. — Ele olhou para ela com desgosto fingido. — Imagine. É a *sua* tela em branco, de mais ninguém, e não deviam tirá-la de você. Quero poder levar nossos amigos lá e dizer: "Olha, galera, Elizabeth fez isso. Levou três meses, só tem parede brancas e nenhuma cadeira, mas estou orgulhoso. Ela mandou bem, né?"

Elizabeth segurou a barriga de tanto rir.

— Eu *nunca* ia deixar derrubarem aquela casa. Enfim, esse emprego me paga *muito* bem — explicou ela.

— É a segunda vez que você menciona o dinheiro. Estamos bem. Para que você precisa de tanto dinheiro? — questionou Mark.

— Para tempos de seca — disse Elizabeth.

A risada foi morrendo enquanto os pensamentos corriam a Saoirse e o pai dela. Uma seca e tanto.

— Bom, se ainda morássemos aqui, você não teria tempos de seca — comentou Mark, olhando pela janela, sem notar o rosto dela.

Elizabeth olhou para o dia úmido e não conseguiu deixar de sentir que aquela semana tinha sido uma total perda de tempo. Ela não esperava por uma festa de boas-vindas e cartazes pendurados nas vitrines, mas nem Saoirse nem o pai dela pareciam interessados se ela estava em casa ou não, nem no que ela tinha feito enquanto estava longe. Mas ela não tinha voltado para compartilhar histórias sobre sua nova vida em Nova York, e sim para ver como eles estavam.

O pai não estava falando com ela por ela ter saído de casa e o abandonado. Trabalhar por alguns meses em outros países tinha parecido um pecado moral, mas sair da Irlanda de vez era o maior pecado de todos. Antes de partir, Elizabeth tinha garantido que ambos estariam bem cuidados. Para sua grande decepção, Saoirse abandonara a escola no ano anterior, e Elizabeth havia precisado encontrar para ela o oitavo emprego em dois meses, arrumando prateleiras no supermercado local. Ela também tinha combinado que uma vizinha a levaria duas vezes por mês para ver seu psicólogo em Killarney. Para Elizabeth, essa parte era muito mais importante do que o emprego, e sabia que Saoirse só tinha concordado porque lhe dava a oportunidade de escapar da jaula duas vezes por mês. No improvável caso da irmã falar como estava se sentindo, pelo menos haveria alguém lá para ouvir.

Porém, não havia sinal da empregada que Elizabeth contratara para o pai. A fazenda era uma bagunça empoeirada, fedida e úmida, e, depois de passar dois dias esfregando o lugar, Elizabeth desistiu, percebendo que não havia produtos de limpeza suficientes para trazer de volta o brilho da casa. Quando sua mãe fora embora, levara a faísca consigo.

Saoirse tinha se mudado do bangalô para uma casa com um grupo de estranhos que conhecera quando ficara acampada em um festival de música. A única coisa que eles pareciam fazer era sentar em círculo ao lado da velha torre perto da cidade, deitar na grama com seus cabelos e barbas compridos, dedilhar um violão e cantar músicas sobre suicídio.

Elizabeth só tinha conseguido ver a irmã duas vezes durante toda sua estada. O primeiro encontro fora muito breve. No dia da chegada de Elizabeth, ela recebeu uma ligação da única loja de roupa feminina em Baile na gCroíthe. Estavam segurando Saoirse lá, pois a pegaram roubando algumas camisetas. Elizabeth foi até lá, pediu mil desculpas, pagou as mulheres pelas camisetas e, assim que pisaram fora da loja, Saoirse correu para as montanhas. Na segunda vez que se encontraram, só teve tempo suficiente para Elizabeth lhe emprestar algum dinheiro e combinarem um almoço no dia seguinte — o qual Elizabeth comeu sozinha. Pelo menos, ficou feliz ao perceber que a irmã enfim ganhara um pouco de peso. O rosto de Saoirse estava mais cheio, e as roupas não pareciam tão largas quanto antes. Talvez morar sozinha fosse bom para ela.

Novembro em Baile na gCroíthe era solitário. Os mais jovens estavam na escola ou na faculdade, os turistas estavam em casa ou visitando países mais quentes, os negócios estavam tranquilos e vazios — alguns fechados, outros passando por dificuldades. A vila estava monótona, fria e desolada, as flores ainda não haviam aberto para colorir as ruas. Era como uma cidade fantasma. Mas Elizabeth estava feliz. Sua pequena família talvez não estivesse nem aí para a sua presença, mas ela sabia, agora com certeza, que não podia viver sua vida preocupada com eles.

Mark e Elizabeth avançaram na fila. Só havia uma pessoa à frente, e depois estariam livres. Livres para pegar o voo para Dublin e, de lá, para Nova York.

O telefone de Elizabeth tocou, e o estômago dela se revirou instintivamente.

Mark se virou de repente.

— Não atenda.

Elizabeth tirou o telefone da bolsa e olhou o número.

— Não atenda, Elizabeth — reforçou Mark, com a voz firme e séria.

— É um número irlandês — informou Elizabeth, mordendo o lábio.

— Não — disse ele, gentil.

— Mas pode ter acontecido alguma co... — O toque parou.

Mark sorriu, parecendo aliviado.

— Muito bem.

Elizabeth deu um sorriso fraco, e Mark se virou para a mesa do check-in. Ele deu um passo à frente para se aproximar da mesa e, ao fazer isso, o telefone dela começou a tocar de novo.

Era o mesmo número.

Mark estava falando com a mulher atrás da mesa, risonho e charmoso como sempre. Elizabeth apertou o telefone na mão e olhou para o número na tela até ele desaparecer e o toque parar.

O telefone soltou um bipe, sinalizando uma caixa postal.

— Elizabeth, ela precisa do seu passaporte. — Mark se virou. Seu rosto estampava decepção.

— Estou só checando minhas mensagens — disse Elizabeth rápido, procurando o passaporte na bolsa, com o telefone apertado contra a orelha.

— Alô, Elizabeth, aqui é Mary Flaherty ligando da maternidade do Hospital Killarney. Sua irmã, Saoirse, foi trazida com dores de parto. É um mês antes do esperado, como você sabe, então Saoirse queria que ligássemos para você saber, caso quisesse estar aqui com ela... — Elizabeth não ouviu o resto. Ficou paralisada. Dores de parto? Saoirse? Ela nem estava grávida. Ela tocou a mensagem de novo, achando que talvez fosse o número errado, ignorando os pedidos de Mark para entregar o passaporte.

— Elizabeth — chamou alto Mark, interrompendo os pensamentos dela. — Você está atrasando todo mundo.

Elizabeth se virou e foi recebida por uma fila de rostos irados.

— Desculpe — sussurrou ela, com o corpo todo tremendo, sentindo-se em choque.

— O que foi? — disse Mark, com a raiva desaparecendo e a preocupação se espalhando pelo rosto.

— Com licença — chamou a atendente do check-in. — Você vai entrar no voo? — perguntou, o mais educadamente possível.

— Hã... — Elizabeth esfregou os olhos, confusa, e olhou da passagem de Mark no balcão para o rosto dele e voltando. — Não,

não, não posso. — Ela saiu de ré da fila. — Sinto muito. — Ela se virou às poucas pessoas na fila, que a miraram com o rosto suavizado. — Desculpe. — Ela olhou para Mark parado na fila, parecendo tão... decepcionado. Não decepcionado por ela não embarcar, mas decepcionado com *ela*.

— Senhor — chamou a mulher, entregando a passagem dele.

Ele a pegou, distraído, e lentamente saiu da fila.

— O que aconteceu?

— É a Saoirse — quase sussurrou Elizabeth, um nó se formando em sua garganta. — Ela está no hospital.

— Bebeu demais novamente? — A preocupação desapareceu quase que de imediato da voz de Mark.

Elizabeth pensou muito naquela resposta, e a vergonha e humilhação de não saber da gravidez da irmã tomaram conta e gritaram para ela mentir.

— Sim, acho que sim. Não tenho bem certeza. — Ela balançou a cabeça, tentando afastar os pensamentos.

Os ombros de Mark relaxaram.

— Olha, ela só vai precisar fazer uma lavagem no estômago de novo. Não é nenhuma novidade, Elizabeth. Vamos fazer seu check-in e podemos conversar sobre isso no café.

Elizabeth meneou a cabeça.

— Não, não, Mark, preciso ir — avisou ela, a voz trêmula.

— Elizabeth, não deve ser *nada*. — Ele sorriu. — Quantas dessas ligações você recebe por ano e sempre é a mesma coisa?

— Pode ser *alguma coisa*, Mark. — Algo que uma irmã em sã consciência devia ter sabido, devia ter percebido.

As mãos de Mark caíram do rosto dela.

— Não deixe ela fazer isso com você.

— Fazer o quê?

— Não deixe ela fazer você escolher a vida dela em vez da sua própria.

— Não seja ridículo, Mark, ela é minha irmã, ela *é* minha vida. Preciso cuidar dela.

— Mesmo que ela nunca cuide de você. Mesmo que ela não pudesse nem se importar se você está lá com ela ou não.

Foi como um soco no estômago.

— É que eu tenho você para cuidar de mim — disse ela, tentando aliviar o clima, tentando deixar todo mundo feliz, como sempre.

— Não se você não deixar. — Os olhos dele estavam escuros de mágoa e raiva.

— Mark... — Elizabeth tentou sorrir, mas não conseguiu. — Prometo que vou pegar o primeiro voo possível. Só preciso descobrir o que aconteceu. Pense nisso. Se fosse sua irmã, você já teria saído há muito tempo desse aeroporto, estaria ao lado dela nesse exato momento e não teria nem pensado em ter essa conversa idiota.

— Então, o que você ainda está fazendo aqui? — retrucou ele, com frieza.

Raiva e lágrimas surgiram de uma vez. Elizabeth levantou sua mala e se afastou dele. Saiu do aeroporto e correu para o hospital.

Ela voltou a Nova York, como tinha prometido. Voou para lá dois dias depois dele, pegou seus pertences do apartamento, entregou o aviso prévio no trabalho e voltou para Baile na gCroíthe com uma dor tão grande no coração que quase não conseguia respirar.

CAPÍTULO 16

Elizabeth estava com 13 anos e enfrentava as primeiras semanas do ensino médio. A escola ficava um pouco afastada da cidade, então ela levantava e saía mais cedo que todo mundo de manhã, e, como as aulas terminavam mais tarde, voltava para casa no escuro da noite. Passava bem menos tempo com Saoirse, de onze meses. Ao contrário do que acontecia no ensino primário, o ônibus escolar novo a deixava no fim da longa estrada que levava ao bangalô, e ela era obrigada a caminhar sozinha até a porta da frente, onde ninguém a recebia. Era inverno, e as manhãs e noites escuras jogavam um veludo preto sobre o país. Elizabeth, pela terceira vez naquela semana, tinha caminhado pela estrada sob chuva e vento forte, com a saia do uniforme escolar se levantando e dançando ao redor de suas pernas enquanto a mochila, pesada de livros, encurvava suas costas.

Agora, ela estava de pijama, sentada em frente à lareira para esquentar seu corpo, com um olho na lição de casa e o outro em Saoirse, que engatinhava pelo chão, colocando na boca cheia de baba tudo em que conseguia pôr as mãozinhas gorduchas. O pai dela estava na cozinha esquentando o ensopado caseiro de vegetais. Era o que comiam todos os dias. Mingau no café da manhã, ensopado no jantar. Às vezes, havia um pedaço grosso de bife ou algum peixe fresco que o pai havia pescado no dia. Elizabeth amava essas ocasiões.

Saoirse gorgolejou e balbuciou para si mesma, balançando as mãos e observando Elizabeth, feliz por vê-la em casa. Elizabeth sorriu para ela e fez barulhos encorajadores antes de voltar a atenção para sua lição de casa. Usando o sofá como segurança, Saoirse pôs-se de pé como estava fazendo nas últimas semanas. Lentamente, deu passos para o lado, indo e voltando, indo e voltando antes de se virar para Elizabeth.

— Vamos, Saoirse, você consegue.

Elizabeth soltou o lápis e fixou a atenção na irmã. Todo dia, Saoirse tentava atravessar a sala até a irmã, mas acabava caindo com a bunda acolchoada no chão. Elizabeth estava determinada a estar presente quando ela finalmente desse os primeiros passos. Queria comemorar igual a mãe faria se ainda estivesse com elas.

Saoirse soltou o ar pela boca, com bolhas se formando em seus lábios, e falou sua língua misteriosa.

— Isso — incentivou Elizabeth, fazendo sim com a cabeça. — Vem para a Elizabeth — chamou ela, estendendo os braços.

Devagar, Saoirse soltou o apoio e, com uma expressão determinada, começou a dar passos. Andou cada vez mais longe enquanto Elizabeth prendia a respiração, tentando não gritar de animação para não atordoá-la. Saoirse segurou o olhar de Elizabeth o caminho todo. Elizabeth nunca esqueceria aquele olhar em sua irmã bebê, aquela determinação. Finalmente, ela chegou até Elizabeth, que a pegou nos braços e dançou com ela, sufocando-a de beijos enquanto a bebê ria e fazia ainda mais bolhas.

— Pai, pai! — chamou Elizabeth.

— O que foi?! — gritou ele, mal-humorado.

— Vem cá, rápido! — respondeu Elizabeth também aos gritos, ajudando Saoirse a se aplaudir.

Brendan apareceu à porta, preocupação estampada no rosto.

— Saoirse andou, pai! Olha, faz de novo, Saoirse, anda para o papai! — Ela colocou a irmã no chão e a encorajou a repetir o feito.

Brendan bufou.

— Jesus, achei que fosse algo importante. Pensei que tinha acontecido algo com vocês. Vê se para de me incomodar.

Ele virou as costas e voltou à cozinha.

Quando Saoirse olhou para cima em sua segunda tentativa de mostrar à família como era esperta e viu que o pai tinha ido embora, seu rosto mostrou decepção e ela caiu de bunda de novo.

Elizabeth estava no trabalho no dia que Luke aprendeu a caminhar. Edith ligou, e ela estava no meio de uma reunião, não podia falar, então ficou sabendo quando chegou em casa. Pensando bem, percebeu que tinha reagido de forma muito similar à do pai e, de novo, odiou-se por isso. Já adulta, conseguia entender a reação do pai. Não era que ele não estivesse orgulhoso ou não se importasse, era que ele se importava demais. Primeiro, eles andam, depois, vão embora.

O pensamento encorajador era que, se Elizabeth tinha conseguido ajudar a irmã a andar uma vez, certamente podia ajudá-la a ficar de pé novamente.

Elizabeth acordou sobressaltada, sentindo frio e paralisada de medo depois de um pesadelo. A lua tinha terminado sua viagem até o outro lado do mundo e seguido em frente, abrindo caminho para o sol. Este mantinha um olhar paterno sobre Elizabeth, observando-a enquanto ela dormia. A luz azul-prateada que caía pelos lençóis foi substituída por um rastro amarelo. Era 4h35, e Elizabeth estava acordada. Ela se apoiou nos cotovelos. O edredom estava metade no chão, metade preso nas pernas dela. O sono havia sido agitado, com sonhos que começavam e não se concluíam, sobrepondo-se para criar um borrão bizarro de rostos, lugares e palavras aleatórias. Ela se sentia exausta.

Olhando ao redor do quarto, sentiu a irritação se infiltrando em seu corpo. Ela sentiu a necessidade de limpar a casa de cima a baixo até brilhar, embora já tivesse feito isso dois dias antes. Com o canto dos olhos, via itens fora do lugar. Ela esfregou o nariz, que começou a coçar de frustração, e jogou os lençóis para o lado.

Imediatamente, começou a arrumar. Tinha um total de doze travesseiros para colocar em sua cama, seis fileiras de dois, formadas por travesseiros normais e almofadas longas e circulares. Todos tinham diferentes texturas, que iam de pele de coelho a suede, e eram de vários tons de creme, bege e café. Uma vez satisfeita com a cama, ela garantiu que suas roupas estivessem penduradas na ordem certa, das cores escuras para as coloridas, da esquerda para a direita, embora houvesse poucas cores no guarda-roupa. Ela se sentia usando algo neon e chamativo se usasse roupas coloridas pela rua, mesmo que com pouquíssima cor. Ela aspirou o chão, tirou o pó e poliu os espelhos, endireitou as três pequenas toalhas de mão no banheiro, tirando alguns minutos para alinhar perfeitamente as listras. As torneiras brilhavam, e ela esfregou com fúria até conseguir ver seu reflexo nos azulejos. Às seis e meia tinha terminado a sala de estar e a cozinha, e, sentindo-se menos agitada, sentou-se no jardim com uma xícara de café, olhando seus projetos para se preparar para a reunião daquela manhã. Ela tinha dormido um total de três horas à noite.

Benjamin West revirou os olhos e fechou a boca com força, frustrado enquanto seu chefe andava de um lado para o outro dentro do módulo de alojamento da obra e vociferava com seu forte sotaque nova-iorquino.

— Sabe, Benji, eu estou simplesmente...

— Benjamin — interrompeu ele.

— ... cansado — continuou o chefe, sem prestar atenção — de ouvir sempre a mesma merda de todo mundo. Todos esses designers são iguais. Todos querem não sei o que lá contemporâneo, não sei das quantas minimalistas. Bom, *art déco* é o caramba, Benji!

— É...

— Quer dizer, com quantas dessas empresas já nos reunimos até agora?

Ele parou de andar e olhou para Benjamin, que folheou sua agenda.

— Hã, oito, sem incluir a mulher que precisou sair mais cedo na sexta-feira, Elizabeth...

— Não importa — interrompeu o chefe —, ela é igual a todo o resto. — Ele fez um gesto de indiferença com a mão e deu meia-volta para observar pela janela o terreno em construção. Sua fina trança grisalha balançou junto com a cabeça.

— Bem, temos outra reunião com ela em meia hora — disse Benjamin, olhando o relógio.

— Cancele. O que quer que ela tenha a dizer, não quero saber. Ela é a mais rígida de todos. Em quantos hotéis você e eu trabalhamos juntos, Benji?

Benjamin suspirou.

— É Benjamin, e trabalhamos juntos muitas vezes, Vincent.

— Muitas vezes. — Ele assentiu para si mesmo. — Foi o que pensei. E quantos deles têm uma vista tão bonita quanto esta?

Ele estendeu a mão para mostrar o cenário além da janela. Benjamin se virou na cadeira, desinteressado, e mal conseguiu se obrigar a ver algo a mais do que a bagunça da construção, acompanhada de muito barulho. Eles estavam atrasados. Claro, era bonito, mas ele preferia olhar por essa janela e ver um hotel lá, não morros ondulantes e lagos. Já estava na Irlanda há dois meses, e o hotel devia estar finalizado em agosto, dali a três meses. Nascido em Haxton, Colorado, mas morando em Nova York, ele achava ter escapado há muito da sensação claustrofóbica que só uma cidade pequena podia causar. Aparentemente, não.

— E então? — perguntou Vincent, tragando a ponta de um charuto aceso.

— É uma linda vista — concordou Benjamin em um tom entediado.

— É uma vista fantástica pra cacete, e eu não vou deixar um designer de interiores que se acha chique chegar aqui e fazer parecer um hotel urbano igual ao que já fizemos um milhão de vezes.

— O que você tem em mente, Vincent?

Há dois meses, Benjamin só ouvia o que ele não queria.

Vincent, vestido com um terno cinza elegante, marchou na direção de sua maleta, tirou um folder e deslizou-o pela mesa para Benjamin.

— Veja essas reportagens. O lugar é uma mina de ouro. Eu quero o que eles querem. As pessoas não querem um hotel comum. Precisa ser romântico, divertido, artístico, nada dessas coisas modernas com cara de clínica. Se a próxima pessoa entrar aqui com as mesmas ideias de merda, eu mesmo vou decorar este negócio.

Com o rosto enrubescendo, olhou para a janela e baforou no charuto.

Benjamin revirou os olhos para o drama de Vincent.

— Eu quero um artista de verdade — continuou ele —, um maluco de pedra. Alguém criativo com um pouco de excentricidade. Estou cheio dessa gente corporativa falando sobre cor de tinta como se fossem gráficos de pizza, que nunca pegaram em um pincel na vida. Quero o Van Gogh do design de interiores.

Uma batida na porta o interrompeu.

— Quem é? — disse Vincent mal-humorado, ainda vermelho de tanto esbravejar.

— Provavelmente é Elizabeth Egan chegando para a reunião.

— Eu não tinha dito para cancelar?

Benjamin o ignorou e caminhou para abrir a porta para Elizabeth.

— Olá — disse ela, entrando na sala, seguida por uma Poppy de cabelos cor de ameixa, salpicada de tinta e carregando o peso de pastas lotadas de amostras de carpete e tecidos.

— Olá, eu sou Benjamin West, gerente do projeto. A gente se conheceu na sexta — disse ele, e apertou a mão de Elizabeth.

— Sim, desculpe por ter precisado sair mais cedo — respondeu ela duramente, sem olhá-lo nos olhos. — Não é algo que aconteça sempre, posso garantir. — Ela se virou para olhar a mulher cansada atrás de si. — Esta é Poppy, minha assistente. Espero que não se importe de ela participar.

Poppy batalhou com as pastas para apertar a mão de Benjamin, derrubando algumas no chão.

— Ah, merda — disse ela, alto, e Elizabeth se virou com cara de brava.

Benjamin riu.

— Não tem problema. Deixe que eu ajude.

— Sr. Taylor — falou Elizabeth alto, atravessando a sala com a mão estendida —, é bom vê-lo novamente. Sinto muito pela última reunião.

Vincent virou-se da janela, olhou o terninho preto dela de cima a baixo e deu um trago em seu cigarro. Ele não apertou a mão dela — em vez disso, virou-se de novo para a janela.

Benjamin ajudou Poppy a carregar as pastas até a mesa e falou para aliviar o clima tenso na sala.

— Que tal nos sentarmos?

Elizabeth, com o rosto vermelho, lentamente baixou a mão e virou-se para a mesa. A voz dela subiu uma oitava.

— Ivan!

O rosto de Poppy se enrugou em uma careta, e ela olhou ao redor da sala.

— Está tudo bem — disse Benjamin a ela —, as pessoas erram meu nome o tempo todo. O nome é Benjamin, srta. Egan.

— Ah, não você. — Elizabeth riu. — Estou falando do homem na cadeira ao seu lado. — Ela caminhou na direção da mesa. — O que está fazendo aqui? Não sabia que você estava envolvido com o hotel. Achei que trabalhasse com crianças.

Vincent arqueou as sobrancelhas e a observou, assentindo e sorrindo educadamente em meio ao silêncio. Ele começou a rir, uma gargalhada grosseira que terminou em uma tosse seca.

— Está tudo bem, sr. Taylor? — perguntou Elizabeth, preocupada.

— Sim, srta. Egan, estou bem. Muito bem. É um prazer conhecê-la. — Ele estendeu a mão.

Enquanto Poppy e Elizabeth estavam dispondo suas pastas, Vincent falou baixinho para Benjamin.

— Talvez essa aí não esteja muito longe de cortar a própria orelha, afinal.

A porta do alojamento se abriu, e uma recepcionista entrou com uma bandeja com xícaras de café.

— Bem, foi ótimo vê-lo de novo. Tchau, Ivan — falou Elizabeth enquanto a porta se fechava atrás da mulher.

— Ele já foi, é? — perguntou Poppy, com frieza.

— Não se preocupe. — Benjamin riu discretamente para Poppy enquanto observava Elizabeth com admiração. — Ela está se encaixando perfeitamente no perfil. Vocês estavam ouvindo a nossa conversa, né?

Poppy o olhou, confusa.

— Não se preocupe, não vão ter problemas nem nada. — Ele riu. — Mas vocês nos ouviram conversando, né?

Poppy pensou por um segundo, depois assentiu devagar, ainda parecendo bem confusa.

Benjamin deu uma risadinha e desviou o olhar.

— Eu sabia. Espertinha — pensou em voz alta, observando Elizabeth envolvida em uma conversa com Vincent.

Os dois passaram a prestar atenção à conversa.

— Eu gosto de você, Elizabeth, gosto mesmo — dizia Vincent, sinceramente. — Gosto da sua excentricidade.

Elizabeth franziu o cenho.

— Sabe, sua peculiaridade. É assim que a gente sabe que alguém é um gênio, e eu gosto de gênios na minha equipe.

Elizabeth assentiu devagar, perplexa com o que ele estava dizendo.

— Mas — continuou Vincent — não estou muito convencido de suas ideias. Aliás, não estou nada convencido. Não gosto delas.

Houve silêncio.

Desconfortável, Elizabeth se mexeu na cadeira.

— OK — assentiu ela, e tentou continuar profissional. — O que exatamente tem em mente?

— Amor.

— Amor — repetiu Elizabeth, entorpecida.

— Sim. Amor. — Ele se recostou na cadeira, dedos entrelaçados sobre a barriga.

— Você tem em mente amor — disse Elizabeth, friamente, buscando confirmação em Benjamin.

Benjamin revirou os olhos e deu de ombros.

— Ei, *eu* não estou nem aí para o amor — disse Vincent. — Sou casado há 25 anos — completou, como explicação. — É o público irlandês que quer isso. Cadê aquele negócio?

Ele olhou pela mesa, depois deslizou a pasta de reportagens de jornal na direção de Elizabeth.

Depois de um momento folheando as páginas, Elizabeth falou:

— Entendo. Você quer um hotel *temático*.

— Você faz parecer brega, dizendo assim — comentou ele, fazendo um gesto de desprezo com a mão ao perceber a decepção na voz dela.

— Na minha opinião, hotéis temáticos *são* bregas — falou Elizabeth, firme. Ela não podia abrir mão de seus princípios nem por um trabalho bom como aquele.

Benjamin e Poppy buscaram a reação de Vincent. Era como assistir a uma partida de tênis.

— Elizabeth — falou Vincent, com um sorriso estremecendo o canto de seus lábios —, você é uma jovem bonita, deve saber que amor não é um tema. É uma atmosfera, um clima.

— Entendo — disse Elizabeth, soando e parecendo não saber nada. — Você quer criar uma sensação de amor em um hotel.

— Exatamente! — afirmou Vincent, parecendo contente. — Mas não é o que eu quero, é o que *eles* querem. — Ele bateu no jornal com a ponta do dedo.

Elizabeth pigarreou e falou como se com uma criança.

— Sr. Taylor, estamos em junho, e por aqui chamamos de temporada da tolice, uma época em que não se tem mais nada sobre o que escrever. A mídia só representa uma imagem distorcida da opinião pública. Não é precisa, entende? Não representa as expectativas e os desejos do povo irlandês. Esforçar-se para atender às necessidades da mídia seria um erro enorme.

Vincent não pareceu impressionado.

— Veja, o hotel fica em uma localização maravilhosa, com vistas incríveis, na fronteira de uma linda cidade com muitas atividades ao ar livre. Meus projetos têm a ver com trazer o exterior para dentro, internalizando as paisagens. Com o uso de tons terrosos naturais, como verde-escuro e marrom, além do uso de pedra, podemos...

— Já ouvi tudo isso antes. — Vincent bufou. — Não quero que o hotel se misture com as montanhas, quero que se destaque. Não quero que os hóspedes se sintam como hobbits dormindo em um monte de grama e lama. — Ele apagou o charuto com raiva no cinzeiro.

Ela o perdeu, pensou Benjamin. Que pena: esta tentou de verdade. Ele viu o rosto dela se entristecer pelo trabalho que estava perdendo.

— Sr. Taylor — disse Elizabeth rapidamente —, você ainda não ouviu *todas* as minhas ideias.

Ela estava tentando de tudo. Vincent resmungou e olhou para seu Rolex cravejado de diamantes.

— Você tem trinta segundos.

Ela ficou paralisada por vinte deles e, por fim, seu rosto se fechou e ela pareceu estar se doendo muito ao pronunciar estas palavras:

— Poppy. — Elizabeth suspirou. — Conte suas ideias a ele.

— Isso! — Poppy pulou de animação e foi dançando até Vincent, do outro lado da mesa. — Então, estou pensando em colchões d'água, banheiras, taças de champanhe que saem de mesas de cabeceira. Uma mescla de *era romântica* com *art déco*. Uma *explosão* — ela fez um gesto de explosão com as mãos — de vermelhos profundos, vinho e bordô, de modo que a pessoa se sinta abraçada por um *útero* forrado de veludo. Velas *por todo lado*. Uma mescla de *boudoir* francês com...

Enquanto Poppy tagarelava e Vincent assentia animado e atento a cada palavra, Benjamin olhou para Elizabeth, que, por sua vez, estava com a cabeça nas mãos, fazendo uma careta para cada uma das ideias de Poppy. Os olhos deles se encontraram, e eles trocaram um olhar exasperado por seus respectivos colegas.

Então, trocaram um sorriso.

CAPÍTULO 17

— Meu Deus, meu Deus!

Poppy deu um gritinho de deleite, dançando até o carro de Elizabeth.

— Gostaria de agradecer a Damien Hirst por me inspirar, a Egon Schiele — ela limpou uma lágrima imaginária do olho —, Banksy e Robert Rauschenberg por me dar tanta arte incrível que ajudou minha mente criativa a se desenvolver, abrindo-se delicadamente como um botão de flor e por...

— Chega — sibilou Elizabeth entredentes. — Eles ainda estão nos olhando.

— Ah, não estão, deixe de ser paranoica.

O tom de Poppy mudou de júbilo para frustração. Ela se virou para olhar o alojamento em meio à construção.

— Não vire, Poppy! — disse Elizabeth, como se estivesse dando bronca em uma criança.

— Ah, por que não? Eles não estão olhan... Ah, estão. TCHAAAU! OBRIGAAADA! — gritou ela, acenando loucamente.

— Você *quer* perder seu emprego? — ameaçou Elizabeth, recusando-se a virar.

Suas palavras tiveram o mesmo efeito que tinham em Luke quando ela ameaçava tirar o PlayStation. Poppy parou de pular imediatamente, e as duas andaram em silêncio até o carro, Elizabeth sentindo dois pares de olhos queimando suas costas.

— Não acredito que conseguimos o trabalho — comentou Poppy, sem fôlego, quando entraram, com a mão no coração.

— Nem eu — resmungou Elizabeth, colocando o cinto de segurança e ligando o motor.

— O que foi, ranzinza? Parece até que *não* conseguimos o trabalho ou coisa parecida — acusou Poppy, acomodando-se no banco do passageiro e se perdendo em seu próprio mundo.

Elizabeth pensou naquilo. Na verdade, *ela* não tinha conseguido o trabalho, Poppy tinha. Era o tipo de vitória que não parecia uma vitória. E por que Ivan estava lá? Ele tinha dito a Elizabeth que trabalhava com crianças — o que o hotel tinha a ver com crianças? Ele nem ficou tempo o suficiente para ela descobrir, saindo da sala assim que as bebidas foram trazidas, sem se despedir de ninguém além dela. Elizabeth ponderou. Talvez ele estivesse envolvido em negócios com Vincent e ela tivesse interrompido uma reunião importante, o que explicaria por que Vincent estava tão grosseiramente preocupado. Bem, o que quer que fosse, ela precisava ser informada e estava brava por Ivan não ter mencionado nada na noite passada. Ela tinha planos a fazer e detestava interrupções.

Separando-se de uma Poppy entusiasmada demais, ela foi até o Joe's tomar um café e refletir.

— Boa tarde, Elizabeth — disse alto Joe.

Os três outros clientes pularam em suas cadeiras com a explosão repentina.

— Café, por favor, Joe...

— Para variar?

Ela deu um sorriso tenso. Escolheu uma mesa ao lado da janela que dava para a rua principal. Sentou-se de costas para a janela. Não gostava de observar as pessoas e precisava pensar.

— Com licença, srta. Egan — interveio uma voz masculina com sotaque americano, assustando-a.

— Sr. West — respondeu ela, levantando os olhos, surpresa.

— Por favor, pode me chamar de Benjamin. — Ele sorriu e apontou para a cadeira ao lado dela. — Posso me juntar a você?

Elizabeth tirou seus papéis do caminho.

— Quer beber algo?

— Café seria ótimo.

Elizabeth pegou sua caneca e segurou na direção de Joe.

— Joe, dois frappucinos de manga desnatados, por favor.

Os olhos de Benjamin se acenderam.

— É sério? Achei que eles não vendiam isso a... — animou-se Benjamin, antes de ser interrompido por Joe colocando duas canecas de café com leite na mesa. O líquido derramou pela lateral das canecas. — Ah — completou ele, parecendo decepcionado.

Ela voltou sua atenção a Benjamin, que parecia desgrenhado. O cabelo preto pendia em cachos nas laterais da cabeça, e o homem exibia pelos curtos e pretos desde o topo do peito até as maçãs do rosto. Vestia calça jeans com aspecto de velha, manchada de sujeira, uma jaqueta jeans também manchada e botas Caterpillar cobertas de relva e com uma pequena montanha de lama seca acumulada na sola, deixando um rastro da porta da frente à mesa. Uma linha de terra preta se acumulava embaixo das unhas dele e, quando ele pousou as mãos na mesa na frente de Elizabeth, ela se sentiu desviando o olhar.

— Parabéns por hoje — disse Benjamin, parecendo genuinamente feliz. — Foi uma reunião muito bem-sucedida. Você se deu bem. Vocês dizem *sláinte*, né? — perguntou, e levantou sua caneca de café.

— Como é? — questionou Elizabeth, com frieza.

— *Sláinte?* Não está certo? — Ele pareceu preocupado.

— Não — disse ela, frustrada —, quer dizer, sim, mas não estou falando disso. — Ela balançou a cabeça. — Eu não "me dei bem", como você diz, sr. West. Conseguir esse contrato não foi um golpe de sorte.

A pele bronzeada de Benjamin ficou levemente rosada.

— Ah, não foi o que quis dizer e, por favor, pode me chamar de Benjamin. Sr. West é formal demais. — Ele se mexeu na cadeira, desconfortável. — Sua assistente, Poppy — ele desviou o olhar, tentando achar as palavras —, é muito talentosa, tem muitas ideias "diferentes", e Vincent tem basicamente a mesma filosofia, mas às vezes se deixa levar, e nós é que temos que convencê-lo a não pular do precipício. Olha, meu trabalho é garantir que a gente construa essa coisa no prazo e abaixo do orçamento, então, planejo fazer o que sempre faço e convencer Vincent que não temos dinheiro para tirar as ideias de Poppy do papel.

O coração de Elizabeth acelerou.

— Aí, ele vai querer um designer que caiba no orçamento. Sr. West, veio até aqui para tentar me convencer a desistir do trabalho? — perguntou ela, direta.

— Não. — Benjamin suspirou. — É *Benjamin* — insistiu ele —, e não, não estou tentando convencê-la a desistir do trabalho. — Ele disse aquilo de uma forma que fez com que ela se sentisse tola. — Olha, estou tentando ajudar. Estou vendo que você não está feliz com a ideia e, para falar a verdade, também não acho que os moradores daqui iam adorar.

Ele gesticulou para as pessoas no salão, e Elizabeth tentou imaginar Joe indo almoçar em um "útero de veludo" em um domingo. Não, não ia funcionar, não naquela cidade.

— Eu me importo com os projetos em que trabalho, e acho que este hotel tem muito potencial. Não quero que acabe parecendo uma homenagem de Las Vegas ao Moulin Rouge — continuou Benjamin.

Elizabeth deslizou um pouco na cadeira.

— Na verdade, vim aqui porque gosto de suas ideias. São sofisticadas, mas confortáveis, modernas sem serem exageradas, e o visual vai atrair uma ampla gama de pessoas. A ideia de Vincent e Poppy é temática demais e vai afastar três quartos do país imediatamente. Mas quem sabe você pode incluir um pouco mais de cor? Eu concordo com Vincent de que o seu conceito todo tem que parecer menos O Condado e mais um hotel. Não queremos que as pessoas sintam que têm que viajar descalças até a cordilheira de Macgillycuddy Reeks para jogar um anel no centro.

Sentindo-se ofendida, Elizabeth abriu a boca.

— Você acha — continuou ele, ignorando a reação dela — que conseguiria trabalhar com Poppy? Sabe, suavizar bastante as ideias dela?

Elizabeth estivera preparada para mais um ataque direto, mas ele estava lá para ajudá-la. Ela pigarreou sem necessidade e puxou a ponta de seu paletó, sentindo-se desconfortável. Uma vez recomposta, falou:

— Bem, fico feliz de pensarmos igual, mas... — Ela fez sinal pedindo mais uma caneca de café para Joe e pensou em fundir suas cores naturais com os tons profundos de Poppy.

Benjamin balançou a cabeça de modo negativo para a oferta de Joe de mais um café, ainda com uma caneca intocada a sua frente.

— Você bebe muito café — comentou ele quando Joe colocou a terceira xícara na mesa à frente dela.

— Me ajuda a pensar — respondeu ela, dando um gole.

Houve silêncio por um momento.

Elizabeth saiu do transe.

— Bem, tenho uma ideia.

— Uau, funcionou rápido — disse Benjamin, e sorriu.

— O quê? — interpôs Elizabeth, franzindo a testa.

— Eu disse que...

— Tudo bem — interrompeu Elizabeth, sem ouvi-lo em seu fluxo de ideias. — Vamos dizer que o sr. Taylor tenha razão, a lenda esteja viva e as pessoas vejam esse lugar como um lugar de amor, blá-blá-blá. — Ela fez uma careta, nada impressionada com essa crença. — Então, tem um mercado que precisamos atender, que é onde as ideias de Poppy funcionam, mas vamos manter um mínimo disso. Talvez uma suíte de lua de mel e um tapete aqui e ali, o resto pode ser projeto meu. — Ela estava alegre. — Com um pouco mais de cor — completou, com menos entusiasmo.

Benjamin sorriu quando ela terminou.

— Vou falar com Vincent. Olha, quando comentei antes sobre você ter se dado bem na reunião, não quis dizer que não tinha talento. Eu estava falando daquilo de você se fingir de *louca*.

Com os dedos sujos, ele fez círculos no ar na altura das têmporas.

O bom humor de Elizabeth desapareceu.

— Como é?

— Sabe, aquela coisa toda de eu-vejo-gente-morta — explicou Benjamin, abrindo um sorriso largo.

Elizabeth o olhou sem expressão.

— Você sabe, o *cara* na mesa. Com quem você ficou falando. Está lembrada?

— Ivan? — perguntou Elizabeth, incerta.

— Isso, esse é o nome! — Benjamin estalou os dedos e recostou-se na cadeira, rindo. — É isso, Ivan, o sócio muito, muito silencioso.

As sobrancelhas de Elizabeth quase saltaram para fora da testa.

— Sócio?

Benjamin riu ainda mais.

— Aham, isso, mas não diga que contei, hein? Eu ficaria muito envergonhado se ele descobrisse.

— Não se preocupe — retrucou Elizabeth, seca, chocada com a informação. — Eu vou vê-lo mais tarde e não vou mencionar nada.

— Nem ele — disse Benjamin, e deu uma risadinha.

— Bem, é o que vamos ver. — Elizabeth estava irritada. — Se bem que estive com ele ontem à noite e ele também não disse uma palavra.

Benjamin pareceu chocado.

— Não acho que esse tipo de coisa seja permitida na Taylor Constructions. Relacionamentos amorosos entre colaboradores não são tolerados. Quer dizer, nunca se sabe, Ivan pode ter sido o motivo de você ter conseguido esse trabalho. — Ele secou os olhos, cansado, e sua risada se acalmou. — Quando paramos para pensar, não é incrível o que fazemos hoje em dia para conseguir trabalhos?

Elizabeth ficou boquiaberta.

— Mas fazer uma coisa dessas mostra o quanto você ama seu trabalho. — Ele olhou para ela com admiração. — Acho que eu não conseguiria — opinou ele, e deu de ombros de novo.

A boca de Elizabeth se abriu ainda mais. Ele a estava acusando de transar com Ivan para conseguir o trabalho? Ela ficou sem palavras.

— Enfim — disse Benjamin, levantando-se —, foi ótimo encontrá-la. Fico feliz de termos resolvido a questão do Moulin Rouge. Vou falar com Vincent e ligo assim que tiver mais detalhes. Você tem meu telefone? — perguntou ele, dando batidinhas nos bolsos.

Ele colocou a mão no bolso frontal da jaqueta e tirou uma esferográfica vazando, que deixara uma mancha de tinta no fundo do bolso. Pegou um guardanapo e anotou de qualquer jeito o nome e o número dele no papel.

— Esses são os números do meu celular e do escritório. — Ele entregou a ela e empurrou a caneta vazando e um guardanapo rasgado e úmido de café que ele derramara. — Pode me dar o seu? Poupa o tempo de eu ter que buscar nos arquivos.

Elizabeth ainda estava brava e ofendida, mas pegou seu porta--cartões de couro na bolsa e estendeu um de seus cartões de visita com borda dourada. Ela ia se segurar e não bater nele só desta vez; precisava daquele trabalho. Para o bem de Luke e do negócio dela, Elizabeth ia segurar a língua.

Benjamin ficou um pouco vermelho.

— Ah, claro. — Ele puxou de volta seu guardanapo rasgado e a caneta vazando, e pegou o cartão dela. — É mesmo uma ideia melhor — acrescentou, e estendeu a mão para ela.

Ela deu uma olhada na mão dele, com as unhas sujas, e sentou-se em cima das próprias mãos na mesma hora.

Depois que ele foi embora, Elizabeth olhou ao redor confusa, perguntando-se se mais alguém tinha testemunhado o mesmo que ela. Joe encontrou seu olhar, piscou e deu uma batidinha com o dedo indicador no nariz como se estivessem compartilhando algum tipo de segredo. Depois do trabalho, ela planejava pegar Luke na casa de Sam e, embora soubesse que Ivan e a mãe de Sam não estavam mais juntos, esperava mais do que tudo encontrá-lo lá.

Para falar o que pensava, claro.

CAPÍTULO 18

Erro número um: ir à reunião de Elizabeth. Eu não devia ter feito isso. É a mesma regra que proíbe ir à escola com nossos amigos mais jovens, e eu devia ter tido o bom senso de perceber que a escola de Luke é o equivalente ao local de trabalho de Elizabeth. Queria conseguir bater em mim mesmo. Na verdade, eu fiz isso, mas Luke achou tão engraçado que começou a fazer também, e agora está com as duas canelas roxas. Achei melhor não fazer de novo.

Depois que fui embora da reunião, caminhei de volta à casa de Sam, onde Luke estava. Sentei-me na grama no jardim dos fundos, de olho nos dois brincando de lutinha, esperando que aquilo não acabasse em lágrimas. Eu aproveitei para fazer o meu esporte mental favorito: pensar.

E foi um pensamento construtivo, também, porque percebi algumas coisas. Uma das coisas que aprendi foi ter ido àquela reunião de manhã porque minha intuição estava me dizendo para fazer isso. Não sei como minha presença lá podia ajudar Elizabeth, mas precisei seguir minha intuição e presumi que ela não fosse me ver. Meu encontro com ela na noite anterior tinha sido como um sonho e tão inesperado que comecei o dia sentindo que era tudo imaginação. E, sim, estou ciente da ironia.

Fiquei muito feliz por ela me ver. Quando a vi balançando naquele banco do jardim, parecendo tão perdida, soube que, se ela conseguisse me enxergar em algum momento, seria naquele. Senti no ar. Eu sabia que ela precisava me ver e tinha me preparado para o fato de que, um dia, veria, mas não tinha me preparado para o frio na barriga que senti quando nossos olhos se encontraram.

Foi estranho, porque eu estava olhando para Elizabeth há quatro dias e estava acostumado com o rosto dela, conhecia de cor, sabia que tinha uma pequena pinta na têmpora direita, que uma maçã do rosto era levemente mais alta que a outra, que o lábio inferior era mais grosso que o superior, que ela tinha finos fios novos na raiz dos cabelos. Eu a conhecia muito bem, mas não é estranho como alguém pode parecer diferente quando realmente olhamos para ele? De repente, parece outra pessoa. Se quer saber, é verdade o que dizem sobre os olhos serem as janelas da alma.

Eu nunca tinha sentido aquilo antes, mas creditei isso a nunca ter estado naquela situação antes. Nunca tive uma amizade com alguém da idade de Elizabeth e acho que estava nervoso. Era uma experiência nova para mim, mas me senti imediatamente disposto e capaz de enfrentar.

Há duas coisas que raramente fico: confuso e preocupado. Mas, enquanto esperava no quintal de Sam naquele dia ensolarado, fiquei preocupado. Isso me confundiu e, por estar confuso, fiquei ainda mais preocupado. Eu esperava não ter causado problemas para Elizabeth no trabalho, mas, naquela noite mesmo, quando o sol e eu estávamos brincando de esconde-esconde, logo descobri.

O sol estava tentando se esconder atrás da casa de Sam, cobrindo-me com um cobertor de sombra. Eu estava me movendo pelo jardim, sentando nos últimos pedaços de sol antes de eles desaparecerem completamente. A mãe de Sam estava tomando banho depois de fazer um vídeo de exercícios de dança na sala dos fundos, o que tinha sido muito divertido. Então, a campainha tocou, e Sam atendeu. Ele tinha ordens estritas de não atender ninguém exceto Elizabeth.

— Oi, Sam — eu a ouvi dizer, entrando no corredor. — Seu pai está aqui?

— Não — respondeu Sam. — Ele está no trabalho. Eu e Luke estamos brincando no jardim.

Ouvi passos vindo pelo corredor, o som de saltos na madeira e uma voz irada quando ela apareceu no jardim.

— Ah, está no trabalho, é? — disse Elizabeth, parada no topo do jardim com as mãos no quadril e olhando para mim.

— Está, sim — respondeu Sam, confuso, e saiu correndo para brincar com Luke.

Havia algo tão encantador em Elizabeth parecendo mandona daquele jeito que eu sorri.

— Alguma coisa engraçada, Ivan?

— Muita coisa — respondi, sentando-me na única parte da grama que ainda tinha sol. Acho que venci o esconde-esconde. — Gente sendo molhada por carros passando em cima de poças, cócegas bem aqui — fiz um gesto para a lateral do meu corpo —, Chris Rock, Eddie Murphy no segundo *Um tira da pesada* e...

— Do que você está falando? — Ela franziu a testa, chegando mais perto.

— De coisas que são engraçadas.

— O que está fazendo? — perguntou ela, aproximando-se ainda mais.

— Tentando lembrar como fazer uma corrente de margaridas. A de Opal era bonita. — Levantei os olhos para ela. — Opal é minha chefe e estava usando uma no cabelo — expliquei. — A grama está seca, se quiser sentar. — Continuei puxando margaridas do chão.

Elizabeth levou um momento para se acomodar na grama. Parecia desconfortável e fez uma careta como se estivesse sentada sobre alfinetes. Depois de limpar sujeiras invisíveis da calça e tentar se sentar em cima das mãos para não ficar com mancha de grama no bumbum, ela voltou a me olhar, brava.

— Algum problema, Elizabeth? Parece que sim.

— Como você é perspicaz.

— Obrigado. Faz parte do meu trabalho, mas é gentil da sua parte me elogiar. — Senti o sarcasmo dela.

— Tenho um assunto para resolver com você, Ivan.

— Espero que seja engraçado. — Amarrei o caule de uma flor no outro. — Tem assuntos que são difíceis, mas também nos fazem rir. Como muitas coisas na vida, ou até a própria vida. Hum.

Ela me olhou confusa.

— Ivan, vim aqui falar umas verdades. Conversei com Benjamin hoje depois que você foi embora, e ele me disse que você era sócio da empresa. Também me acusou de outra coisa, mas não vou entrar em detalhes.

— Você veio me falar umas verdades — repeti, olhando para ela. — Essa frase é linda. A verdade é a coisa mais poderosa do mundo, sabe. Tanta gente conta mentiras, então falar umas verdades... Olha, obrigado, Elizabeth. É engraçado como as pessoas estão sempre falando verdades para aqueles de quem não gostam, quando deviam falar para quem gostam. Está aí outra coisa engraçada. Mas umas verdades... que presente. — Amarrei o último caule e formei uma corrente. — Vou te dar uma corrente de margaridas em troca de umas verdades.

Coloquei a pulseira no braço dela.

Ela se sentou na grama. Não se mexeu, não disse nada, só olhou para a corrente de margaridas. Aí sorriu, e, quando falou, sua voz estava suave.

— Alguém já ficou bravo com você por mais de cinco minutos? Olhei meu relógio.

— Sim. Você, das dez da manhã de hoje até agora.

Ela riu.

— Por que você não me disse que trabalhava com Vincent Taylor?

— Porque não trabalho.

— Mas Benjamin disse que você trabalha.

— Quem é Benjamin?

— O gerente do projeto. Ele disse que você é um sócio silencioso.

Sorri.

— Acho que sou. Ele estava sendo irônico, Elizabeth. Não tenho nada a ver com a empresa. Sou tão silencioso que não digo nada.

— Bem, é um lado seu que nunca conheci. — Ela sorriu. — Então, você não está envolvido com este projeto?

— Meu trabalho é com pessoas, Elizabeth, não prédios.

— Bom, então do que Benjamin estava falando? — perguntou, confusa. — Ele é esquisito, aquele Benjamin West. Sobre que negócio você estava falando com Vincent? O que crianças têm a ver com o hotel?

— Você é muito enxerida. — Eu ri. — Vincent Taylor e eu não estávamos falando sobre negócios. Mas é uma boa pergunta: o que você acha que crianças *deviam* ter a ver com o hotel?

— Absolutamente nada. — Elizabeth riu, depois parou abruptamente, com medo de ter me ofendido. — Você acha que o hotel devia receber crianças.

Sorri.

— Você não acha que tudo e *todos* deviam receber crianças?

— Consigo pensar em algumas exceções — retrucou Elizabeth, com sagacidade, olhando para Luke.

Eu sabia que ela estava pensando em Saoirse e no pai delas, possivelmente até em si mesma.

— Vou falar com Vincent amanhã sobre uma sala de brinquedos e área de lazer... — A voz dela foi ficando mais baixa. — Nunca projetei uma sala de crianças antes. O que elas querem?

— Vai ser fácil para você, Elizabeth. Você já foi criança. O que você queria?

Os olhos castanhos dela se escureceram, e ela os desviou.

— É diferente agora. As crianças não querem o que eu queria na época. Os tempos mudaram.

— Nem tanto. As crianças sempre querem as mesmas coisas porque precisam de todas as mesmas coisas básicas.

— Tipo o quê?

— Bem, por que você não me diz o que queria, e eu digo se são as mesmas coisas?

Elizabeth riu, leve.

— Você sempre faz jogos, Ivan?

— Sempre. — Eu sorri. — Vamos lá.

Ela analisou meus olhos, discutindo consigo mesma sobre se devia ou não falar e, depois de um momento, respirou fundo.

— Quando eu era criança, minha mãe e eu nos sentávamos à mesa da cozinha toda noite de sábado com giz de cera e papel chique, e escrevíamos um plano completo do que íamos fazer no dia seguinte. — Os olhos dela brilharam com o afeto da lembrança. — Toda noite de sábado, eu ficava tão animada com nossos planos para o dia seguinte que grudava a programação na parede do meu quarto e me forçava a dormir para a manhã chegar logo. — O sorriso dela desvaneceu, e ela saiu do transe. — Mas não dá para incorporar essas coisas em uma sala de brinquedos; as crianças querem PlayStations e Xboxes e coisas assim.

— Por que não me conta que tipo de coisas havia na programação? Ela desviou o olhar para a distância.

— Havia coleções de sonhos absolutamente impossíveis. Minha mãe me prometia que íamos nos deitar de costas no campo à noite, pegar o máximo de estrelas cadentes que conseguíssemos e fazer todos os desejos que nossos corações quisessem. Falávamos de nos deitar em enormes banheiras cheias até o queixo de flor-de-cerejeira, de sentir o gosto dos banhos de sol, de ficar girando sob os irrigadores da vila que molhavam a grama no verão, jantar à luz do luar na praia e depois sapatear na areia. — Elizabeth riu da lembrança. — Quando falo em voz alta, tudo parece muito bobo, mas ela era assim. Era brincalhona e aventureira, maluca e descontraída, ainda que um pouco excêntrica. Sempre queria pensar em coisas novas para ver, experimentar e descobrir.

— Tudo isso deve ter sido muito divertido — digo, impressionado pela mãe dela. Sentir o gosto dos banhos de sol era muito melhor que um telescópio feito com rolo de papel higiênico.

— Ah, não sei. — Elizabeth desviou os olhos e engoliu em seco. — Nunca fizemos nada do que foi programado.

— Mas aposto que você fez todas essas coisas um milhão de vezes na sua cabeça — retruquei.

— Bom, tem uma coisa que fizemos juntas. Logo depois do nascimento de Saoirse, ela me levou para o campo, esticou um cobertor e colocou uma cesta de piquenique. Comemos pão integral recém-assado, ainda quente do forno, com geleia de morango caseira. — Elizabeth fechou os olhos e inspirou. — Ainda lembro o cheiro e o gosto. — Ela balançou a cabeça, maravilhada. — Só que ela escolheu fazer o piquenique no campo de pastagem de vacas.

Lá estávamos nós, no meio do campo, fazendo um piquenique cercadas de vacas curiosas.

Nós dois rimos.

— Mas foi aí que ela me disse que estava indo embora. Era grande demais para essa cidade pequena. Não foi o que ela disse, mas sei que ela devia se sentir desse jeito.

A voz de Elizabeth fraquejou, e ela parou de falar. Observou Luke e Sam brincando de pega-pega pelo jardim, mas não os enxergava, escutava seus gritinhos infantis de alegria, mas não os ouvia. Bloqueou tudo.

— Enfim — a voz dela ficou séria de novo, e ela pigarreou —, isso é irrelevante. Não tem nada a ver com o hotel. Nem sei por que toquei nesse assunto.

Ela estava envergonhada. Aposto que Elizabeth nunca tinha dito nada daquilo em voz alta antes, então fiquei em silêncio enquanto ela lidava com tudo.

— Você e Fiona têm uma boa relação? — perguntou ela, ainda sem me olhar nos olhos depois do que havia me contado.

— Fiona?

— Sim, a mulher com quem você não é casado. — Ela sorriu pela primeira vez e pareceu se acomodar.

— Fiona não fala comigo — respondi, ainda confuso sobre por que ela achava que eu era pai do Sam. Eu ia precisar falar com Luke sobre aquilo. Não estava confortável com esse caso de identidade falsa.

— As coisas terminaram mal entre vocês dois?

— Elas nunca começaram para poder terminar — respondi honestamente.

— Conheço a sensação. — Ela revirou os olhos e sorriu. — Mas pelo menos uma coisa boa veio disso. — Ela desviou o olhar e observou Luke e Sam brincando. Estava se referindo a Sam, mas tive a sensação de que olhava para Luke, e isso me deixou feliz.

Antes de irmos embora da casa de Sam, Elizabeth se virou para mim.

— Ivan, nunca conversei com ninguém sobre o que falei antes. — Ela engoliu. — Nunca. Nem sei o que me fez desabafar.

— Eu sei. — Sorri. — Então, obrigado por me contar muitas verdades. Acho que isso merece outra corrente de margaridas.

Estendi outra pulseira que havia feito.

Erro número dois: ao colocá-la no pulso dela, senti que estava entregando um pedacinho do meu coração.

CAPÍTULO 19

Depois que dei a Elizabeth as correntes de margaridas e meu coração, fiquei sabendo muito mais sobre ela do que só o que ela e sua mãe faziam nas noites de sábado. Percebi que ela era como aquelas amêijoas que a gente vê grudadas na lateral das pedras na praia de Fermoy. Dá para saber só de olhar que está solta, mas, assim que a tocamos ou nos aproximamos, ela se fecha e agarra a superfície da pedra o mais forte possível. Elizabeth era assim: aberta até alguém chegar perto e, aí, ficava tensa e se agarrava com toda a força. Sim, ela se abriu para mim naquele dia no quintal, mas aí, no dia seguinte, quando a visitei, era como se ela estivesse brava, porque não queria falar sobre o assunto. Ela era assim mesmo — brava com todo mundo, inclusive ela mesma — e provavelmente estava com vergonha. Ela não tinha o costume de contar algo sobre si mesma, a não ser que estivesse falando com clientes sobre sua empresa.

Agora que Elizabeth me via, era difícil passar tempo com Luke e, para ser sincero, acho que ficaria preocupada se eu batesse na porta fúcsia dela e perguntasse se Luke podia vir brincar. Ela acha que amigos precisam ter uma certa idade. O mais importante, porém, era que Luke não parecia se importar. Ele estava sempre ocupado brincando com Sam e, sempre que decidia me incluir, Sam ficava frustrado, porque, claro, não conseguia me ver. Acho que eu estava atrapalhando a brincadeira de Luke com Sam e não creio que Luke se importava com minha presença ou ausência, porque não era por ele que eu estava lá, e acho que ele sabia. Falei que as crianças sempre sabem o que está acontecendo, até antes de nós mesmos sabermos.

Quanto a Elizabeth, acho que ela ficaria louca se eu entrasse na sala dela à meia-noite. Um novo tipo de amizade significava que precisava haver novos limites. Eu tinha que ser sutil, visitar menos, mas ainda estar lá com ela nos momentos certos. Como uma amizade adulta.

Eu não gostava do fato de Elizabeth achar que eu era o pai do Sam. Não sei como aquilo começou e, sem que eu dissesse qualquer coisa, continuou. Nunca minto para meus amigos, nunca mesmo, então tentei várias vezes dizer a ela que não sou o pai dele. Uma das vezes, a conversa foi assim:

— Então, de onde você é, Ivan?

Era uma noite depois do trabalho de Elizabeth. Ela tinha acabado de ter uma reunião com Vincent Taylor sobre o hotel, na qual, aparentemente, ela foi até ele e disse que tinha falado com o Ivan e que nós dois concordávamos que o hotel precisava de uma área infantil para os pais poderem ter momentos ainda mais românticos e relaxantes juntos. Bem, Vincent riu tanto que cedeu e concordou. Ela ainda não entende por que ele achou aquilo tão engraçado. Eu disse para ela que era porque Vincent não tinha ideia de quem eu era, e ela só revirou os olhos e me acusou de ocultar informações. Enfim, por causa disso, ela estava de bom humor, então, para variar, estava disposta a conversar. Eu andava me questionando sobre quando ela ia começar a me fazer perguntas (sem ser sobre meu trabalho, quantos funcionários a gente tinha, qual era a rotatividade anual. Ela me deixava muito entediado com esse papo).

Mas ela finalmente me perguntou de onde eu era. Então, respondi alegre:

— De Atnoc ed Zaf.

Ela franziu o cenho.

— Esse nome é familiar; já ouvi em algum lugar antes. Onde fica?

— A um milhão de quilômetros daqui.

— Baile na gCroíthe é a um milhão de quilômetros de todo lugar. Atnoc ed Zaf… — ela deixou as palavras rolarem por sua língua. — O que quer dizer? Não é irlandês nem inglês, né?

— É oirártnoc oa-ês.

— Oirártnoc oa? — repetiu ela, arqueando uma sobrancelha. — Sinceramente, Ivan, às vezes você parece o Luke. Acho que pega de você a maioria das coisas que ele diz.

Dei uma risadinha.

— Aliás... — Elizabeth inclinou-se para a frente. — Não quis te dizer isso antes, mas acho que ele realmente te admira.

— Sério? — Fiquei lisonjeado.

— Bem, sim, porque... bom... — ela buscou as palavras certas —, por favor, não ache que meu sobrinho é louco nem nada, mas na semana passada ele inventou um amigo. — Ela deu um risinho nervoso. — Ele veio jantar alguns dias, eles brincavam de pega-pega lá fora, brincavam de tudo, desde futebol até computador e *cartas*, dá para acreditar? Mas o engraçado é que o nome dele é *Ivan*.

Minha reação sem expressão fez com que ela começasse a voltar atrás e ficasse muito vermelha.

— Bom, na verdade, não tem nada de engraçado, é absurdo, *óbvio*, mas achei que talvez significasse que ele admira você e o enxerga como uma espécie de modelo masculino... — A voz dela foi abaixando. — Enfim, Ivan foi embora. Ele nos deixou. Abandonou a gente. Foi tão devastador quanto você imagina. Eu tinha lido que ele podia ficar por até *três* meses. — Ela fez uma careta. — Graças a Deus, ele foi embora. Eu tinha marcado a data no calendário e tudo — comentou, ainda vermelha. — Na verdade, engraçado, ele foi embora quando você chegou. Acho que você assustou o Ivan... Ivan. — Ela riu, mas meu rosto sério fez com que ela parasse e suspirasse. — Ivan, por que só eu estou falando?

— Porque eu estou ouvindo.

— Bom, já terminei, então, pode dizer algo — disse ela, irritada.

Eu ri. Ela sempre ficava brava quando se sentia boba.

— Eu tenho uma teoria.

— Ótimo, me conte, para variar. A não ser que seja colocar meu sobrinho e eu em um prédio de concreto cinza com grandes janelas e freiras administrando o local.

Olhei para ela, chocado.

— Continue — pediu ela em meio a um sorriso.

— Bom, quem disse que o Ivan desapareceu?

Elizabeth pareceu horrorizada.

— Ninguém disse que ele desapareceu, porque ele nunca apareceu, para começar.

— Apareceu para o Luke.

— Luke o inventou.

— Talvez não.

— Bom, eu não o via.

— Você me vê.

— O que você tem a ver com o amigo *invisível* do Luke?

— Talvez eu *seja* o amigo invisível do Luke, só que não gosto de ser chamado de invisível. Não é muito politicamente correto.

— Mas eu vejo você.

— Exatamente, então, não sei por que as pessoas insistem em dizer "invisível". Se *alguém* consegue me ver, então certamente sou visível. Pense bem: o Ivan, amigo do Luke, e eu já estivemos no mesmo cômodo ao mesmo tempo?

— Bom, ele podia estar aqui agora, até onde sabemos, comendo azeitona ou algo assim. — Ela riu, e então de repente parou, percebendo que eu não estava mais sorrindo. — Do que você está falando?

— É muito simples, Elizabeth. Você disse que o Ivan desapareceu quando eu cheguei.

— Sim.

— Não acha que isso quer dizer que eu sou o Ivan e você de repente só passou a me ver?

Elizabeth pareceu irritada.

— Não, porque você é uma pessoa real com uma vida real, e tem uma esposa e um filho, e você...

— Eu não sou casado com Fiona, Elizabeth.

— Ex-esposa, então, isso não importa...

— Eu nunca fui casado com ela.

— Bom, longe de mim julgar.

— Não, quero dizer que Sam não é meu filho. — Minha voz soou mais forte do que pretendi. Crianças entendem essas coisas com mais facilidade. Adultos sempre tornam tudo muito complicado.

O rosto de Elizabeth suavizou e ela estendeu a mão, colocando-a em cima da minha. As mãos dela eram delicadas, com pele de bebê e dedos longos e esguios.

— Ivan — disse ela suavemente —, temos algo em comum. Luke também não é meu filho. — Ela sorriu. — Mas acho incrível você ainda querer ver o Sam.

— Não, não, você não entende, Elizabeth. Eu não sou *nada* da Fiona e não sou *nada* do Sam. Eles não me veem como você me vê, eles nem me *conhecem*, é isso que estou tentando dizer. Sou invisível para eles. Sou invisível para todo mundo, menos para você e Luke.

Os olhos de Elizabeth se encheram de lágrimas, e ela apertou minha mão.

— Eu entendo — disse ela com a voz embargada.

Ela colocou a outra mão na minha e apertou forte. Estava lutando com seus pensamentos. Eu via que ela queria dizer algo, mas não conseguia. Seus olhos castanhos procuraram os meus e, após um momento de silêncio, parecendo que tinha achado o que estava procurando, o rosto dela finalmente se suavizou.

— Ivan, você não tem ideia de como nós dois somos parecidos, e é um *alívio* ouvir você dizer essas palavras, porque eu às vezes me sinto invisível para todo mundo também, sabe? — A voz dela parecia solitária. — Sinto como se ninguém me conhecesse, como se ninguém me visse como realmente sou... exceto você.

Ela parecia tão chateada que coloquei meus braços ao redor dela. Ainda assim, estava muito decepcionado por ela ter entendido tudo errado, o que era esquisito, porque minhas amizades não giram em torno de mim ou do que eu quero. E nunca giraram.

Mas, quando me deitei sozinho naquela noite e processei as informações do dia, percebi que, pela primeira vez na minha vida, Elizabeth era a única amiga que eu conhecera que me entendia completamente, afinal.

E, para quem já teve essa conexão com alguém, mesmo que só tenha durado cinco minutos, isso é importante. Pela primeira vez, eu não sentia que estava vivendo em um mundo diferente de todo mundo, mas que, na verdade, havia uma pessoa, uma pessoa de quem eu *gostava* e que eu *respeitava*, que tinha um pedaço do meu coração, que se sentia da mesma forma.

Vocês todos sabem exatamente como eu estava me sentindo naquela noite.

Eu não me sentia mais tão sozinho. Melhor ainda, sentia que estava flutuando.

CAPÍTULO 20

O clima tinha mudado da noite para o dia. Na última semana de junho, o sol tinha queimado a grama, secado o solo e trazido milhares de vespas, que voavam por aí irritando todo mundo. Sábado à noite tudo estava diferente. O céu escurecera, e as nuvens haviam chegado. Era o típico clima irlandês: em um momento, uma onda de calor, e no próximo, vendavais. Era previsivelmente imprevisível.

Elizabeth tremeu na cama e puxou o edredom até o queixo. Ela não tinha ligado o aquecimento e, embora precisasse dele, se recusava a ligá-lo nos meses de verão por princípios. Lá fora, as árvores tremiam, as folhas jogadas ao vento. Faziam sombras insanas nas paredes do quarto dela. As rajadas ferozes soprando soavam como ondas gigantes batendo contra os penhascos. Dentro de casa, as portas batiam e chacoalhavam. O banco no jardim balançava para a frente e para trás, guinchando. Tudo se movia violenta e esporadicamente; não havia ritmo nem consistência.

Elizabeth pensou em Ivan. Perguntou-se por que estava sentindo uma atração por ele e por que, sempre que abria a boca, os segredos mais bem guardados do mundo saíam voando. Perguntou-se por que o tinha recebido em sua casa e sua mente. Ela amava ficar sozinha — não sentia falta de companhia —, mas desejava a companhia dele. Perguntou-se se deveria ser mais cautelosa em consideração a Fiona, que morava no fim da rua. Será que sua proximidade a Ivan, embora fosse apenas uma amizade, não seria perturbadora para Sam *e* Fiona? Ela sempre podia contar com Fiona para cuidar de Luke de última hora.

Como de costume, Elizabeth tentou ignorar esses pensamentos. Tentava fingir que tudo estava como sempre, que nada tinha mudado, que suas paredes não estavam desmoronando e permitindo a entrada de convidados indesejados. Ela não queria que isso acontecesse, não sabia lidar com mudanças.

Por fim, focou a única coisa que permanecia constante e imóvel em meio aos vendavais indeterminados. E, em troca, a lua manteve seu olhar vigilante em Elizabeth, que, por fim, caiu em um sono intranquilo.

— Cocoricó!

Elizabeth abriu um olho, confusa com o som. O quarto estava claro. Ela lentamente abriu o outro olho e viu que o sol tinha voltado e estava baixo em um céu azul sem nuvens, mas as árvores ainda dançavam loucamente, fazendo uma festa no jardim dos fundos.

— Cocoricó!

Lá estava de novo. Sentindo-se grogue de sono, ela se arrastou da cama até a janela. Na grama do jardim, estava Ivan, com as mãos ao redor da boca, gritando "cocoricó!".

Elizabeth cobriu a boca, rindo, e abriu a janela. O vento entrou.

— Ivan, o que está fazendo?

— É seu alarme! — gritou ele, o vento roubando o fim das palavras e as levando para o norte.

— Você é maluco! — gritou ela.

Luke surgiu à porta do quarto dela, parecendo assustado.

— O que está acontecendo?

Elizabeth fez um gesto para Luke ir até a janela, e ele relaxou ao ver Ivan parado lá fora.

— Oi, Ivan! — gritou Luke.

Ivan olhou para cima e sorriu, tirou a mão que segurava o boné e acenou para Luke. O boné desapareceu da cabeça dele, arrancado por um vento forte e repentino. Eles riram ao vê-lo correr atrás do boné pelo jardim, indo de um lado para o outro conforme a direção do vento mudava. Por fim, ele usou um galho caído para resgatá-lo de uma árvore em que tinha ficado preso.

— Ivan, o que você está fazendo aqui? — gritou Luke.

— É o dia do pó de fadas! — anunciou Ivan, abrindo os braços para mostrar os arredores.

— O que é isso? — perguntou Luke, olhando confuso para Elizabeth.

— Não faço ideia — disse ela, dando de ombros.

— O que é o dia do pó de fadas, Ivan? — gritou Luke.

— Desçam, e eu mostro a vocês! — respondeu ele, as roupas soltas batendo contra o corpo.

— Estamos de pijama — redarguiu Luke, e deu uma risadinha.

— Bom, então, troquem de roupa! Coloquem qualquer coisa, são seis da manhã, ninguém vai ver a gente!

— Vamos! — concordou Luke animado, descendo do parapeito, correndo até o quarto dele e voltando minutos depois com uma perna na calça de moletom, um casaco do lado do avesso e os tênis nos pés errados.

Elizabeth riu.

— Vamos logo! — chamou ele, sem fôlego.

— Acalme-se, Luke.

— Não. — Luke abriu o guarda-roupa de Elizabeth. — Coloca uma roupa, É DIA DO PÓ DE FADAS! — gritou ele, com um sorriso sem dentes.

— Mas, Luke, aonde a gente vai?

Ela estava desconfortável, buscando segurança em um menino de 6 anos.

Luke deu de ombros.

— Algum lugar legal.

Elizabeth pensou naquilo, viu a animação nos olhos de Luke, sentiu a curiosidade crescendo em si, contrariou seu bom senso, pôs um moletom e saiu correndo com Luke lá para fora.

O vento quente a golpeou quando ela saiu, tirando seu fôlego.

— Para o Batmóvel! — anunciou Ivan, encontrando-os na porta da frente.

Luke riu pela animação.

Elizabeth paralisou.

— O quê?

— O carro — explicou Luke.

— Para onde vamos?

— Só dirija e eu digo quando parar. É uma surpresa.

— Não — retrucou Elizabeth, como se fosse a coisa mais ridícula que ela já ouvira. — Nunca entro no carro sem saber exatamente para onde estou indo.

— Você faz isso toda manhã.

Ela o ignorou.

Luke segurou a porta aberta para Ivan e, quando todos entraram, Elizabeth começou muito desconfortavelmente a jornada a um destino desconhecido, sentindo que queria virar o carro a cada esquina e perguntando-se por que não fazia aquilo.

Depois de dirigir por vinte minutos por estradas sinuosas, uma agitada Elizabeth seguiu as instruções de Ivan pela última vez e parou em frente a um campo que, para ela, era igual a todos os outros pelos quais tinham passado. Exceto que esse tinha uma vista para o reluzente oceano Atlântico. Ela ignorou o cenário e bufou para o espelho retrovisor, observando a lama na lateral de seu carro brilhante.

— Uau, o que é isso? — perguntou Luke, pulando para a frente, entre os dois bancos, e apontando pela janela dianteira.

— Luke, meu amigo — anunciou Ivan, feliz —, é o que chamamos de pó de fadas.

Elizabeth olhou. À sua frente, havia centenas de sementes de dente-de-leão voando ao vento, refletindo a luz do sol em seus fios brancos e felpudos, e flutuando na direção deles como se fossem sonhos.

— Parecem fadas — disse Luke, impressionado.

Elizabeth revirou os olhos.

— Fadas — repetiu. — Que livros você anda lendo? São sementes de dente-de-leão, Luke.

Ivan olhou para ela, frustrado.

— Por que será que eu sabia que você diria isso? Bem, pelo menos consegui trazer você até aqui. Acho que é *alguma coisa*.

Elizabeth o olhou surpresa. Ele nunca tinha falado com ela daquele jeito.

— Luke — dirigiu-se Ivan ao menino —, essas flores também são conhecidas como margaridas irlandesas, mas o que está no ar não são só sementes de dente-de-leão, como a maioria das pessoas *normais* — ele lançou um olhar irritado a Elizabeth — chama o pó de fadas. Carregam desejos no vento, e você precisa pegá-los nas mãos, fazer seu desejo e soltar para eles os levarem.

Elizabeth bufou.

— Uau — sussurrou Luke. — Mas por que as pessoas fazem isso?

Elizabeth riu.

— Esse é meu menino.

Ivan a ignorou.

— Há centenas de anos, as pessoas comiam as folhas verdes do dente-de-leão porque têm muitas vitaminas — explicou —, e essa é a origem do nome em latim, que se traduz como "cura para todos os males". Então, as pessoas consideram que a flor traz boa sorte e, hoje, fazem pedidos para as sementes.

— E os desejos se realizam? — perguntou ele, esperançoso.

Elizabeth olhou para Ivan com raiva por encher a cabeça do sobrinho de falsas esperanças.

— Apenas aqueles que são feitos da forma certa, então quem sabe? Lembre-se, até as correspondências de vez em quando se perdem, Luke.

Luke assentiu, compreendendo.

— Tudo bem, então vamos pegar!

— Vão vocês, eu espero aqui no carro — disse Elizabeth, olhando para a frente.

Ivan suspirou.

— Eliza...

— Eu espero aqui — repetiu ela, firme, ligando o rádio e se acomodando para mostrar a eles que não ia mudar de ideia.

Luke saiu do carro e se virou a Ivan.

— Acho ridículo você encher a cabeça dele com essas mentiras — bufou ela. — O que vai dizer a ele quando absolutamente nada que ele desejar acontecer?

— Como você sabe que não vai acontecer?

— *Senso comum*. Algo que você parece não conhecer.

— Tem razão, eu não conheço senso comum. Não quero acreditar no que todo mundo acredita. Tenho meus *próprios* pensamentos, coisas que não me foram ensinadas e que não li em um livro. Eu aprendo vivendo. Já você tem medo de experimentar qualquer coisa e, por isso, sempre vai ter seu senso comum e apenas isso.

Elizabeth olhou pela janela e contou até dez para não explodir. Ela detestava aquelas bobagens da Nova Era. Ao contrário do que ele dissera, ela acreditava que aquilo era *exatamente* o tipo de coisa que só se aprendia nos livros. Escritos e lidos por pessoas que passavam a vida buscando algo, *qualquer coisa*, para tirá-los do tédio da vida real. Pessoas que precisavam acreditar que havia algo mais além da razão mais óbvia para tudo.

— Sabe, Elizabeth, dente-de-leão também é conhecido como a erva do amor. Há quem diga que soprar as sementes ao vento faz com que carreguem o que você sente até a pessoa amada. Se você soprar a bola felpuda enquanto faz um desejo e conseguir tirar todas as sementes, seu desejo vai se realizar.

Elizabeth franziu o cenho em confusão.

— Chega de falatório, Ivan.

— Muito bem. Por hoje, Luke e eu vamos nos contentar em pegar pó de fadas. Eu achava que você gostaria de fazer um desejo — comentou ele.

Elizabeth desviou o olhar.

— Sei o que você está fazendo, Ivan, e não vai funcionar. Eu contei sobre minha infância na mais estrita confidência. Foi muito difícil dizer as coisas que eu disse. Não foi para você transformar em um jogo — sussurrou ela.

— Isso não é um jogo — retrucou Ivan, baixinho.

Ele saiu do carro.

— Tudo é um jogo para você. Diga, como é que você sabe tanto sobre sementes de dente-de-leão? Para que serve exatamente todas essas informações bobas?

Ivan se inclinou para a frente pela porta aberta.

— Bom, acho bem óbvio que, se você vai confiar em algo para carregar seus desejos no vento, é melhor saber exatamente de onde vem e para onde pretende ir — respondeu, suavemente.

A porta bateu.

Elizabeth viu os dois correndo para o campo.

— Então, se é assim, de onde exatamente você vem, Ivan? — perguntou ela em voz alta. — E para onde pretende ir quando for embora?

CAPÍTULO 21

Elizabeth viu Ivan e Luke correndo pela longa grama do campo, pulando e mergulhando para pegar as sementes de dente-de-leão que flutuavam no ar como bolas de pena.

— Peguei uma! — gritou Luke.

— Faça um desejo! — exclamou Ivan, comemorando.

Luke a apertou na mão e fechou os olhos.

— Desejo que Elizabeth saia do carro para brincar de pó de fadas! — rugiu ele.

Ele levantou a mão gorducha para o ar, abriu os dedinhos minúsculos devagar e soltou a bola no vento, que a levou embora.

Ivan arqueou as sobrancelhas em direção a Elizabeth.

Luke olhou para o carro para ver se seu desejo tinha se realizado.

Por mais que Elizabeth olhasse o rostinho esperançoso dele, não conseguia se forçar a fazer aquilo — sair do carro e deixar Luke acreditar em contos de fadas, que eram só uma expressão rebuscada para mentiras. Ela não ia fazer aquilo. Mas, de novo, viu Luke correndo pelo campo, braços esticados. Ele pegou a semente, agarrou com força e gritou o mesmo desejo.

O peito dela se apertou, e sua respiração acelerou. Ambos a olhavam com tanta esperança nos olhos que ela sentiu a pressão de confiarem nela. Era só um jogo, tentou se convencer; ela só precisava sair do carro. Mas, para ela, era mais do que isso. Era encher a cabeça de uma criança com pensamentos e ideias que nunca aconteceriam. Era sacrificar um momento de diversão por uma vida de decepção. Ela agarrou o volante com tanta força que os nós dos dedos ficaram brancos.

De novo, um Luke alegre pulou de um lado para o outro, tentando pegar mais um. Ele repetiu o desejo com toda a força, desta vez adicionando:

— Por favor, por favor, por favor, pó de fadas!

Ele levantou o braço, parecendo a Estátua da Liberdade, e soltou a bola de sementes.

Ivan não fez nada. Só ficou parado no campo, observando tudo com uma expressão e uma presença que atraíam muito Elizabeth. Ela viu a frustração e a decepção crescerem no rosto de Luke quando ele pegou outro, amassou com raiva entre as duas mãos e soltou com uma tentativa de chutar no ar.

Ele já estava perdendo a fé, e ela detestava ser a causadora daquilo. Ela respirou fundo e tocou a maçaneta da porta. O rosto de Luke se iluminou, e ele imediatamente começou a correr atrás de mais. Quando ela pisou no campo, as fúcsias dançaram loucamente, como espectadores balançando suas bandeiras vermelhas e roxas para receber uma jogadora no campo.

Passando por lá lentamente em seu trator, Brendan Egan quase caiu em uma vala com a cena que viu em um campo distante. Com o mar brilhante e o sol ao fundo, ele via duas figuras escuras dançando pelo campo. Uma era uma mulher cujo longo cabelo preto voava com o vento, caindo desordenadamente ao redor do rosto e pescoço. Ela gritava e comemorava de alegria, pulando com uma pequena criança, tentando pegar as sementes de dente-de-leão que se jogavam no vento.

Brendan parou o trator e perdeu o ar com o choque daquela visão tão familiar. Era como se estivesse vendo um fantasma. Seu corpo tremia enquanto ele olhava embasbacado e com medo, até o som de uma buzina o despertar e o fazer seguir em frente.

Benjamin estava voltando de Killarney às seis e meia da manhã de domingo, curtindo a vista do mar, quando um trator no meio da estrada o fez pisar no freio. Na cabine, estava um velho com o rosto branco como um lençol, olhando para o horizonte. Benjamin seguiu o olhar dele. Seu rosto se abriu em um sorriso ao ver Elizabeth Egan dançando com um menininho em um campo cheio de dentes-de--leão. Ela estava rindo e comemorando, pulando por ali. Vestia um moletom, e seu cabelo estava solto e voando livremente, em vez de preso de forma severa. Ele achava que ela não tinha filho, mas a viu levantando o menino no ar, ajudando-o a pegar algo e colocando-o de novo no chão. O garotinho loiro ria de alegria, e Benjamin sorriu, desfrutando daquela cena. Ele podia ter ficado observando aquela cena a manhã toda, mas uma buzina atrás o despertou e, quando o motor do trator ligou e o veículo se moveu, ambos se arrastaram lentamente pela estrada, ainda observando Elizabeth.

Inventar homens imaginários e dançar em campos às seis e meia de uma manhã de domingo... Benjamin não pôde deixar de rir e de admirá-la por sua energia e gosto pela vida. Ela nunca parecia ter medo do que os outros poderiam pensar. Enquanto ele seguia pela estrada sinuosa, sua visão dela ficou mais clara. No rosto de Elizabeth havia uma expressão de pura felicidade. Ela parecia uma mulher completamente diferente.

CAPÍTULO 22

Elizabeth se sentia tonta de alegria ao dirigir de volta para a cidade com Luke e Ivan. Tinham passado as últimas duas horas caçando e pegando o que Ivan insistia que ela chamasse de pó de fadas. Aí, quando estavam cansados e sem fôlego, caíram em um montinho na grama longa, respirando o ar fresco do início da manhã. Elizabeth não conseguia lembrar a última vez que tinha rido tanto. Aliás, ela achava que *nunca* tinha rido tanto na vida.

Ivan parecia ter uma energia infinita e um apetite por tudo o que era novo e excitante. Elizabeth não se sentia animada há muito tempo — não era um sentimento que associava com sua vida adulta. Ela não sentia aquele friozinho na barriga desde que era criança; não ansiava por nada a ponto de achar que ia explodir se não acontecesse de imediato. Mas estar com Ivan trazia todas essas sensações de volta. O tempo passava muito rápido com ele, não importava se estavam pulando em campos ou sentados na companhia um do outro em silêncio, como tantas vezes. Ela sempre desejava que o tempo parasse quando ele estava lá e, quando ele ia embora, sentia que queria mais. Ela tinha pegado muitas sementes de dente-de-leão naquela manhã e, entre seus muitos desejos, pediu que o tempo que passavam juntos fosse mais longo e que continuasse ventando, para ela poder continuar naquele momento, com Luke também.

Ela comparava aquilo a uma paixão de criança, sentimentos muito fortes, quase obsessivos — só que havia *mais*, havia profundidade. Ela se sentia atraída por tudo em Ivan — a forma como ele falava, a forma como se vestia, as palavras que ele usava, sua aparente inocência, mas como ele era cheio de um profundo conhecimento e visões sábias. Ele sempre dizia as coisas certas, mesmo quando ela não queria ouvi-las. A escuridão saía e, de repente, ela conseguia ver *além*. Quando ele entrava com sua leveza em um cômodo, trazia consigo clareza e luz. Ele era a esperança ambulante, e ela via que as coisas para si podiam não ser fantásticas, maravilhosas ou felizes para sempre, mas tudo bem. E isso era o bastante para Elizabeth.

Ele preenchia a cabeça dela a cada momento. Elizabeth repassava as conversas deles repetidamente. Ela fazia uma pergunta atrás da outra, e Ivan era sempre muito aberto e sincero em suas respostas, mas depois, deitada na cama, ela percebia que não sabia mais sobre ele do que antes, apesar de ele responder a todas as perguntas. Contudo, Elizabeth sentia que eles eram dois seres muito similares. Duas pessoas solitárias voando ao vento como sementes de dente-de-leão, carregando os desejos um do outro.

É claro que ela estava assustada com seus sentimentos. É claro que ia contra tudo o que ela acreditava, mas, por mais que tentasse, não conseguia impedir seu coração de acelerar quando a pele dele roçava contra a dela, não conseguia se impedir de querer mais dele quando achava que ele podia estar por perto. Ela não podia impedi-lo de invadir seus pensamentos. Ivan se acomodava nos braços dela, mesmo quando eles não estavam abertos, visitava a casa dela sem ser convidado, e ela não conseguia se impedir de abrir a porta todas as vezes.

Ela se atraía pela presença dele, pela forma como ele fazia com que ela se sentisse, por seus silêncios e suas palavras. Ela estava se apaixonando por ele.

Na segunda pela manhã, Elizabeth se viu entrando no Joe's com um passo animado, cantarolando a mesma música da semana passada, que não saía de sua cabeça. Eram oito e meia, e o lugar estava lotado de turistas que tinham parado para tomar café da manhã antes de voltar para o ônibus, que levaria horas para levá-los à próxima parada. Com pressa, Joe recolhia louças usadas, levando à cozinha e voltando com pratos cheios de cafés da manhã irlandeses preparados por sua esposa.

Elizabeth sinalizou para ele pedindo um café, e ele rapidamente assentiu em reconhecimento, sem tempo para fofocas. Ela buscou um lugar, e seu coração se acelerou ao ver Ivan no canto do salão. Elizabeth não conseguiu controlar o sorriso que surgiu em seu rosto. Sentiu a animação percorrendo seu corpo enquanto desviava das mesas para chegar até ele. A alegria de vê-lo a dominou.

— Olá — disse ela baixinho, notando a mudança em sua voz e se odiando por isso.

— Bom dia, Elizabeth. — Ele sorriu. A voz dele também estava diferente.

Os dois sentiram aquilo, sentiram *algo*, e só ficaram se olhando.

— Guardei uma mesa para você.

— Obrigada.

Os dois sorriam.

— Qual seu pedido de café da manhã? — perguntou Joe a ela, caneta e bloco na mão.

Elizabeth em geral não tomava café da manhã, mas pela forma como Ivan estava olhando o cardápio, ela achou que podia se atrasar alguns minutos para o trabalho, para variar.

— Pode me dar um segundo cardápio, por favor, Joe?

Joe a olhou.

— Por que você quer um segundo cardápio?

— Para eu escolher.

— Qual o problema com o que está na mesa? — quis saber ele, mal-humorado.

— Está bem, está bem... — Ela deixou para lá, chegando mais para perto de Ivan para dividir o cardápio.

Joe a olhou com suspeita.

— Acho que vou querer o café da manhã irlandês — comentou Ivan, lambendo os lábios.

— Vou querer o mesmo — disse Elizabeth a Joe.

— O mesmo que o quê? — perguntou Joe.

— O café da manhã irlandês.

— Ok, então um café da manhã e um café.

— Não. — A testa de Elizabeth se enrugou. — *Dois* cafés da manhã irlandeses e *dois* cafés.

— Comendo por dois, é? — perguntou Joe, olhando-a de cima a baixo.

— Não! — exclamou Elizabeth, e se virou para Ivan com uma expressão compungida quando Joe se afastou. — Às vezes ele age de forma esquisita.

Joe colocou os dois cafés na mesa, olhou-a com suspeita e saiu às pressas para servir outra mesa.

— Está cheio aqui hoje — comentou Elizabeth, que mal desviava o olhar dele.

— Está? — perguntou Ivan, sem tirar os olhos dela.

Um arrepio passou pelo corpo de Elizabeth.

— Eu gosto quando a cidade está assim. Fica viva. Não sei como é Atnoc ed Zaf, mas, aqui, a gente fica de saco cheio de ver sempre as mesmas pessoas. Os turistas mudam o cenário, dão algo atrás do que se esconder.

— Por que você ia querer se esconder?

— Ivan, a cidade inteira sabe sobre mim. É quase como se soubessem mais da minha história familiar do que eu.

— Eu não ouço a cidade, eu ouço você.

— Eu sei. Durante o verão, esse lugar é como uma grande árvore, forte e bela — ela tentou explicar —, mas, no inverno, fica sem folhas, pelada, com nada para cobrir ou dar privacidade. Sinto que estou exposta.

— Você não gosta de morar aqui?

— Não é isso. É que precisa de uma animação às vezes, um empurrãozinho. Eu sento aqui toda manhã e sonho em jogar meu café por todas as ruas para dar a vibração necessária para acordar esse lugar.

— Bom, então, por que não faz isso?

— O que quer dizer?

Ivan se levantou.

— Elizabeth Egan, venha comigo e traga sua xícara de café.

— Mas...

— Sem mas, só venha.

Com isso, ele saiu do café, e ela o seguiu confusa, levando a xícara lá para fora.

— Então? — perguntou ela, dando um gole.

— Bem, acho que já passou da hora de você dar uma dose de cafeína para essa cidade — anunciou Ivan, olhando para os dois lados da rua vazia.

Elizabeth o olhou sem expressão.

— Vá em frente — incentivou ele, dando uma batidinha de leve na xícara dela, e o café com leite derramou pela lateral, no asfalto.

— Ops.

Elizabeth riu para ele.

— Você é muito bobo, Ivan.

— Por quê? Foi você que sugeriu.

Ele bateu de novo na xícara dela, dessa vez mais forte, fazendo mais café cair no chão. Elizabeth soltou um grito e pulou para trás para evitar que manchasse seus sapatos.

Ela atraiu alguns olhares de dentro do café.

— Vá em frente, Elizabeth!

Era caricato, absurdo, ridículo e completamente infantil. Não tinha sentido fazer aquilo, mas lembrar a diversão no campo ontem, como ela rira e como flutuara pelo resto do dia a fez desejar mais daquela sensação. Ela virou a xícara de lado, deixando o café cair no chão. Formou primeiro uma poça, depois ela o viu fluindo pelas rachaduras nas pedras da calçada e correr lentamente pela rua.

— Ah, por favor, isso não acordou nem os insetos — provocou Ivan.

— Bem, então, afaste-se.

Ela arqueou uma sobrancelha. Ivan se afastou enquanto ela esticava o braço e dava uma pirueta. O café saiu voando como em uma fonte.

Joe colocou a cabeça pela porta.

— O que está fazendo, Elizabeth? Meu café está ruim? — Ele pareceu preocupado. — Você está me deixando mal na frente dessa galera.

Ele fez um gesto de cabeça na direção dos turistas reunidos na janela, observando-a.

Ivan riu.

— Acho que isso pede outra xícara de café — anunciou ele.

— Outra caneca? — perguntou Elizabeth, assustada.

— Tudo bem — respondeu Joe, afastando-se devagar.

— Com licença, o que ela está fazendo? — perguntou um turista a Joe quando ele entrou de volta.

— Ah, isso é, hã — Joe gaguejou — é um costume que temos aqui em Baile na gCroíthe. Toda segunda de manhã, a gente, hã — ele olhou de volta para Elizabeth, parada lá sozinha, rindo e girando enquanto jogava café no asfalto —, a gente gosta de jogar café por aí, sabe. É bom para as, hum — ele viu o líquido batendo em suas floreiras na janela —, flores — completou, e engoliu em seco.

As sobrancelhas do homem subiram com interesse, e ele sorriu, divertindo-se.

— Nesse caso, mais cinco canecas de café para meus queridos amigos.

Joe pareceu não ter certeza, e então seu rosto se abriu em um grande sorriso quando o dinheiro foi jogado na direção dele.

— Cinco canecas saindo.

Pouco tempo depois, juntaram-se a Elizabeth cinco estranhos que dançaram ao lado dela, gritando e comemorando enquanto derramavam café no asfalto. Isso fez com que ela e Ivan rissem ainda mais, até, por fim, se afastarem da multidão que lançava entre si olhares secretos de confusão com o costume bobo de derramar café no chão, mas se divertindo mesmo assim.

Elizabeth olhou ao redor da vila, impressionada. Comerciantes estavam na porta de suas lojas vendo a comoção em frente ao Joe's. Janelas se abriram e cabeças saíram. Carros desaceleravam para olhar, fazendo com que o trânsito atrás buzinasse de frustração. Em instantes, uma cidade sonolenta tinha acordado.

— O que foi? — perguntou Ivan, secando as lágrimas de riso de seus olhos. — Por que você parou de rir?

— Para você não existem sonhos, Ivan? Algumas coisas não podem ficar só na sua cabeça? — Até onde ela conseguia ver, ele era capaz de fazer qualquer coisa acontecer. Bem, quase tudo. Ela olhou nos olhos azuis dele, e seu coração bateu loucamente.

Ele olhou para ela e deu um passo para a frente. Parecia muito sério e mais velho do que antes, como se tivesse visto e aprendido algo novo nos últimos poucos segundos. Colocou uma mão suave na bochecha dela e moveu seu rosto lentamente na direção do rosto dela.

— Não — sussurrou, e beijou os lábios de Elizabeth tão suavemente que os joelhos dela quase falharam. — *Tudo* precisa virar realidade.

Joe olhou pela janela e riu dos turistas dançando e jogando café em frente à vitrine dele. Quando olhou de relance Elizabeth do outro lado da rua, Joe chegou mais perto da janela para ver melhor. Ela estava com a cabeça alta no ar e os olhos fechados em perfeita felicidade. O cabelo, em geral preso, estava solto e esvoaçando na leve brisa da manhã, e ela parecia estar se deleitando com o sol brilhando em seu rosto.

Joe poderia jurar ter visto a mãe dela naquele rosto.

CAPÍTULO 23

As bocas de Elizabeth e Ivan levaram um tempo para se separar, mas, quando finalmente o fizeram, com lábios formigando, Elizabeth meio saltitou, meio andou até seu escritório. Sentia que, se elevasse seus pés mais para longe do solo, ia sair flutuando. Cantarolando enquanto tentava controlar seu quase voo, ela deu de cara com a sra. Bracken, parada na porta dela, olhando para os turistas do outro lado da rua.

— Jesus! — exclamou Elizabeth, assustada, e pulou para trás.

— É o filho de Deus, que sacrificou sua vida e morreu na cruz para espalhar a palavra do Senhor e dar a você uma vida melhor, então não use o nome dele em vão — esbravejou a sra. Bracken. Ela fez um gesto de cabeça na direção do café. — O que esses turistas estão fazendo?

Elizabeth mordeu o lábio e tentou não rir.

— Não tenho ideia. Por que não se junta a eles?

— O sr. Bracken não ia gostar nem um pouco dessa bobagem.

Ela devia ter sentido algo na voz de Elizabeth, porque levantou de repente a cabeça, estreitou os olhos e a analisou seriamente.

— Você está diferente.

Elizabeth a ignorou e riu enquanto Joe passava o rodo no café na calçada, parecendo culpado.

— Você andou passando tempo naquela torre? — perguntou a sra. Bracken, de forma acusadora.

— Claro que sim, sra. Bracken. Estou projetando o lugar, lembra? E, por sinal, encomendei o tecido. Deve chegar em três semanas, o que nos dá dois meses para deixar tudo pronto. Acha que consegue uma ajuda extra aqui?

Os olhos da sra. Bracken se estreitaram em suspeita.

— Seu cabelo está solto.

— E? — perguntou Elizabeth, entrando na loja de tecidos para ver se seu pedido tinha chegado.

— E o sr. Bracken dizia para ter cuidado com uma mulher que muda drasticamente o cabelo.

— Eu não chamaria soltar meu cabelo de mudança drástica.

— Para você, eu chamaria soltar o cabelo de mudança drástica. — Ela continuou rapidamente, sem deixar Elizabeth responder: — Tem um problema com o pedido que chegou hoje.

— O quê?

— É *colorido* — disse, pronunciando como se a palavra fosse uma doença. Arregalando os olhos, enfatizou ainda mais: — *Vermelho*.

Elizabeth sorriu.

— É cor de framboesa, não vermelho, e qual o problema de um pouco de cor?

— Qual o problema de um pouco de cor, diz ela. — A sra. Bracken subiu a voz uma oitava. — Até a semana passada, o mundo era marrom. É a torre que está fazendo isso com você. Aquele rapaz americano, não é?

— Ah, não comece você também com essa conversa de torre. Estive por lá a semana toda, e é só um muro em ruínas.

— É um muro em ruínas, mesmo — disse a sra. Bracken, de olho nela —, e é aquele rapaz americano que está derrubando.

Elizabeth revirou os olhos.

— Tchau, sra. Bracken — despediu-se, e subiu correndo para o escritório.

Ao entrar, um par de pernas saindo de baixo da mesa de Poppy a cumprimentou. Eram pernas de homem — calças de veludo marrom com sapatos marrom movendo-se e fazendo a cadeira guinchar.

— É você, Elizabeth? — gritou uma voz para ela.

— Sim, Harry. — Elizabeth sorriu. Era estranho, mas ela estava achando adoráveis as duas pessoas que em geral a irritavam diariamente. Ivan com certeza estava passando no teste do sorriso bobo.

— Estou só arrumando essa cadeira. Poppy me disse que estava dando problema na semana passada.

— Estava, Harry. Obrigada.

— Sem problemas. — As pernas dele deslizaram para baixo da mesa e desapareceram quando ele ficou em pé com dificuldade. Batendo a cabeça contra a mesa, ele enfim apareceu, a careca coberta de fios de cabelo que pareciam espaguete penteados de um lado para o outro.

— Ah, aí está você — disse ele, levantando a cabeça, chave inglesa na mão. — Ela não deve mais girar sozinha. Engraçado ter feito isso. — Ele checou uma última vez, depois olhou para Elizabeth com a mesma expressão que tinha ao examinar a cadeira. — Você está diferente.

— Não, estou igual — respondeu ela, seguindo para sua sala.

— É o cabelo. O cabelo está solto. Eu sempre digo que o cabelo das mulheres fica melhor solto e...

— Obrigada, Harry. É só isso? — perguntou Elizabeth firme, terminando a conversa.

— Ah, sim.

As bochechas dele ficaram vermelhas quando ela o dispensou, e ele desceu, sem dúvidas para fofocar com a sra. Bracken sobre aquela mudança no cabelo dela.

Elizabeth se acomodou e tentou se concentrar no trabalho, mas se viu pressionando de leve os dedos nos lábios, revivendo o beijo com Ivan.

— Então — disse Poppy, entrando na sala de Elizabeth e colocando um cofrinho na mesa dela. — Está vendo isto aqui?

Elizabeth assentiu para o porquinho. Becca estava na porta, em segundo plano.

— Bom, criei um plano. — Poppy cerrou os dentes. — Cada vez que você começar a cantarolar aquela porcaria de música, tem que colocar dinheiro no porquinho.

Elizabeth arqueou as sobrancelhas, divertindo-se.

— Poppy, você *fez* esse porquinho?

Elizabeth olhou para o porco de papel machê em sua mesa.

Poppy tentou esconder o sorriso.

— A noite passada foi tranquila. Mas, sério, está ficando mais que irritante, Elizabeth, acredite em mim — implorou Poppy. — Até Becca está de saco cheio.

— É mesmo, Becca?

As bochechas de Becca ficaram coradas, e ela se afastou rápido, sem querer ser arrastada para a conversa.

— Ótima defesa — resmungou Poppy.

— Então, quem fica com o dinheiro? — quis saber Elizabeth.

— O porco. Ele está arrecadando fundos para um novo chiqueiro. Cantarole uma música e apoie um porco — brincou ela, rapidamente enfiando o porquinho na cara de Elizabeth.

Elizabeth tentou não rir.

— Fora.

Momentos depois, após terem se acalmado e voltado ao trabalho, Becca entrou com tudo na sala, colocou o porco na mesa e disse, com olhos arregalados:

— Pague!

— Eu estava cantarolando de novo? — perguntou Elizabeth, surpresa.

— Sim — sussurrou Becca, com a paciência esgotada, e virou-se nos calcanhares.

Naquela mesma tarde, Becca levou uma visita à sala de Elizabeth.

— Olá, sra. Collins — cumprimentou Elizabeth, educada, com a sensação de um nervosismo crescente na boca do estômago. A sra. Collins administrava a pensão em que Saoirse estava hospedada nas últimas semanas. — Sente-se, por favor.

Ela indicou a cadeira diante de si.

— Obrigada. — A sra. Collins se sentou. — E pode me chamar de Margaret.

A visitante olhou ao redor do cômodo como uma criança assustada que tinha sido chamada à sala da diretora. Manteve as mãos juntas no colo como se tivesse medo de tocar em algo. A blusa estava abotoada até o queixo.

— Vim falar sobre Saoirse. Infelizmente, não pude passar nenhum de seus recados e mensagens telefônicas a ela nos últimos dias. — Ela estava desconfortável, mexendo na barra da blusa. — Ela não volta para casa há três dias.

— Ah — disse Elizabeth, sentindo-se envergonhada. — Obrigada por me informar, Margaret, mas não precisa se preocupar. Imagino que ela vá me ligar em breve.

Ela estava cansada de ser a última a saber das coisas, de ser informada das atividades de sua própria família por completos estranhos. Apesar de estar distraída com Ivan, Elizabeth tentava ficar de olho em Saoirse o máximo possível. A audiência dela seria em poucas semanas, mas Elizabeth não conseguia encontrá-la em lugar algum. Lugar algum sendo o pub, a casa do pai delas ou a pensão.

— Bom, na verdade, não é isso. É só que, bem, é um período bem cheio para nós. Tem muitos turistas vindo e procurando acomodação, e precisamos usar o quarto de Saoirse.

— Sim. — Ela se recostou na cadeira, sentindo-se tola. *É claro.*

— É completamente compreensível — respondeu Elizabeth, desconfortável. — Posso passar lá depois do trabalho para pegar as coisas dela, se quiser.

— Não vai ser necessário. — Margaret sorriu com doçura antes de gritar: — GAROTOS!

Lá vieram os dois filhos adolescentes de Margaret, cada um segurando uma mala.

— Tomei a liberdade de reunir as coisas dela — continuou Margaret, o sorriso ainda estampado no rosto. — Agora, só preciso do aluguel dos últimos três dias e tudo certo.

Elizabeth ficou paralisada.

— Margaret, tenho certeza de que entende que as contas de Saoirse são dela. Só porque sou irmã dela, não quer dizer que tenho que pagar. Ela vai voltar em breve, tenho certeza.

— Ah, eu sei disso, Elizabeth. — Margaret sorriu, revelando uma mancha de batom cor-de-rosa nos dentes da frente. — Mas, como a minha pensão é a única que ainda aceita receber a Saoirse, tenho certeza de que você vai abrir uma exce...

— Quanto? — quis saber Elizabeth, irritada.

— Quinze por noite — respondeu Margaret docemente.

Elizabeth vasculhou sua carteira e suspirou.

— Olha, Margaret, eu não tenho nada em di...

— Pode ser um cheque — cantarolou ela.

Depois de entregar o cheque a Margaret, pela primeira vez em algum tempo Elizabeth parou de pensar em Ivan e começou a se preocupar com a irmã. Como nos velhos tempos.

Às dez da noite no centro de Manhattan, Elizabeth e Mark olharam pelas enormes janelas pretas do bar do 114º andar que Elizabeth acabara de projetar. Era a noite de inauguração do Club Zoo, um andar inteiro dedicado a estampas animais, sofás e almofadas de pele, e com folhagens e bambus posicionados aqui e ali. Era tudo o que ela mais detestava em decoração, mas tinha recebido um briefing e precisava segui-lo. Era um enorme sucesso, todo mundo estava curtindo a noite, e uma apresentação ao vivo de percussionistas tocando ritmos da selva, além do som constante de conversas alegres, completavam a atmosfera de festa. Elizabeth e Mark fizeram um brinde com suas taças de champanhe e olharam para o mar de arranha-céus, as luzes aleatórias pontilhando os prédios como um tabuleiro de xadrez, e a maré de táxis amarelos lá embaixo.

— A mais um dos seus sucessos — brindou Mark, dando um gole da taça cheia de bolhas.

Elizabeth sorriu, sentindo-se orgulhosa.

— Estamos muito longe de casa, né? — ponderou ela.

Contemplando a vista e olhando o reflexo da festa acontecendo atrás de si, Elizabeth viu o proprietário, Henry Hakala, abrindo caminho pela multidão.

— Elizabeth, aí está você. — Ele estendeu os braços e a cumprimentou. — O que a estrela da noite está fazendo em um canto longe de todos?

— Henry, este é Mark Leeson, meu namorado; Mark, este é Henry Hakala, proprietário do Club Zoo.

— Então, é você quem está fazendo minha namorada ficar fora até tarde toda noite — brincou Mark, apertando a mão de Henry.

Henry riu.

— Ela salvou minha vida. Três semanas para fazer tudo isso? Ele fez um gesto para a decoração vibrante do salão, com estampa de zebra nas paredes, peles de urso cobrindo os sofás, estampa de leopardo no chão de madeira, enormes plantas em vasos cromados e bambu ladeando a área do bar.

— Era um prazo difícil e eu sabia que ela era capaz, mas não achei que fosse fazer tão bem. — Ele pareceu grato. — Enfim, os discursos vão começar. Eu queria dizer umas palavras, mencionar o nome de alguns investidores — murmurou ele —, agradecer todas as pessoas gloriosas que trabalharam tanto. Então, não fuja, Elizabeth, porque todos vão olhar para você em um minuto.

— Ah. — Elizabeth ficou vermelha. — Por favor, não faça isso.

— Acredite, você vai ter mais uma centena de ofertas depois — disse ele antes de ir na direção do microfone, decorado com uma videira de folhas.

— Com licença, srta. Egan. — Um funcionário do bar se aproximou dela. — Tem uma ligação para a senhorita na mesa da recepção.

Elizabeth franziu o cenho.

— Uma ligação para mim? Tem certeza?

— Você é a srta. Egan, certo?

Ela fez que sim, confusa. Quem estaria ligando para lá?

— É uma jovem que diz que é sua irmã — explicou ele, em voz baixa.

— Ah. — O coração dela bateu forte. — Saoirse? — perguntou ela, chocada.

— Isso — disse o jovem, parecendo aliviado. — Eu não tinha certeza de que ia lembrar direito do nome.

Naquele momento, a música pareceu ficar mais alta, a batida da percussão pulsando em sua cabeça, as peles estampadas virando um borrão. Saoirse nunca ligava. Algo grave devia ter acontecido.

— Deixe para lá, Elizabeth — sugeriu Mark, com vigor. — Diga para a mulher no telefone que a srta. Egan está ocupada no momento —

disse ele ao funcionário. — Esta é sua noite, divirta-se — completou, com suavidade, para Elizabeth.

— Não, não, não diga isso — gaguejou Elizabeth.

Deviam ser três da manhã na Irlanda... Por que Saoirse estava ligando tão tarde?

— Vou atender, obrigada — disse ela ao jovem.

— Elizabeth, o discurso vai começar — alertou Mark quando o salão começou a ficar em silêncio e todos se reunindo diante do microfone. — Você não pode perder — sibilou ele. — É o *seu* momento.

— Não, não posso.

Ela estremeceu e o deixou, indo na direção do telefone.

— Alô? — disse ela alguns momentos depois, a preocupação clara em sua voz.

— Elizabeth? — disse Saoirse, soluçando.

— Sou eu, Saoirse. O que foi? — O coração de Elizabeth batia forte no peito.

Houve silêncio na boate enquanto Henry fazia seu discurso.

— Eu só queria... — murmurou Saoirse, baixando a voz até ficar em silêncio.

— Você queria o quê? Está tudo bem? — perguntou Elizabeth, apressada.

A voz de Henry soava como um estrondo.

— E, por fim, gostaria de agradecer à maravilhosa Elizabeth Egan, da Morgan Designs, por projetar esse lugar de uma forma tão maravilhosa em tão pouco tempo. Ela criou algo completamente diferente do que existe hoje, tornando o Club Zoo a boate mais inovadora, popular e comentada do momento, certamente com clientes fazendo fila pelo quarteirão para entrar. Ela está lá nos fundos em algum lugar. Elizabeth, dê um aceno, mostre quem você é para poderem roubá-la de mim.

Todos se viraram em silêncio, buscando a designer.

— Ah — a voz de Henry ecoou. — Bom, ela, estava lá há um segundo. Talvez alguém já a tenha levado para um trabalho.

Todos riram.

Elizabeth olhou lá dentro e viu Mark parado sozinho com duas taças de champanhe na mão, dando de ombros para todos que se viravam para ele e rindo. Fingindo rir.

— Saoirse — a voz de Elizabeth falhou —, por favor, diga se aconteceu alguma coisa. Você está encrencada de novo?

Silêncio. Em vez da voz fraca e soluçante que Elizabeth ouvira antes, a voz de Saoirse tinha de novo se tornado forte.

— Não — soltou Saoirse. — Não, estou bem. Está tudo bem. Pode curtir sua festa. — E desligou.

Elizabeth suspirou e desligou devagar.

Lá dentro, o discurso tinha terminado e a percussão, recomeçado; a conversa e os drinques continuavam fluindo.

Nem ela, nem Mark estavam a fim de festejar.

Elizabeth podia ver uma figura gigante assomando à distância enquanto ela dirigia pela estrada que levava ao bangalô de seu pai. Tinha saído mais cedo do trabalho e estava procurando por Saoirse. Ninguém a via há dias, nem o dono do pub local, o que era uma mudança.

Sempre fora difícil direcionar as pessoas ao bangalô, pois ele era muito isolado do resto da cidade. A estrada sequer tinha nome, o que parecia apropriado a Elizabeth — era a estrada que as pessoas esqueciam. Carteiros e leiteiros novos no trabalho sempre levavam alguns dias para achar o endereço, políticos nunca iam fazer campanha na porta deles, não havia crianças pedindo doces no Halloween. Na infância, Elizabeth tinha tentado convencer o pai de que a mãe se perdera e não conseguia achar o caminho de casa. Ela se lembrava de compartilhar a teoria com ele, que deu um sorriso tão pequeno que mal era um sorriso e respondeu:

— Sabe, você não está tão errada, Elizabeth.

Foi a única explicação, se é que dava para chamar assim, que ela recebeu. Eles nunca discutiam o desaparecimento da mãe. Vizinhos e parentes que vinham visitar falavam mais baixo quando Elizabeth se aproximava. Ninguém contava a ela o que tinha acontecido, e ela não perguntava. Não queria que aquele silêncio desconfortável caísse sobre eles nem que seu pai saísse batendo a porta de casa quando a mãe fosse mencionada. Se não mencionar a mãe garantisse a felicidade de todos, Elizabeth estava contente em obedecer, como sempre.

Ela achava que não queria saber, na verdade. O mistério da incerteza era mais gostoso. Ela criava cenários mentalmente, pintando a mãe em mundos exóticos e emocionantes, e dormia imaginando-a em uma ilha deserta, comendo bananas e cocos, e mandando mensagens em uma garrafa para Elizabeth. Ela checava a costa toda manhã com o binóculo do pai atrás de uma garrafa boiando.

Outra teoria era que a mãe tinha virado estrela de cinema em Hollywood. Toda matinê de domingo, Elizabeth se sentava com o nariz quase grudado na tela da TV, esperando pela grande estreia da mãe. Mas ela ficou cansada de procurar, esperar, imaginar e não perguntar, e, por fim, não quis mais saber.

A figura gigante não saía da janela do antigo quarto de Elizabeth. Em geral, seu pai a esperava no jardim. Elizabeth não entrava no bangalô há anos. Esperou lá fora por alguns minutos e, quando não houve sinal do pai nem de Saoirse, saiu do carro, abriu o portão devagar, com a pele se arrepiando com o barulho das dobradiças, e cambaleou com seu salto alto pela entrada desigual de pedras. Ervas daninhas que cresciam nas rachaduras observavam a estranha invadindo seu território.

Elizabeth bateu duas vezes na porta manchada de verde e rapidamente retraiu o punho, segurando-o como se tivesse sofrido uma queimadura. Ninguém havia atendido ainda, mas ela sabia que tinha alguém no quarto à direita. Ela estendeu a mão e empurrou a porta. Havia uma quietude lá dentro, e o cheiro familiar de mofo do que ela outrora considerara seu lar a tomou, detendo-a por alguns momentos. Uma vez aclimatada às emoções suscitadas pelo cheiro, ela entrou.

Elizabeth pigarreou.

— Olá?

Sem resposta.

— Olá? — chamou mais alto, sua voz adulta soando errada em sua casa de infância.

Ela começou a caminhar na direção da cozinha, esperando que o pai a ouvisse e fosse até ela. Não tinha o desejo de revisitar seu antigo quarto. Seus saltos altos ecoaram no piso de pedra, outro som estranho à casa. Ela prendeu a respiração ao entrar na cozinha e na área de jantar. Tudo e nada estava igual. Os cheiros, o relógio na lareira, a toalha de mesa de renda, o tapete, a cadeira em frente à lareira, a chaleira vermelha no fogão verde, as cortinas. Tudo ainda estava no lugar, tinha envelhecido e desbotado com o tempo, mas ainda pertencia àquele lugar. Era como se ninguém vivesse ali desde que Elizabeth se fora. Talvez ninguém tivesse *de fato* vivido ali.

Ela permaneceu parada no centro da sala por um tempo, olhando os enfeites, esticando a mão para tocá-los, mas só permitindo um roçar dos dedos. Nada tinha sido tirado do lugar. Ela sentia como se estivesse em um museu — até os sons das lágrimas, risadas, brigas e amor tinham sido preservados e pairavam no ar como fumaça de cigarro.

Por fim, ela não conseguiu mais aguentar. Precisava conversar com o pai, descobrir onde estava Saoirse e, para isso, precisava ir a seu quarto. Lentamente, ela girou a maçaneta de cobre, que ainda estava solta como em sua infância. Ela abriu a porta, mas não entrou nem olhou ao redor. Só olhou direto para a poltrona na frente da janela, onde seu pai estava sentado, imóvel.

CAPÍTULO 24

Ela não tirou os olhos da nuca dele, não conseguia olhar para nenhum outro lugar. Tentou não inspirar o cheiro, mas ele parou em sua garganta, bloqueando as vias aéreas.

— Olá? — chamou, com voz rouca.

Ele não se mexeu, só continuou de costas para ela.

O coração dela parou.

— Olá? — Ela conseguia ouvir o pânico na própria voz.

Sem pensar, ela entrou no quarto e correu até ele. Caiu de joelhos e examinou o rosto do pai. Ele ainda não se mexia. O coração dela acelerou.

— Pai? — A palavra saiu de seus lábios soando infantil. Pareceu-lhe real. Queria dizer algo. Ela esticou a mão para tocá-lo, colocou uma no rosto dele e outra no ombro. — Pai, sou eu. Você está bem? Fale comigo. — A voz dela estava embargada. A pele dele estava quente.

Ele piscou, e ela soltou um suspiro de alívio.

Ele se virou lentamente para olhá-la.

— Ah, Elizabeth, não ouvi você entrando — disse o pai com a voz distante, como se viesse de outro cômodo. Era gentil; já não havia os tons severos.

— Eu chamei... — explicou ela, baixinho. — Dirigi pela estrada. Você não me viu?

— Não — respondeu ele, surpreso, voltando-se para a janela.

— Então, para onde está olhando?

Ela também se virou para a janela, e a vista tirou seu fôlego. O cenário — o caminho, o portão do jardim e o longo trecho de estrada — momentaneamente a colocaram no mesmo transe do pai. As mesmas esperanças e desejos do passado voltaram naquele instante. No parapeito da janela, havia uma foto de sua mãe, que nunca estivera lá. Aliás, Elizabeth achava que o pai tinha se livrado de todas as fotos depois que sua mãe se fora.

Mas a imagem dela tinha silenciado Elizabeth. Fazia muito tempo que ela não via a mãe. Na mente de Elizabeth, ela já não tinha um rosto. Era só uma memória borrada, mais uma sensação do que uma figura. Vê-la era um choque. Era como olhar para si mesma, uma imagem perfeitamente espelhada. Quando ela encontrou de novo sua voz, disse baixo e trêmula:

— O que está fazendo, pai?

Ele não mexeu a cabeça, só tinha um olhar distante e uma voz nada familiar que vinha de suas profundezas.

— Eu a vi, Elizabeth.

Palpitações.

— Viu quem? — perguntou, mas já sabia a resposta.

— Gráinne, sua mãe. Eu a vi. Pelo menos, acho que vi. Faz tanto tempo que não a vejo que não tive certeza. Então, peguei a foto para poder lembrar. Para lembrar quando ela vier andando pela estrada.

Elizabeth engoliu em seco.

— Onde você a viu, pai?

A voz dele estava mais aguda e levemente atordoada.

— Em um campo.

— Um campo? Que campo?

— Um campo de magia. — Os olhos dele brilharam, vendo tudo de novo. — Um campo de sonhos, como dizem. Ela parecia muito feliz, dançando e rindo como sempre. Não envelheceu nada. — Ele pareceu confuso. — Mas devia ter envelhecido, não? Devia ser mais velha, como eu.

— Tem certeza de que era ela, pai? — O corpo dela inteiro tremia.

— Ah, sim, era ela, se movendo no vento como os dentes-de-leão, o sol brilhando em sua pele como se ela fosse um anjo. Era ela, sim. — Ele estava sentado ereto na poltrona, as mãos apoiadas nos descansos de braço, parecendo mais relaxado do que nunca. — Mas tinha uma criança com ela, e não era Saoirse. Não, a Saoirse já é crescida — lembrou a si mesmo. — Era um menino, acho. Um garotinho loiro, como o filho da Saoirse... — As sobrancelhas grossas como lagartas dele se arquearam pela primeira vez.

— Quando você a viu? — perguntou Elizabeth, temor e alívio preenchendo seu corpo ao mesmo tempo, percebendo que era ela que seu pai vira no campo.

— Ontem. — Ele sorriu, lembrando. — Ontem de manhã. Logo ela vai voltar para mim.

Os olhos de Elizabeth se encheram de lágrimas.

— Você está sentado aí desde ontem, pai?

— Ah, não me importo. Ela vai chegar logo, mas preciso me lembrar o rosto dela. Às vezes não lembro, sabe.

— Pai — sussurrou Elizabeth —, não tinha mais alguém no campo com ela?

— Não — Brendan sorriu —, só ela e o menino. Ele também parecia muito feliz.

— O que quero dizer é... — Elizabeth segurou a mão dele. A dela parecia de criança perto dos dedos de pele grossa — é que eu estava no campo ontem. Era eu, pai, pegando sementes de dente-de-leão com Luke e um homem.

— Não. — Ele balançou a cabeça e fechou a cara. — Não tinha homem. Gráinne não estava com nenhum homem. Ela logo vai voltar para casa.

— Pai, eu juro, éramos eu, Luke e Ivan. Talvez você tenha se enganado — disse ela o mais suavemente possível.

— Não! — gritou ele, fazendo Elizabeth pular. Ele a mirou com um olhar de desgosto. — Ela vai voltar para mim! — Ele a olhou com raiva. — Vá embora! — gritou por fim, chacoalhando a mão e soltando a mão pequena dela.

— O que foi? — O coração dela batia loucamente. — Por quê, pai?

— Você é uma mentirosa — acusou ele. — Não vi nenhum homem no campo. Você sabe que ela está aqui e está escondendo ela de mim — sibilou. — Você usa ternos e se senta atrás de mesas, não sabe nada de dançar nos campos. Você é uma mentirosa, profanando tudo aqui. Vá embora — repetiu, baixo.

Ela o olhou chocada.

— Conheci um homem, pai, um homem lindo, maravilhoso que está me ensinando todas essas coisas — ela começou a explicar.

Ele colocou o rosto na frente do dela até estarem quase tocando nariz em nariz.

— FORA! — gritou ele.

As lágrimas escorreram dos olhos de Elizabeth, e seu corpo tremia quando ela ficou de pé às pressas. O quarto virou um turbilhão quando ela viu tudo o que não queria ver em seu estado desorientado — velhos ursos de pelúcia, bonecas, livros, uma escrivaninha, o mesmo edredom. Ela correu para a porta, não querendo ver mais nada, sem conseguir olhar para nada daquilo. Suas mãos trêmulas se atrapalharam na maçaneta, e os gritos do pai ficavam cada vez mais altos.

Ela abriu a porta e saiu correndo para o jardim, inspirando o ar fresco nos pulmões. Uma batida na janela a fez girar. Ela viu o pai acenando com raiva para ela sair do jardim dele. As lágrimas escorreram por seu rosto, e ela abriu o portão e deixou aberto, sem querer ouvir o rangido das dobradiças fechando.

Elizabeth acelerou pela estrada o mais rápido que podia, sem olhar no retrovisor, querendo nunca mais ver aquele lugar, querendo nunca mais ter que dirigir pela estrada da decepção.

Ela não ia mais olhar para trás.

CAPÍTULO 25

— O que foi? — chamou uma voz da porta do pátio dos fundos.

Elizabeth estava sentada à mesa da cozinha, cabeça nas mãos, imóvel como as águas do lago Muckross em um dia calmo.

— Jesus — murmurou Elizabeth, sem levantar os olhos, mas se perguntando como Ivan sempre conseguia aparecer nos momentos em que ela menos esperava, porém mais precisava dele.

— Jesus? Ele está te causando problemas?

Ivan entrou na cozinha. Elizabeth levantou a cabeça das mãos.

— Na verdade, meu problema agora é com o pai dele.

Ivan deu outro passo na direção dela. Ele tinha a capacidade de sempre ultrapassar os limites, mas nunca de maneira ameaçadora ou invasiva.

— Ouço muito isso.

Elizabeth secou os olhos com um lenço amassado e manchado de rímel.

— Você nunca trabalha?

— Trabalho o tempo todo. Posso? — pediu ele, gesticulando para a cadeira à frente dela.

Ela fez que sim.

— O tempo todo? Então, isso é trabalho para você? Sou só mais um caso perdido para você resolver hoje? — perguntou ela sarcasticamente, secando uma lágrima no meio da bochecha com o lenço.

— Não tem nada de perdido em você, Elizabeth. Mas você é um caso, isso eu já disse — comentou ele, sério.

Ela riu.

— Um caso psiquiátrico.

Ivan pareceu triste. Incompreendido, de novo.

— Então, esse é seu uniforme? — perguntou ela, indicando a roupa dele.

Ivan se olhou de cima a baixo, surpreso.

— Sempre que eu te vejo você está usando essa roupa. — Ela sorriu. — Então, ou é uniforme, ou você é completamente anti-higiênico e sem imaginação.

Os olhos de Ivan se arregalaram.

— Ah, Elizabeth, não sou nem um pouco sem imaginação. — Sem perceber o que estava implícito, Ivan continuou: — Quer falar sobre por que está tão triste?

— Não, estamos sempre falando de mim e dos meus problemas — respondeu Elizabeth. — Vamos falar sobre você, para variar. O que fez hoje? — perguntou ela, tentando se animar.

Fazia tanto tempo que ela beijara Ivan na rua principal naquela manhã. Ela tinha pensado naquilo o dia todo e se preocupado com quem a vira, mas, surpreendentemente, para uma cidade que ficava sabendo de tudo mais rápido do que jornal local, ninguém perguntara nada a ela sobre o homem misterioso.

Ela desejava beijar Ivan de novo, tinha ficado assustada com aquele desejo e tentado entorpecer os sentimentos por ele, mas não conseguia. Havia algo tão puro e imaculado naquele homem, mesmo ele sendo tão poderoso e versado na vida. Era como uma droga que Elizabeth sabia que não devia tomar, mas a que sempre voltava para alimentar seu vício. Quando o cansaço a tomou no fim do dia, a memória do beijo se tornara um conforto, e a inquietação desaparecera. A única coisa que ela queria agora era repetir aquele momento em que seus problemas se desvaneceram.

— O que eu fiz hoje? — Ivan mexeu os dedos e pensou em voz alta. — Bem, hoje dei uma grande acordada em Baile na gCroíthe, beijei uma mulher linda e passei o resto do dia incapaz de pensar em qualquer coisa que não fosse ela.

O rosto de Elizabeth se iluminou, e os olhos azuis penetrantes dele aqueceram seu coração.

— E, aí, não consegui parar de pensar — continuou Ivan —, então sentei e passei o dia pensando.

— Em quê?

— Fora a mulher linda?

— Fora ela — comentou Elizabeth, abrindo um sorriso largo.

— Você não quer saber.

— Eu aguento.

Ivan pareceu incerto.

— Está bem, se você quer mesmo saber. — Ele respirou fundo. — Pensei nos *Pequeninos Borrowers*.

Elizabeth franziu o cenho.

— No quê?

— Nos *Pequeninos Borrowers* — repetiu Ivan, parecendo pensativo.

— O programa de televisão infantil? — disse Elizabeth, sentindo-se irada. Ela tinha se preparado para sussurros de amor como nos filmes, não para aquela conversa fria não roteirizada.

— Sim. — Ivan revirou os olhos, sem notar o tom dela. — Se quiser se referir a esse lado *comercial* deles. — Ele soava bravo. — Mas pensei muito neles e cheguei à conclusão de que eles não pegavam nada emprestado. Eles *roubavam*. Roubavam na cara de pau, e todo mundo sabe disso, mas ninguém fala. Emprestar é pegar e usar algo que pertence a outra pessoa e depois devolver. Quer dizer, eles já devolveram alguma coisa? Não me lembro de Peagreen Clock devolvendo algo, você se lembra? Especialmente a comida. Como é possível pegar *comida* emprestada? Você come e acaba. Não dá para devolver. Pelo menos, quando eu como seu jantar, você sabe para onde está indo. — Ele se sentou e cruzou os braços, parecendo irritado. — E aí fazem um filme deles, sobre aquele bando de ladrões, e nós? Fazemos só o bem, mas somos rotulados como uma invenção da imaginação das pessoas e ainda somos... — Ele fez uma careta e aspas com os dedos — *invisíveis*. Até parece... — Ele revirou os olhos.

Elizabeth o olhou boquiaberta.

Houve um longo silêncio enquanto Ivan olhava ao redor da cozinha, balançando a cabeça com raiva, e voltava sua atenção a Elizabeth.

— O que foi?

Silêncio.

— Ah, deixa para lá. — Ele fez um gesto de indiferença com a mão. — Eu disse que você não ia querer saber. Então, chega dos meus problemas. Por favor, me diga, o que aconteceu?

Elizabeth inspirou fundo, a questão de Saoirse a distraindo da conversa confusa sobre os *Pequeninos Borrowers*.

— Saoirse desapareceu. Joe, o homem sabe tudo de Baile na gCroíthe, me disse que ela foi embora com o grupo de pessoas com quem andava saindo. Ele ouviu de um familiar de um cara do grupo com que ela está, mas ela já foi embora há três dias e ninguém sabe para onde foram.

— Ah — disse Ivan, surpreso —, e eu aqui tagarelando sobre meus problemas. Você falou com a polícia?

— Tive que falar — disse ela, triste. — Eu me senti uma dedo-duro, mas eles precisavam saber que ela tinha ido embora, caso ela não esteja presente na audiência em algumas semanas, o que tenho quase certeza que vai acontecer. Vou ser obrigada a mandar um procurador no lugar dela, o que não vai parecer nada bom.

Ela esfregou o rosto cansada.

Ivan segurou as mãos dela nas dele.

— Ela vai voltar — disse ele com confiança. — Talvez não para a audiência, mas vai voltar. Acredite em mim. Não precisa se preocupar — garantiu ele, com firmeza em sua voz suave.

Elizabeth olhou no fundo dos olhos dele, buscando a verdade.

— Acredito em você — respondeu ela. Mas, no fundo, Elizabeth tinha medo. Tinha medo de acreditar em Ivan, medo de acreditar, ponto, porque, quando isso acontecia, as esperanças dela se içavam como uma bandeira, balançando na brisa para todos verem. Lá, aguentavam as tempestades e os ventos, só para serem baixadas, esfarrapadas e arruinadas.

E ela não achava que podia passar mais alguns anos com as cortinas do quarto aberta e um olho na estrada, esperando mais uma pessoa chegar. Estava cansada e precisava fechar os olhos.

CAPÍTULO 26

Assim que saí da casa de Elizabeth na manhã seguinte, decidi ir direto ver Opal. Na verdade, eu tinha decidido que ia fazer isso bem antes de sair da casa de Elizabeth. Algo que ela disse me pegou em cheio — na verdade, tudo que ela dizia me pegava em cheio. Quando eu estava com ela, era como um ouriço, todo espinhoso e sensível, como se todos os meus sentidos estivessem alertas. O engraçado é que eu achava que os meus sentidos já estavam alertas — como melhor amigo profissional, deviam estar —, mas havia uma emoção que eu ainda não tinha experimentado, que era o amor. Claro, eu amava todos os meus amigos, mas não daquele jeito, não do jeito que fazia meu coração bater quando eu olhava para Elizabeth, não de um jeito que me fazia querer estar com ela o tempo todo. E não queria estar com ela por *ela*, percebi, mas por mim. Essa coisa de amor despertou uma série de sentidos dormentes que eu nunca soubera que existiam.

Pigarreei, chequei minha aparência e entrei na sala de Opal. Em Atnoc ed Zaf, não havia portas, porque ninguém era capaz de abri-las, e também por outro motivo: as portas eram barreiras. Eram coisas grossas, nada acolhedoras, que permitiam que você controlasse quem deve entrar e quem deve ficar de fora, e não concordávamos com isso. Escolhemos escritórios abertos para uma atmosfera mais aberta e amigável. Embora seja o que sempre aprendemos, nos últimos tempos passei a achar a porta fúcsia de Elizabeth com a caixa de correio sorridente a porta mais amigável que já vi, então, aquilo mandava para os diabos essa teoria específica. Ela estava me fazendo questionar todo tipo de coisa.

Sem nem levantar os olhos, Opal chamou:

— Bem-vindo, Ivan.

Ela estava sentada atrás de uma mesa, vestida de roxo como sempre, seus dreadlocks presos e cheios de glitter, de modo que todo movimento dela brilhava. Em cada uma de suas paredes, havia fotos emolduradas de centenas de crianças, todas sorrindo alegremente. Cobriam até suas prateleiras, mesa de centro, aparador, lareira e parapeito da janela. Para onde eu olhava, havia fileiras e fileiras de fotografias de pessoas com quem Opal tinha trabalhado e sido amiga. A mesa dela era a única superfície sem nada, com um único porta-retratos. Ele estava lá há anos, de frente para Opal, então ninguém nunca conseguia ver direito quem era. Sabíamos que, se perguntássemos, ela diria, mas ninguém jamais tinha sido rude o bastante para isso. O que não precisávamos saber não precisávamos perguntar. Algumas pessoas não entendem isso muito bem. É possível ter muitas conversas com as pessoas, conversas *profundas*, sem se intrometer demais. Tem um limite, como um campo invisível em torno das pessoas, que você sabe que não pode entrar nem cruzar, e eu nunca havia cruzado o limite de Opal nem o de ninguém. Algumas pessoas não conseguem sequer perceber isso.

Elizabeth teria detestado aquela sala, pensei, olhando ao redor. Teria removido tudo em um instante, tirado o pó e polido até reluzir com o brilho clínico de um hospital. Até na cafeteria ela tinha arrumado o saleiro, o pimenteiro e o pote de açúcar em um triângulo equilátero no centro da mesa. Ela sempre movia as coisas um centímetro para a esquerda ou para a direita, para a frente e para trás, até parar de incomodá-la e ela conseguir se concentrar de novo. O engraçado era que às vezes ela acabava movendo as coisas de volta exatamente para onde estavam no começo e, aí, se convencia que estava contente com elas. Isso dizia muito sobre Elizabeth.

Mas por que eu tinha começado a pensar em Elizabeth naquele momento? Eu não parava de fazer isso. Em situações sem nenhuma relação com ela, eu pensava nela, e aí ela virava parte do cenário. De repente, eu me perguntava o que ela ia pensar, como ia se sentir, o que ia fazer ou dizer se estivesse comigo. Tudo isso fazia parte de dar a alguém um pedaço de seu coração. A pessoa acabava pegando um pedação da sua mente e guardando só para si.

Enfim, percebi que estava parado em frente à mesa sem dizer nada desde que entrara.

— Como você sabia que era eu? — perguntei finalmente.

Opal ergueu o olhar e deu um daqueles sorriso que faziam parecer que ela sabia tudo.

— Eu estava esperando você. — Os lábios dela pareciam duas grandes almofadas e eram roxos, para combinar com o robe. Pensei em como tinha sido beijar os lábios de Elizabeth.

— Mas não marquei horário — protestei. Eu sabia que eu era intuitivo, mas Opal era outro nível.

Ela apenas sorriu novamente.

— O que posso fazer por você?

— Achei que você ia saber sem precisar me perguntar — provoquei, sentando-me na cadeira giratória dela e pensando na cadeira giratória da sala de Elizabeth, depois pensando em Elizabeth, em como era tê-la em meus braços, abraçá-la, rir com ela e ouvir suas pequenas inspirações enquanto ela dormia na noite passada.

— Sabe aquele vestido que Calendula estava usando na reunião da semana passada?

— Sim.

— Sabe onde ela comprou?

— Por quê? Quer um também? — perguntou Opal, com um brilho nos olhos.

— Sim — respondi, mexendo com as mãos. — Quer dizer, não. O que quero dizer é que estava pensando em onde podia comprar uma roupa nova para mim.

— No departamento de guarda-roupa, dois andares abaixo — explicou Opal.

— Eu não sabia que tinha um departamento de guarda-roupa — retruquei, em tom de surpresa.

— Sempre esteve lá — disse Opal, apertando os olhos. — Posso perguntar para que precisa disso?

— Não sei. — Dei de ombros. — É só que Elizabeth é, hum, *diferente* de todos os meus outros amigos. Ela nota essas coisas, entende?

Ela fez que sim devagar.

Senti que precisava explicar um pouco mais. O silêncio estava me deixando desconfortável.

— Sabe, ela me disse que o motivo de eu usar essas roupas era por ser um uniforme, ou anti-higiênico, ou por não ter imaginação. — Suspirei, pensando naquilo. — A última coisa que me falta é imaginação.

Opal sorriu.

— E sei que não sou anti-higiênico — continuei. — Aí, pensei na parte do uniforme. — Eu me olhei de cima a baixo. — E talvez ela tenha razão, não acha?

Opal contraiu os lábios.

— Uma das coisas sobre Elizabeth é que ela também se veste de uniforme. Ela usa preto, os mesmos terninhos sérios o tempo todo, a maquiagem dela é uma máscara, o cabelo dela sempre está preso, *nada* é livre. O trabalho ocupa todo o tempo dela, e ela o leva muito a sério. — Levantei os olhos para Opal, chocado, tendo acabado de perceber algo. — Exatamente como eu, Opal.

Opal ficou em silêncio.

— Esse tempo todo, eu estava chamando ela de atahc.

Opal deu um riso fraco.

— Queria ensinar Elizabeth a se divertir, a trocar de roupa, a parar de usar máscara, a mudar de vida para poder encontrar a felicidade, mas como posso fazer isso quando sou igualzinho a ela?

Opal assentiu de leve.

— Entendo, Ivan. Você também está aprendendo muito com Elizabeth, estou vendo isso. Ela está despertando algo em você, e você está mostrando a ela uma nova forma de viver.

— Pegamos pó de fadas no domingo — sussurrei, concordando com ela.

Opal abriu um armário atrás dela e sorriu.

— Eu sei.

— Ah, que bom, eles chegaram — disse eu alegre, vendo o pó de fadas flutuando em um jarro no armário.

— Um dos seus também chegou, Ivan — comentou Opal, séria.

Senti meu rosto corar. Mudei de assunto.

— Sabe, ela dormiu seis horas direto ontem à noite. É a primeira vez que isso acontece.

A expressão de Opal não suavizou.

— Ela contou isso a você, Ivan?

— Não, eu a vi... — Deixei minha voz morrer. — Olhe, Opal, passei a noite lá, só a segurei nos meus braços até ela dormir, não é nada de mais. Ela pediu. — Tentei soar convincente. — E, pensando bem, faço isso o tempo todo com outros amigos. Leio histórias para eles dormirem, fico com eles até pegarem no sono e, às vezes, até durmo no chão. Não é diferente.

— Não?

Não respondi.

Opal pegou sua caneta tinteiro com uma grande pena roxa no topo, olhou para baixo e continuou sua escrita de caligrafia.

— Quanto tempo mais você acha que vai precisar trabalhar com ela?

Aquilo me pegou. Meu coração fez uma dancinha. Opal nunca tinha me perguntado isso antes. Nunca era uma questão de tempo com ninguém, sempre era uma progressão natural. Às vezes, você precisava só passar um dia com alguém, outras vezes, três meses. Quando nossos amigos estavam prontos, estavam prontos, e nunca tínhamos que colocar tempo naquilo.

— Por que pergunta?

— Ah — Ela estava nervosa, agitada —, estou só pensando. Por uma questão de interesse... Você é o melhor que eu tenho aqui, Ivan, e só quero que lembre que tem muito mais gente que precisa de você.

— Eu sei disso — respondi, energicamente.

A voz de Opal tinha vários tons que eu nunca ouvira antes, tons negativos que puseram cores azuis e pretas no ar, e não gostei nada, nada.

— Ótimo — disse ela, de modo um pouco afetado, e ela sabia. — Pode levar isso para o laboratório de análises a caminho do guarda--roupa? — Ela me entregou o pote de pó de fadas.

— Claro. — Peguei o pote dela. Tinha três pós de fadas lá, um de Luke, um de Elizabeth e um meu. Estavam no fundo do pote, descansando de sua jornada no vento. — Tchau — disse eu ao sair do escritório.

Eu me sentia um tanto desconfortável, como se tivéssemos acabado de brigar, embora não fosse o caso.

Fui pelo corredor até o laboratório de análises, segurando a tampa do pote com firmeza para eles não escaparem. Oscar estava correndo pelo laboratório com uma expressão de pânico quando cheguei na entrada.

— Abra a escotilha! — gritou ele para mim ao passar pela porta, braços à frente, jaleco branco voando como um personagem de desenho animado.

Coloquei o pote longe do perigo e fui rápido até a escotilha. Oscar correu na minha direção e, no último minuto, pulou para o lado, enganando o que o estava perseguindo, de modo que a coisa entrou direto na jaula.

— Rá! — exclamou ele ao virar a chave, e brandiu para a jaula, sua testa brilhando de suor.

— Céus, o que que é isso? — perguntei, me aproximando da jaula.

— Cuidado! — gritou Oscar, e pulei para trás. — Você está incorreto de perguntar "céus, o que é isso", porque ela já caiu.

Ele deu batidinhas na testa com um lenço.

— Já caiu de onde?

— Do céu — respondeu ele. — Nunca viu uma estrela cadente antes, Ivan?

— Claro que vi. — Circundei a jaula. — Mas não de perto.

— Claro — adicionou ele, com um tom doce demais na voz —, você só as vê de longe, parecendo lindas e brilhantes, dançando pelo céu, e faz desejos para elas, mas — o tom dele ficou maldoso — você esquece do Oscar, que tem que reunir os pedidos feitos para a estrela.

— Sinto muito, Oscar, realmente esqueci. Não achei que estrelas fossem tão perigosas.

— Por quê? — disse Oscar. — Você achou que um asteroide em chamas a milhões de quilômetros, que é visível da Terra, ia descer até mim e me dar um beijo na bochecha? Enfim, não importa. O que você me trouxe? Ah, ótimo, um pote de pó de fadas. Bem o que eu precisava depois dessa bola de fogo — gritou ele para a jaula —, algo com um pouco de respeito.

A bola de fogo se debateu com raiva em resposta.

Eu me afastei da jaula.

— Que tipo de desejo ela estava carregando?

Era difícil acreditar que aquela bola de luz em chamas podia ajudar alguém.

— Que bom que perguntou — disse Oscar, demonstrando não achar nada bom. — Essa em particular estava carregando o desejo de me perseguir pelo laboratório.

— Foi o Tommy? — Tentei não rir.

— Tenho que supor que sim — concordou, irritado. — Mas não posso reclamar com ele, porque foi há vinte anos, quando Tommy não sabia que não podia fazer isso e estava só começando.

— Há vinte anos? — perguntei, surpreso.

— Levou esse tempo todo para chegar aqui — explicou Oscar, abrindo o pote e pegando um pó de fada com um instrumento de aparência curiosa. — Afinal, fica a milhões de anos-luz. Achei que vinte anos foi bem rápido.

Deixei Oscar estudando os pós de fadas e fui até o guarda-roupa. Olivia estava lá tirando medidas.

— Oi, Ivan — disse ela, surpresa.

— Oi, Olivia, o que está fazendo? — perguntei, vendo uma mulher medir a cintura minúscula dela.

— Tirando medidas para um vestido, Ivan. A pobre sra. Cromwell morreu ontem à noite — contou ela, triste. — O velório é amanhã. Fui a tantos velórios que meu único vestido preto está desgastado.

— Sinto muito em ouvir isso — respondi, sabendo como Olivia gostava da sra. Cromwell.

— Obrigada, Ivan, mas precisamos seguir em frente. Hoje de manhã chegou ao asilo uma senhora que precisa da minha ajuda, e agora tenho que me concentrar nela.

Assenti, compreendendo.

— Então, o que o traz aqui?

— Minha nova amiga, Elizabeth, é mulher. Ela repara nas minhas roupas.

Olivia deu uma risadinha.

— Você quer uma camiseta de outra cor? — perguntou a mulher que tirava as medidas.

Ela pegou uma camiseta vermelha de uma gaveta.

— Hum, não — declinei.

Mudei o peso de um pé para o outro e olhei pelas prateleiras que iam do chão ao teto. Cada uma tinha uma etiqueta com um nome, e vi o de Calendula sob uma fileira de lindos vestidos.

— Eu estava querendo algo mais... elegante.

Olivia arqueou as sobrancelhas.

— Bem, então, você vai ter que tirar medidas para um terno, Ivan.

Combinamos que ela ia me fazer um terno para usar com uma camisa e uma gravata azuis, minha cor favorita.

— Mais alguma coisa ou só isso? — perguntou Olivia, com um brilho no olhar.

— Na verdade... — baixei a voz e olhei ao redor para ver se a mulher não estava nos escutando. Olivia aproximou a cabeça da minha. — Queria saber se você podia me ensinar a sapatear.

CAPÍTULO 27

Elizabeth ficou olhando para a parede irregular e suja. Ela já se sentia perdida. A parede não lhe dizia nada. Eram nove da manhã na construção, já tomada por homens de capacete, jeans caídos, camisas xadrezes e coturnos. Pareciam um exército de formigas correndo por todo lado, carregando nas costas um sem-número de materiais. No vazio do hotel, cumprimentos, risadas, músicas e assovios ecoavam na casca de cimento no topo do morro, que ainda precisava ser preenchida pelas ideias na cabeça de Elizabeth. Seus sons rolavam pelos corredores como trovão, chegando à futura sala de brinquedos.

No momento, era só uma tela em branco e sem vida, mas em apenas poucas semanas teria crianças correndo na sala de recreação, enquanto o exterior era um casulo de tranquilidade. Talvez ela devesse colocar paredes à prova de som. Não tinha ideia de como poderia preencher aquelas paredes para colocar um sorriso no rostinho das crianças quando elas entrassem, sentindo-se nervosas e chateadas por serem separadas dos pais. Ela entendia de *chaise longues*, telas de plasma, pisos de mármore e madeira de todo tipo. Conseguia criar coisas chiques, excêntricas, sofisticadas e salas de esplendor e grandiosidade. Mas nenhuma dessas coisas animaria uma criança, e ela sabia que precisaria mais do que alguns Legos, quebra-cabeças e pufes — e que era capaz de mais do que isso.

Sabia que tinha todo o direito de contratar um muralista, pedir para os pintores da obra fazerem aquele trabalho ou até consultar Poppy, mas Elizabeth gostava de colocar a mão na massa. Gostava de se perder no trabalho e não queria pedir ajuda. Entregar o pincel a outra pessoal seria, a seus olhos, um sinal de fracasso.

Ela dispôs no chão uma fileira de dez latas de cores primárias, abriu as tampas e colocou os pincéis ao lado de cada uma. Abriu uma folha em branco no piso e, certificando-se de que seus jeans, que usava como roupa de trabalho, não tocassem o chão sujo de forma alguma, sentou-se de pernas cruzadas no centro da sala e olhou a parede. Mas só conseguia pensar no fato de que não conseguia pensar em nada que não Saoirse. A irmã, que estava na cabeça dela cada segundo de cada dia.

Elizabeth se perguntou há quanto tempo estava sentada lá. Tinha uma vaga lembrança de pedreiros entrando e saindo da sala, pegando ferramentas, olhando confusos enquanto ela mirava a parede vazia. Ela tinha a sensação de estar sofrendo de bloqueio criativo, se é que uma decoradora podia ter isso. Não vinha nenhuma ideia, imagens não se formavam, e, assim como a tinta secava na caneta de um escritor, a tinta não fluía do pincel dela. Sua cabeça estava cheia de... nada. Era como se os pensamentos estivessem sendo refletidos naquela parede de gesso.

Elizabeth sentiu a presença de alguém atrás de si e se virou. Benjamin estava na porta.

— Sinto muito, eu teria batido, mas — ele levantou as mãos — não tem porta.

Elizabeth deu um sorriso de boas-vindas.

— Admirando meu trabalho?

— Você fez isso? — perguntou ela, virando-se de volta para a parede.

— Meu melhor trabalho, acho — respondeu ele, e ambos olharam a parede em silêncio.

Elizabeth suspirou.

— Ela não está me dizendo nada.

— Ah. — Ele deu um passo para dentro da sala. — Você não tem ideia de como é difícil criar uma obra de arte que não diga absolutamente nada. Alguém sempre tem algum tipo de interpretação, mas com isso... — Ele deu de ombros. — Nada. Sem declarações.

— Sinal que é um verdadeiro gênio, sr. West.

— Benjamin. — Ele fez uma careta. — Eu já disse várias vezes, por favor, pode me chamar de Benjamin. Você faz parecer que eu sou um professor de matemática.

— Está bem, e você pode seguir me chamando de srta. Egan.

Ele viu as maçãs do rosto se levantando em um sorriso quando ela se voltou de novo para a parede.

— Acha que tem alguma chance de as crianças gostarem desta sala como está? — perguntou ela, esperançosa.

— Hum — pensou Benjamin em voz alta —, os pregos saindo do rodapé seriam bacanas para brincar. Não sei... Você está perguntando sobre crianças para o cara errado. São outra espécie para mim. Não tenho uma relação muito próxima com elas.

— Nem eu — murmurou Elizabeth, culpada, pensando em sua incapacidade de conectar-se com Luke como Edith fazia.

Embora estivesse passando mais tempo com ele depois de conhecer Ivan. Aquela manhã no campo, com Ivan e Luke, tinha sido um verdadeiro marco para ela, mas, quando estava sozinha com Luke, não conseguia relaxar. Era Ivan que liberava a criança que havia nela.

Benjamin agachou, colocando a mão no chão empoeirado para se equilibrar.

— Ah, não acredito nem um pouco nisso. Você tem um filho, não?

— Ah, não, não tenho... — começou ela, mas parou. — É meu sobrinho. Eu o adotei, mas a última coisa de que entendo no mundo são crianças.

Tudo hoje estava jorrando da boca dela. Ela sentia saudade da Elizabeth que era capaz de ter uma conversa sem revelar nada de si, mas parecia que, ultimamente, as comportas de seu coração tinham se aberto e as coisas saíam dele por vontade própria.

— Bom, você parecia saber o que ele queria domingo de manhã — comentou Benjamin gentilmente, olhando de um jeito diferente para ela. — Passei de carro quando vocês estavam dançando no campo.

Elizabeth revirou os olhos, e sua pele morena ficou vermelha.

— Você e a cidade toda, pelo jeito. Mas foi ideia do Ivan — disse ela rapidamente.

Benjamin riu.

— Você dá crédito de tudo ao Ivan?

Elizabeth pensou naquilo, mas Benjamin não esperou pela resposta.

— Acho que, nesse caso, você só precisa sentar aí, como está fazendo, e se colocar na posição das crianças. Use essa sua imaginação louca. Se você fosse criança, o que ia querer fazer nesta sala?

— Fora sair e crescer logo?

Benjamin se mexeu para ficar de pé.

— Então, quanto tempo pretende ficar na grande cidade de Baile na gCroíthe? — perguntou Elizabeth, rápido. Ela imaginava que, quanto mais ele permanecesse ali na sala, mais ela podia adiar o momento de admitir para si mesma que, pela primeira vez na vida, não tinha ideia do que fazer com um cômodo.

Benjamin, sentindo que ela desejava conversar, sentou-se no chão empoeirado, e Elizabeth teve que ignorar o que imaginava ser milhões de ácaros rastejando por ele.

— Planejo ir embora assim que a última demão de tinta estiver nas paredes e o último prego tiver sido martelado.

— Está na cara que você se apaixonou loucamente pelo lugar — disse Elizabeth, sarcástica. — As vistas panorâmicas de Kerry não impressionaram?

— É, as vistas são legais, mas já são seis meses de lindas vistas, e, agora, eu queria um café decente, poder escolher entre mais de uma opção de loja em que comprar minhas roupas e andar sem todo mundo me olhar como se eu tivesse fugido de um zoológico.

Elizabeth riu.

Benjamin levantou as mãos.

— Não quero ofender nem nada, a Irlanda é ótima, só não sou fã de cidades pequenas.

— Nem eu... — O sorriso de Elizabeth sumiu com o pensamento. — Então, de onde você escapou?

— Nova York.

Elizabeth balançou a cabeça.

— Seu sotaque não é de Nova York.

— Não, você me pegou. Sou de um lugar chamado Haxtun, no Colorado. Com certeza você já ouviu falar de lá. É famoso por um monte de coisas.

— Por exemplo?

Ele arqueou as sobrancelhas.

— Absolutamente nada. É uma cidadezinha no meio de uma grande tempestade de poeira, uma velha e boa cidade agrícola com uma população de mil pessoas.

— Você não gostava de lá?

— Não, não gostava — afirmou ele com firmeza. — Pode-se dizer que eu sofria de claustrofobia — completou com um sorriso.

— Sei como é. — Elizabeth assentiu. — Parece aqui.

— É um pouco parecido, sim. — Benjamin olhou pela janela. Então, relaxou. — Todo mundo acena quando você passa. Não têm ideia de quem você é, mas acenam.

Elizabeth não tinha percebido até aquele momento. Viu seu pai no campo, de boné, cobrindo o rosto, levantando o braço em forma de L para os carros que passavam.

— Eles acenam nos campos e nas ruas — continuou Benjamin. — Fazendeiros, velhinhas, crianças, adolescentes, recém-nascidos e assassinos. E estudei isso até virar uma forma de arte. — Os olhos dele brilharam para ela. — Tem até o aceno de um dedo levantado quando você ultrapassa no trânsito. Cara, se você não toma cuidado, sai acenando até para as vacas.

— E as vacas provavelmente acenariam de volta.

Benjamin riu alto.

— Você já pensou em ir embora?

— Fiz mais do que só pensar. — O sorriso dela sumiu. — Também fui para Nova York, mas tenho compromissos aqui — explicou ela, desviando rápido o olhar.

— Seu sobrinho, certo?

— Sim — disse ela, baixinho.

— Bom, tem uma coisa boa em ir embora de uma cidade pequena. Todo mundo sente sua falta quando você vai. Todo mundo nota.

Eles se olharam nos olhos.

— Acho que você tem razão — disse ela. — Mas é irônico nós dois termos mudado para uma cidade grande, onde estamos cercados por mais pessoas e mais prédios do que jamais vimos, só para nos sentirmos mais isolados.

— Hum. — Benjamin a olhou fixamente sem piscar. Ela sabia que ele não estava vendo o rosto dela, estava perdido em seu próprio pensamento. E ele pareceu mesmo perdido, por um momento.

— Enfim — ele saiu do transe —, foi um prazer conversar de novo com você, srta. Egan.

Ela sorriu com a forma como ele se dirigiu a ela.

— Melhor eu ir embora e deixar você olhar um pouco mais para essa parede. — Ele parou na porta e deu meia-volta. — Ah, aliás. — Ela sentiu o estômago revirar. — Sem querer correr o risco de deixar você desconfortável, espero dizer isso da forma mais inocente possível: quer encontrar comigo fora do trabalho um dia? Seria bom conversar com alguém que pensa igual, para variar.

— Claro. — Ela gostou daquele convite casual. Sem expectativas.

— Quem sabe você conheça alguns dos lugares bons para se frequentar. Há seis meses, quando eu tinha acabado de chegar, cometi o erro de perguntar ao Joe onde ficava o restaurante de sushi mais próximo. Precisei explicar para ele que era peixe cru antes de ele me direcionar ao lago, a uma hora de carro de distância, e me dizer para falar com um cara chamado Tom.

Elizabeth caiu na risada — o som, que estava ficando mais familiar a ela nos últimos dias, ecoando pela sala.

— É o irmão dele, pescador.

— Enfim, a gente se vê.

A sala ficou de novo vazia, e Elizabeth se viu enfrentando o mesmo dilema. Pensou no que Benjamin tinha dito sobre usar a imaginação e se colocou no lugar de uma criança. Fechou os olhos e imaginou os sons de crianças gritando, rindo, chorando e brigando. O barulho de brinquedos, pés batendo no chão enquanto elas corriam, o som de corpos caindo, um silêncio chocado e choros. Ela se viu como criança sentada sozinha em uma sala, sem conhecer ninguém, e de repente lhe ocorreu o que ia querer.

Um amigo.

Abriu os olhos e viu um cartão no chão ao seu lado, embora a sala ainda estivesse vazia e silenciosa. Alguém devia ter entrado enquanto ela estava de olhos fechados e deixado ali. Ela pegou o cartão, que tinha uma mancha de dedão preta na lateral. Nem precisou ler para saber que era o novo cartão de visitas de Benjamin.

Talvez imaginar, afinal, tivesse funcionado. Aparentemente, ela tinha acabado de fazer um novo amigo na sala de brinquedos.

Colocando o cartão no bolso traseiro, ela esqueceu Benjamin e continuou olhando para as quatro paredes.

Não. Ainda nada.

CAPÍTULO 28

Elizabeth se sentou à mesa de vidro na sua cozinha imaculada, cercada por balcões de granito reluzentes, armários de nogueira polida e azulejos de mármore brilhantes. Tinha acabado de sair de um frenesi de limpeza, e sua mente ainda não estava limpa. Cada vez que o telefone tocava, ela pulava, achando que era Saoirse, mas era Edith querendo saber como Luke estava. Elizabeth ainda não tinha notícias da irmã, e seu pai ainda estava esperando pela mãe no antigo quarto dela, sentado, comendo e dormindo na mesma poltrona há quase duas semanas. Ele não falava com Elizabeth nem deixava que ela chegasse até a porta da frente, então ela tinha combinado com uma empregada para ir lá cozinhar uma refeição uma vez por dia e arrumar de vez em quando. Alguns dias ele a deixava entrar, outros, não. O jovem que trabalhava com ele na fazenda tinha assumido todas as tarefas. Aquilo estava custando a Elizabeth um dinheiro que ela não tinha, mas não havia mais nada que ela pudesse fazer. Não podia ajudar os outros dois membros de sua família se eles não quisessem ser ajudados. E, pela primeira vez, ela se perguntou se, afinal, tinha algo em comum com eles.

Tinham todos vivido juntos — as garotas tinham crescido juntas —, mas separados, e ainda continuavam juntos na mesma cidade. Não tinham muita comunicação uns com os outros, mas quando alguém ia embora... bom, era relevante. Estavam atados por uma corda puída e velha que acabava sendo objeto de um cabo de guerra.

Elizabeth não conseguia se forçar a contar a Luke o que estava acontecendo, e, claro, ele sabia que havia alguma coisa. Ivan estava certo, as crianças tinham um sexto sentido para esse tipo de coisa, mas Luke era um menino muito bom e, assim que sentia a tristeza de Elizabeth, se retirava para a sala de brinquedos. Aí, ela ouvia as batidas baixinhas de Legos. Não conseguia dizer mais a ele do que mandá-lo lavar as mãos, falar direito e parar de arrastar os pés.

Ela não era capaz de abrir os braços para ele. Os lábios dela não formavam as palavras "eu amo você". Mas ela tentava, do seu jeito, fazê-lo se sentir seguro e querido. Mas sabia o que ele desejava. Já tinha estado no lugar dele, sabia como era querer ser abraçado, aninhado, beijado na testa e ninado. Sentir-se seguro por pelo menos alguns minutos, com alguém ali cuidando de você. Sentir que a vida não está nas suas próprias mãos e que você não está fadado a viver sozinho na sua mente.

Ivan tinha dado a ela alguns daqueles momentos nas últimas semanas. Ele a tinha beijado na testa e a ninado até dormir, e ela tinha pegado no sono sem se sentir sozinha, sem sentir a necessidade de olhar pela janela e buscar lá longe por outra pessoa. Ivan, o doce, doce Ivan repleto de mistérios. Ela nunca tinha conhecido alguém com a capacidade de ajudá-la a perceber exatamente quem era, ajudá-la a se recuperar, mas ficava impressionada com a ironia de aquele homem que falava brincando de invisibilidade realmente usar uma capa da invisibilidade. Ele a estava colocando no mapa, mostrando-lhe o caminho, mas não tinha ideia de aonde ele mesmo ia, de onde vinha, de *quem* era. Ele gostava de falar dos problemas dela, ajudar a curá-la, ajudar a consertá-la, e nunca falava dos dele. Era como se ela fosse uma distração para ele, e Elizabeth se perguntou o que aconteceria quando a distração acabasse e a percepção chegasse.

Ela sentia que o tempo deles juntos era valioso, como se precisasse se apegar a cada minuto como se fosse o último. Ele era bom demais para ser verdade, cada momento com ele era mágico, tanto que ela supunha que não podia durar para sempre. Nenhum de seus bons sentimentos tinha durado. Nenhuma das pessoas que iluminavam sua vida tinha ficado. A julgar por sua sorte até aqui, por puro *medo* de não querer perder algo tão especial, ela estava só esperando pelo dia em que ele iria embora. Quem quer que ele fosse, a estava curando, ensinando-a a sorrir, a rir, e ela se perguntava o que poderia ensinar a ele. Temia que aquele homem doce com olhos gentis um dia percebesse que ela não tinha nada a oferecer. Que tinha sugado todos os recursos dele e não tinha nada a dar.

Acontecera com Mark. Ela não conseguia entregar mais de si sem deixar de cuidar de sua família. Era o que ele queria que ela fizesse, claro — cortar os laços que a conectavam à família —, mas ela não conseguia, nunca faria aquilo. Saoirse e seu pai sabiam como manipulá-la, então ela continuava sendo um fantoche deles. O resultado era que estava sozinha, criando um filho que nunca quisera, com o amor de sua vida morando nos Estados Unidos, casado e com um filho. Ela não tinha notícias dele nem o via há cinco anos. Alguns meses depois de Elizabeth se mudar de volta para a Irlanda, ele a visitara em uma viagem que fizera para ver a família.

Aqueles primeiros meses foram os mais difíceis. Elizabeth estava decidida a obrigar Saoirse a criar o bebê e, por mais que a irmã protestasse e alegasse não se importar, ela não a deixaria jogar fora a oportunidade de criar o próprio filho.

O pai de Elizabeth não conseguira mais aguentar, não era capaz de suportar o bebê gritando a noite toda enquanto Elizabeth estava em alguma festa. Elizabeth imaginava que o lembrasse demais do passado, em que ele ficara segurando a bebê, a bebê que, logo depois, entregou à filha de 12 anos. Bem, ele fez o mesmo mais uma vez. Expulsou Saoirse do bangalô, forçando-a a parar na porta de Elizabeth com berço e tudo. O dia em que tudo aquilo aconteceu foi o dia que Mark decidiu fazer a viagem para ver Elizabeth.

Ele deu uma olhada na situação da vida dela, e ela soube que o tinha perdido para sempre. Não demorou para Saoirse desaparecer, deixando o bebê com ela. Elizabeth pensou em dar Luke para adoção, pensou mesmo. A cada noite sem dormir e dia estressante, prometia a si mesma que ia fazer aquela ligação. Mas não conseguia. Talvez tivesse algo a ver com seu medo de desistir. Ela era obsessiva em sua busca pela perfeição e não conseguia abrir mão de tentar ajudar Saoirse. E havia uma parte de si que estava decidida a provar que era capaz de criar uma criança, que o que tinha acontecido com Saoirse não era culpa dela. Ela não queria errar com Luke. Ele merecia muito mais do que isso.

Ela xingou ao pegar outro de seus esboços, amassar em uma bola e jogar na lata de lixo do outro lado da cozinha. Ela errou por pouco e, sem conseguir lidar com algo fora do lugar, atravessou o cômodo e a colocou dentro do lixo.

A mesa da cozinha estava coberta de papéis, lápis de cor, livros infantis, personagens de desenho animado. A única coisa que ela tinha conseguido fazer era desenhar na página toda. Não era o bastante para a sala de brinquedos e com certeza não representava todo o mundo novo que ela ambicionava criar. Para variar, aconteceu o que sempre acontecia quando ela pensava em Ivan: a campainha tocou, e ela soube que era ele. Ficou de pé, arrumando o cabelo e as roupas, e checando o reflexo no espelho. Reuniu seus lápis de cor e papéis, deu uns pulinhos no mesmo lugar, em pânico, tentando decidir onde jogá-los. Os lápis caíram da mão dela. Xingando, Elizabeth abaixou para pegá-los. Os papéis se soltaram e flutuaram até o chão como folhas em uma brisa de outono.

Agachada, viu os tênis All-star vermelhos cruzados casualmente na porta. O corpo dela relaxou, e suas bochechas ficaram vermelhas.

— Oi, Ivan — disse ela, recusando-se a olhá-lo.

— Oi, Elizabeth. Está com formiga na calça? — perguntou a voz divertida dele.

— Que gentil da parte de Luke deixar você entrar. — O tom dela era sarcástico. — Curioso ele nunca fazer isso quando eu preciso que ele faça. — Ela pegou as folhas de papel no chão e se levantou. — Você está de vermelho — afirmou, analisando o boné, camiseta e sapatos vermelhos dele.

— Sim, estou — concordou Ivan. — Usar cores diferentes agora é minha coisa favorita. Faz com que eu me sinta ainda mais feliz.

Elizabeth baixou o olhar para a roupa preta dela e ponderou a respeito.

— Então, o que temos aqui? — perguntou ele, invadindo os pensamentos dela.

— Ah, nada — murmurou Elizabeth, dobrando as páginas.

— Deixe-me ver. — Ele agarrou as folhas. — O que temos aqui? Pato Donald, Mickey Mouse. — Ele folheou. — Ursinho Pooh, um carro de corrida... E o que é isto? — Ele virou a página para ver melhor.

— Não é nada — falou Elizabeth, agarrando a folha da mão dele.

— Isso é alguma coisa. Nada é isto. — Ele olhou sem expressão para ela.

— O que está fazendo? — perguntou ela depois de uns momentos de silêncio.

— Nada, viu? — Ele levantou as mãos.

Elizabeth deu um passo para longe dele, revirando os olhos.

— Às vezes, você é pior que o Luke. Vou tomar uma taça de vinho, quer alguma coisa? Cerveja, vinho, conhaque?

— Um opoc de etiel, por favor.

— Queria que você parasse de falar de trás pra frente — comentou ela, rude, entregando-lhe um copo de leite. — Para variar? — pediu, irritada, jogando as folhas no lixo.

— Não, é o que eu sempre tomo — disse ele, bastante alegre, mirando-a com suspeita. — Por que esse armário está trancado?

— Hum — ela vacilou —, para o Luke não conseguir pegar as bebidas alcoólicas. — Ela não podia dizer que era para afastar Saoirse. Luke tinha passado a esconder a chave no quarto dele sempre que ouvia a mãe chegando.

— Ah. O que você vai fazer dia 29? — Ivan girou na banqueta alta na mesa de café da manhã e observou Elizabeth vasculhando as garrafas de vinho, o rosto contraído de concentração.

— Quando é dia 29?

Ela trancou o armário e procurou um abridor na gaveta.

— Sábado.

As bochechas dela ficaram vermelhas, e ela desviou o olhar, tentando só pensar em abrir a garrafa de vinho.

— Vou sair no sábado.

— Para onde?

— Um restaurante.

— Com quem?

Ela sentia como se fosse Luke a metralhando com perguntas.

— Vou encontrar com Benjamin West — contou ela, ainda de costas.

Não conseguia se virar naquele momento, mas não sabia o motivo de se sentir tão desconfortável.

— Por que vocês vão se encontrar no sábado? Você não trabalha aos sábados — afirmou Ivan.

— Não é trabalho, Ivan. Ele não conhece ninguém aqui, e vamos sair para comer alguma coisa.

Ela serviu o vinho tinto em uma taça de cristal.

— Comer? — perguntou ele, incrédulo. — Você vai comer com Benjamin? — disse ele, a voz subindo algumas oitavas.

Os olhos de Elizabeth se arregalaram, e ela girou com a taça na mão.

— Algum problema?

— Ele é sujo e fedido — afirmou Ivan.

Elizabeth ficou boquiaberta, sem saber como reagir àquilo.

— Ele provavelmente come com as mãos. Como um animal — continuou Ivan —, ou um homem das cavernas, meio homem, meio animal. Ele deve caçar para...

— Chega, Ivan. — Elizabeth começou a rir.

Ele parou.

— Qual é o problema de verdade? — Ela arqueou uma sobrancelha para ele e deu um gole do vinho.

Ele parou de girar na banqueta e a olhou. Ela o encarou de volta. Viu-o engolir, o pomo de Adão se mexendo no pescoço. A infantilidade dele sumiu, e ele lhe pareceu um homem grande, forte, com muita presença. Os batimentos cardíacos dela aceleraram. Seu olhar não desviou do rosto dela, e Elizabeth não conseguia se mexer nem deixar de encará-lo.

— Não tem *problema* nenhum.

— Ivan, se você quer me dizer alguma coisa, diga — pediu Elizabeth com firmeza. — Somos adultos. — Os cantos do lábio dela estremeceram ao dizer aquilo.

— Elizabeth, quer sair comigo no sábado?

— Seria falta de educação da minha parte cancelar um compromisso tão em cima da hora. Não podemos sair outra noite?

— Não — respondeu ele, firme, descendo da banqueta. — Tem que ser no dia 29 de julho. Você vai ver por quê.

— Não posso...

— Pode, sim — interrompeu ele com dureza. Pegou-a pelos cotovelos. — Você pode fazer o que quiser. Me encontre em Cobh Cúin às dez da noite do sábado.

— Cobh Cúin? E por que tão tarde?

— Você vai ver — repetiu ele, tirando o boné e desaparecendo tão rápido quanto chegara.

Antes de eu sair da casa, chamei Luke na sala de brinquedos.

— Oi, sumido — ironizei, caindo no pufe.

— Oi, Ivan — respondeu Luke, vendo TV.

— Sentiu saudade de mim?

— Não. — Luke sorriu.

— Quer saber o que andei fazendo?

— Beijando minha tia. — Luke fechou os olhos e fez beijos no ar antes de cair em uma risada histérica.

Meu queixo caiu.

— Ei! Por que está dizendo isso?

— Você *ama* ela — disse Luke, aos risos, e continuou vendo desenho.

Pensei um pouco no que ele havia dito.

— Você ainda é meu amigo?

— Sim — respondeu Luke —, mas o Sam é meu *melhor* amigo.

Fingi que tinha levado um tiro no coração.

Luke desviou os olhos da televisão para me fitar com grandes olhos azuis esperançosos.

— Minha tia é sua melhor amiga agora?

Pensei com cuidado naquilo.

— Você quer que ela seja?

Luke assentiu com empatia.

— Por quê?

— Ela fica muito mais divertida, não me dá tanta bronca e me deixa colorir na sala branca.

— O dia do pó de fadas foi divertido, né?

Luke fez que sim de novo.

— Nunca vi ela rir tanto.

— Ela te dá grandes abraços e brinca muito com você?

Luke me olhou como se fosse uma ideia ridícula, e suspirei, preocupado com a pequena parte de mim que se sentia aliviada.

— Ivan?

— Sim, Luke.

— Lembra que você me disse que não pode ficar por aqui para sempre, que tem outros amigos para ajudar e eu não devia me sentir triste?

— Sim. — Engoli em seco. Temia a chegada desse dia.

— O que vai acontecer com você e a tia Elizabeth quando isso acontecer?

E então me preocupei com a parte no centro do meu peito que doía quando eu pensava nisso.

Entrei no escritório de Opal com as mãos nos bolsos e usando minha nova camiseta vermelha e um par novo de jeans preto. Hoje, eu estava me sentindo bem de vermelho. Estava bravo. Não tinha gostado do tom da voz da Opal quando ela me ligou.

— Ivan — disse ela, soltando a caneta de penas e levantando os olhos para mim.

Ela não estava com o sorriso largo que costumava usar para me cumprimentar. Parecia cansada, com olheiras, e os dreadlocks estavam ao redor do rosto, e não nos penteados de sempre.

— Opal — imitei o tom dela, colocando uma perna por cima da outra ao me sentar diante dela.

— O que você ensina a seus alunos sobre se tornar parte da vida de seu novo amigo?

— Auxilie, não atrapalhe. Apoie, não se oponha. Ajude e ouça, não...

— Pode parar por aí. — Ela levantou a voz e interrompeu meu tom entediado. — Auxilie, não atrapalhe, Ivan. — Ela deixou as palavras pairando no ar. — Você fez ela cancelar uma reserva para jantar com Benjamin West. Ela podia ter feito um amigo, Ivan. — Ela me olhou com olhos pretos como carvão. Mais raiva, e teriam pegado fogo. — Permita-me lembrar que a última vez que Elizabeth Egan fez reservas sem propósitos profissionais foi há cinco anos. *Cinco anos* — enfatizou ela. — Pode me dizer por que desfez tudo isso?

— Porque ele é sujo e fedido.

Eu ri.

— Porque ele é sujo e fedido — repetiu ela, fazendo com que eu me sentisse um bobo. — Então, deixe que ela mesma descubra isso. Não ultrapasse os limites. — Com isso, ela baixou os olhos de novo para o trabalho e continuou escrevendo, a pena balançando enquanto ela escrevia furiosamente.

— O que está acontecendo, Opal? — perguntei a ela. — Diga o que está acontecendo de verdade.

Ela levantou os olhos com raiva e tristeza.

— Estamos muito ocupados, Ivan, e precisamos que você trabalhe o mais rápido possível para passar para outra pessoa, em vez de ficar e desfazer todo o bom trabalho que já fez. É isso que está acontecendo.

Chocado pela repreensão dela, fui saindo do escritório em silêncio. Não conseguia acreditar nas palavras dela nem por um minuto, mas, o que quer que estivesse acontecendo na vida dela, não era problema meu. Ela ia mudar de ideia sobre Elizabeth cancelar o jantar com Benjamin assim que visse o que eu tinha planejado para o dia 29.

— Ah, e Ivan — chamou Opal.

Parei na porta e me virei. Ela ainda estava olhando para baixo e não parou de escrever para dizer:

— Vou precisar que você venha na próxima segunda para assumir por um tempo.

— Por quê? — perguntei, desacreditado.

— Não vou estar aqui por uns dias. Preciso que você me cubra.

Aquilo nunca tinha acontecido antes.

— Mas ainda estou no meio de um trabalho.

— Que bom que continua chamando assim — retrucou ela, com irritação. Então suspirou, apoiou a caneta com pena na mesa e levantou os olhos. Parecia que ia chorar. — Com certeza, sábado vai ser um sucesso tão grande que você não vai precisar estar lá na semana que vem, Ivan.

A voz dela estava tão suave e verdadeira que esqueci que estava com raiva dela, e percebi pela primeira vez que, em qualquer outra situação, ela estaria certa.

CAPÍTULO 29

Ivan deu os toques finais na mesa de jantar, cortou um caule de fúcsia que estava crescendo por lá e colocou em um pequeno vaso no centro. Acendeu uma vela e observou a chama dançando na brisa, como um cão correndo pelo jardim, mas amarrado ao canil. Cobh Cúin estava silencioso, como sugeria o nome, que significava literalmente gruta silenciosa, escolhido há centenas de anos pelos locais. O local estava até então intocado. O único som era a água ondulando suavemente, indo e voltando, acariciando a areia. Ivan fechou os olhos e balançou com a melodia. Um pequeno barco de pescador amarrado ao píer boiava para cima e para baixo no mar, de vez em quando batendo na lateral do píer e adicionando um ritmo suave.

O céu estava azul e começando a escurecer, com alguns rastros esparsos de nuvens adolescentes que vinham atrás das nuvens mais velhas de horas atrás. As estrelas brilhavam forte, e Ivan piscou de volta para elas, que também sabiam o que estava por vir. Ivan tinha pedido para o chef na cantina do trabalho ajudá-lo hoje. Era o responsável pelos bufês dos chás de melhores amigas feitos nos quintais, mas dessa vez ele se superara. Tinha criado o banquete mais luxuoso que Ivan poderia imaginar. Para começar, havia *foie gras* e torrada cortada em quadradinhos perfeitos, seguido por salmão selvagem irlandês e aspargos cozidos no alho, depois uma mousse com gotas de calda de amora para sobremesa. Os aromas estavam sendo levantados pelo vento quente do golfo e passando pelo nariz dele, atiçando suas papilas gustativas.

Nervoso, ele mexeu nos talheres, consertou tudo o que não precisava de conserto, apertou sua nova gravata de seda azul, afrouxou de novo, abriu o botão de seu paletó azul-marinho e decidiu fechar outra vez. Ele tinha passado o dia todo tão ocupado arrumando o cenário que mal tivera tempo para pensar nos sentimentos que se agitavam dentro de si mesmo. Olhando o relógio e o céu escurecendo, torceu para Elizabeth vir.

Elizabeth dirigiu devagar pela estrada sinuosa e estreita, mal conseguindo enxergar além do nariz na escuridão da área rural. Flores selvagens e arbustos se esticavam para roçar o carro dela quando ele passava. Seus faróis altos assustavam moscas, mosquitos e morcegos conforme ela dirigia na direção do mar. De repente, o véu de tinta se foi quando ela chegou a uma clareira, e o mundo todo se estendeu diante dela.

À frente, havia milhares de quilômetros de mar cor de ébano reluzindo sob o luar. Dentro da pequena gruta, havia um pequeno barco de pescador amarrado ao lado dos degraus. A areia era de um marrom aveludado, com a beirada sendo lambida e provocada pela maré que se aproximava. Mas não foi o mar que tirou o fôlego dela, e sim a visão de Ivan parado na areia, vestido com um terno novo elegante, ao lado de uma mesa lindamente colocada para dois, uma vela bruxuleando no centro, fazendo sombras no rosto sorridente dele.

A visão bastava para fazer até uma estátua chorar. Era uma imagem que a mãe dela tinha estampado na mente dela, uma imagem que sussurrara animada no ouvido da filha sobre jantares na praia à luz do luar, tanto que os sonhos da mãe tinham se tornado de Elizabeth também. E lá estava Ivan, parado na imagem que Elizabeth e sua mãe haviam pintado de forma tão vívida e que continuava gravada na mente dela. Ela entendia a frase sobre não saber se ria ou chorava, então, fez as duas coisas despudoradamente.

Ivan ficou lá, altivo, olhos azuis brilhando no luar. Ignorou as lágrimas dela, ou melhor, aceitou-as.

— Minha querida — ele fez uma mesura teatral —, seu jantar à luz do luar a espera.

Secando os olhos e abrindo um sorriso tão largo que sentiu ser capaz de iluminar o mundo todo, Elizabeth pegou a mão estendida dele e saiu do carro.

Ivan respirou fundo.

— Uau, Elizabeth, você está linda.

— Usar vermelho agora é minha coisa favorita — disse ela, imitando-o.

Elizabeth colocou o braço no dele e permitiu que Ivan a levasse à mesa de jantar.

Depois de muita dúvida e questionamento, Elizabeth tinha comprado um vestido vermelho que acentuava seu corpo esguio, dando-lhe curvas que ela nunca nem soubera ter. Ela tinha colocado e tirado pelo menos cinco vezes antes de sair de casa, sentindo-se exposta demais em uma cor tão viva. Para não se sentir como um sinal de trânsito, tinha comprado uma echarpe para colocar sobre os ombros.

A toalha branca de linho irlandês voava na leve brisa quente, e o cabelo solto fazia cócegas na bochecha dela. A areia estava fria e macia sob seus pés, como um tapete felpudo, e protegida do vento forte na gruta. Ivan puxou a cadeira para ela, que se sentou. Então, ele pegou o guardanapo, que estava amarrado com um caule de fúcsia, e colocou no colo de Elizabeth.

— Ivan, é lindo, obrigada — sussurrou ela, não se sentindo capaz de elevar a voz acima do barulho das ondas.

— Obrigado por vir. — Ele sorriu, colocando uma taça de vinho tinto para ela. — Agora, de entrada, temos *foie gras*. — Ele buscou embaixo da mesa dois pratos cobertos por uma tampa de prata. — Espero que goste disso...

Rugas de preocupação apareceram na testa dela.

— Eu amo.

Elizabeth sorriu.

— Ufa. — Os músculos do rosto dele relaxaram. — Não parece comida — comentou, examinando seu prato mais de perto.

— É fígado de ganso, Ivan. — Elizabeth riu, passando um pouco na torrada. — Por que você escolheu essa gruta? — perguntou, enrolando a echarpe mais forte em torno dos ombros quando a brisa começou a esfriar.

— Porque é tranquila e é um local perfeito longe das luzes da cidade — explicou ele, mastigando a comida.

Elizabeth achou melhor não fazer nenhuma pergunta, sabendo que Ivan tinha seu jeitinho peculiar.

Depois do jantar, Ivan se virou para olhar Elizabeth, que estava com as mãos ao redor de sua taça de vinho e olhando melancolicamente para o mar.

— Elizabeth — a voz dele estava suave —, quer deitar comigo na areia?

O coração de Elizabeth acelerou.

— Sim. — A voz dela estava rouca. Ela não conseguia pensar em forma melhor de acabar a noite. Estava ansiando por tocá-lo, para ele abraçá-la. Elizabeth foi até a beira da água e sentou-se na areia fria. Sentiu Ivan caminhando atrás.

— Você vai ter que se deitar de costas para isso funcionar — disse ele em voz alta, baixando os olhos para ela.

A boca de Elizabeth se abriu.

— Como é? — Ela fechou a echarpe de forma protetora ao redor dos ombros.

— Se você não se deitar, não vai dar certo — repetiu ele, colocando as mãos nos quadris. — Olhe, assim. — Ele se sentou ao lado dela e deitou-se na areia. — Você precisa se deitar de barriga para cima, Elizabeth. É melhor assim.

— Ah, é? — Elizabeth ficou tensa e rapidamente se levantou. — Isso tudo — ela gesticulou ao redor da gruta — foi só para eu me deitar de costas? — perguntou ela, magoada.

Ivan a olhou da areia, olhos arregalados com uma expressão perplexa.

— Bom... — ele enrolou, tentando pensar em uma resposta —, na verdade, sim. É só que é melhor, quando chegar o ápice, você estar deitada de costas — gaguejou.

— Rá! — Elizabeth desabafou e, colocando de volta os sapatos, andou com dificuldade pela areia na direção do carro.

— Elizabeth, olhe! — gritou Ivan, animado. — Chegou o ápice! Olhe!

— Argh — resmungou Elizabeth, subindo a duna de areia até seu carro. — Você é nojento mesmo.

— Não é nojento! — retrucou Ivan, com pânico na voz.

— É o que todos dizem — murmurou Elizabeth, procurando as chaves do carro na bolsa. Sem conseguir ver dentro da bolsa no escuro, ela a inclinou na direção do luar e, ao olhar para cima, ficou boquiaberta. Acima dela, no céu escuro sem nuvens, havia um fervilhar de atividade. As estrelas brilhavam mais do que ela jamais vira, algumas atravessando o céu.

Ivan estava de costas olhando para o céu noturno.

— Ah — disse Elizabeth baixinho, sentindo-se boba, feliz pelo fato de a escuridão estar escondendo a pele dela imitando a cor do vestido.

Ela voltou tropeçando pela duna, tirou o sapato, permitiu que seus pés entrassem na areia e se aproximou de Ivan.

— É lindo — sussurrou.

— Bom, seria bem mais lindo se você se deitasse de costas, como sugeri. — Ivan bufou, cruzando os braços no peito e olhando o céu.

Elizabeth cobriu a boca com a mão e tentou não rir alto.

— Não sei do que você está rindo. Ninguém acusou você de ser nojenta — disse ele, de pronto.

— Achei que você estivesse falando de outra coisa. — Elizabeth deu uma risadinha, sentando-se na areia ao lado dele.

— Por que mais eu pediria para você se deitar de costas? — perguntou Ivan em um tom monótono, e virou-se para ela, com a voz subindo algumas oitavas e os olhos provocadores. — Ah...

— Quieto — pediu Elizabeth, séria, jogando a bolsa nele, mas deixando um sorriso aparecer. — Ah, olhe. — Ela se distraiu com uma estrela cadente. — O que será que está acontecendo ali?

— É o Delta Aquáridas — avisou Ivan, como se aquilo explicasse tudo. O silêncio de Elizabeth o fez continuar: — São meteoros que vêm da constelação de Aquário. As datas normais são 15 de julho e 20 de agosto, mas o ápice é em 29 de julho. Foi por isso que precisei trazer você aqui hoje, longe das luzes da cidade. — Ele se virou para olhá-la. — Então, sim, tudo isso foi só para colocar você deitada de costas.

Eles analisaram o rosto um do outro em um silêncio confortável até que mais ação no céu chamou a atenção deles.

— Por que não faz um pedido? — perguntou Ivan a ela.

— Não — disse Elizabeth, suavemente. — Ainda estou esperando meus pedidos do pó de fadas se realizarem.

— Ah, eu não me preocuparia com isso — comentou Ivan, sério. — Só leva um tempo para processar. Você não vai ter que esperar muito.

Elizabeth riu e olhou o céu, esperançosa.

Alguns minutos depois, sentindo que ela devia estar pensando na irmã, Ivan perguntou:

— Alguma notícia de Saoirse?

Elizabeth fez que não uma vez só.

— Ela vai voltar para casa — disse Ivan, com certeza.

— Sim, mas em que condição? — respondeu Elizabeth, insegura. — Como as outras famílias conseguem segurar as pontas? E, mesmo quando têm problemas, como conseguem esconder do resto das pessoas no bairro? — indagou ela, confusa, pensando em todos os sussurros que andava ouvindo nos últimos dias sobre o comportamento do pai e o desaparecimento da irmã. — Qual é o segredo delas?

— Está vendo aquele grupo de estrelas bem ali? — perguntou Ivan, apontando para cima.

Elizabeth seguiu a mão dele, com vergonha de tê-lo entediado tanto com aquela conversa sobre sua família que ele mudara de assunto. Ela fez que sim.

— A maioria dos meteoros de uma chuva de meteoros comum fica paralelo um ao outro. Parecem emergir do mesmo ponto no céu, chamado "radiante", e viajam a partir desse ponto para todas as direções.

— Ah, entendo.

— Não, não entende. — Ivan virou-se de lado para mirá-la. — As estrelas são como as pessoas, Elizabeth. Só porque *parecem* vir do mesmo ponto, não quer dizer que venham. É uma ilusão de perspectiva criada pela distância. — E, como ela não tinha entendido bem tudo aquilo, ele completou: — Nem todas as famílias vão conseguir segurar as pontas. Cada um se move em uma direção diferente. Achar que todos emergirmos do mesmo ponto é um equívoco. Viajar em direções diferentes é a própria natureza de cada ser e cada coisa que existe.

Elizabeth virou a cabeça e mirou o céu de novo, tentando ver se o que ele dizia era verdade.

— Bom, eu teria acreditado... — murmurou, vendo mais estrelas aparecerem a cada segundo da escuridão.

Ela estremeceu e apertou mais o xale ao redor de si. A areia estava ficando mais fria a cada hora que passava.

— Você está com frio? — perguntou Ivan, preocupado.

— Um pouco — admitiu ela.

— Certo, bom, a noite ainda não acabou — disse ele, ficando de pé em um pulo. — Hora de se aquecer. Posso pegar a chave do seu carro?

— Só se você não for embora — brincou ela, entregando-as.

Ele pegou algo de baixo da mesa de novo e levou ao carro. Momentos depois, começou a sair uma música suave pela porta aberta, e ele começou a dançar.

Elizabeth riu, nervosa.

— Ivan, o que está fazendo?

— Dançando! — respondeu, ofendido.

— Que tipo de dança?

Ela aceitou a mão estendida dele, e permitiu-se ser colocada de pé.

— Sapateado — anunciou ele, dançando habilmente. — Também chamado dança na areia, o que quer dizer que sua mãe não estava tão maluca de querer sapatear na areia, afinal!

As mãos de Elizabeth foram até a boca, lágrimas encheram seus olhos de felicidade quando ela percebeu que estava realizando mais uma das atividades pretendidas por ela e sua mãe.

— Por que você está realizando todos os sonhos da minha mãe? — perguntou ela, analisando o rosto dele em busca de respostas.

— Para você não fugir atrás deles igual a ela — respondeu ele, pegando a mão dela. — Vamos, dance comigo!

— Não sei dançar!

— É só me imitar. — Ele virou as costas e se afastou dançando, balançando os quadris de maneira exagerada.

Levantando o vestido acima dos joelhos, Elizabeth deixou a cautela de lado e se juntou ao sapateado na areia à luz do luar, rindo até a barriga doer e ela ficar sem fôlego.

— Ah, você me faz sorrir tanto, Ivan — arfou ela, caindo na areia mais tarde.

— Só estou fazendo o meu trabalho. — Ele sorriu de volta. Assim que as palavras tinham saído da boca dele, o sorriso foi embora, e Elizabeth detectou um toque de tristeza naqueles olhos azuis.

CAPÍTULO 30

Elizabeth permitiu que o vestido vermelho deslizasse pelo seu corpo e se amontoasse nos tornozelos, e então deu um passo para fora dele. Enrolou um roupão quente ao redor do corpo, prendeu o cabelo e subiu na cama com uma xícara de café que tinha levado para o andar de cima. Desejava dormir com Ivan essa noite. Apesar de seus progressos anteriores — queria que ele a pegasse nos braços na areia da gruta —, parecia que, quanto mais ela se sentia atraída por ele, mais ele se afastava.

Depois de verem as estrelas bailando no céu e de dançarem na areia, Ivan tinha se retraído no carro de volta para casa. Tinha pedido que ela o deixasse na cidadezinha, de onde iria para casa, onde quer que essa casa fosse. Ele ainda não a tinha levado lá nem a apresentado a amigos e familiares. Elizabeth nunca tivera interesse em conhecer as pessoas na vida de seus parceiros antes. Sentia que, desde que gostasse da companhia de seus namorados, era irrelevante gostar ou não daqueles que os cercavam. Mas, com Ivan, sentia que precisava ver outro lado. Precisava testemunhar seus relacionamentos com outras pessoas para que ele se tornasse um personagem tridimensional. Os antigos parceiros de Elizabeth sempre queriam isso, e agora ela entendia o que eles desejavam.

Elizabeth observou Ivan pelo retrovisor enquanto se afastava, intrigada em saber para que direção ele caminharia. Ele tinha olhado para a direita e para a esquerda nas ruas desertas, vazias naquela hora avançada da noite, e começado a caminhar para a esquerda, na direção das montanhas e do hotel. Depois de alguns passos, ele parou, virou-se e caminhou na outra direção. Atravessou a rua e andou confiante rumo a Killarney, parando de repente, cruzando os braços em frente ao peito e sentando-se no parapeito de pedra do açougue.

Ela achava que ele não sabia onde morava ou, se soubesse, não sabia chegar lá. Entendia como ele se sentia.

Na segunda à tarde, Ivan parou à porta do escritório de Opal e deu uma risadinha ao ouvir Oscar reclamando com ela por dez minutos inteiros. Por mais que fosse divertido ouvi-lo, eles precisariam apressar aquela reunião, porque Ivan tinha um encontro com Elizabeth às seis. Tinha vinte minutos. Não a via desde a chuva de meteoros do Delta Aquáridas no sábado à noite, a melhor noite de sua longuíssima vida. Depois disso, ele tentara se afastar dela. Tentara ir embora de Baile na gCroíthe, passar para outra pessoa que precisasse de sua ajuda, mas não conseguia. Não se sentia atraído em nenhuma outra direção que não a de Elizabeth, que era mais forte do que qualquer outra atração que ele já sentira. Dessa vez, não era só a mente dele o puxando, mas o coração.

— Opal — disse Oscar, o tom sério flutuando até o corredor —, preciso desesperadamente de mais equipe para a semana que vem.

— Sim, entendo, Oscar, e já estamos combinando de Suki ajudá-lo no laboratório — explicou Opal com gentileza, mas firme. — Por enquanto, é só o que podemos fazer.

— Mas não é bom o bastante! — retrucou, bufando. — Na noite de sábado, milhões de pessoas viram o Delta Aquáridas, sabe quantos desejos vão cair aqui nas próximas semanas?

Ele não esperou por uma resposta, que Opal também não ofereceu.

— Opal, preciso de mais gente. Embora Suki seja eficiente na área de administração, não é qualificada para análise. Ou recebo ajuda de mais equipe, ou você vai ter que achar um novo analista de desejos.

Oscar foi até a porta e passou por Ivan, indo embora pelo corredor e reclamando alto:

— Depois de anos estudando para ser meteorologista, tenho que ficar fazendo *isso*.

— Ivan — chamou Opal.

— Como você faz isso? — perguntou Ivan, entrando no escritório. Ele estava começando a achar que ela via através das paredes.

Opal levantou os olhos da mesa e deu um sorriso fraco, e Ivan respirou rápido. Ela parecia muito cansada, com olheiras escuras sob os olhos avermelhados. Parecia que não dormia havia semanas.

— Você está atrasado — disse ela, gentilmente. — Devia ter chegado às nove da manhã.

— Devia? — indagou Ivan, confuso. — Só vim fazer uma pergunta rápida. Preciso ir embora num minuto — continuou, rapidamente.

Elizabeth, Elizabeth, Elizabeth, cantarolou mentalmente.

— Combinamos que você ia me cobrir hoje, lembra? — disse Opal com firmeza, levantando-se de sua mesa e contornando-a.

— Ah, não, não, não — respondeu Ivan depressa, dando um passo para trás na direção da porta. — Eu adoraria ajudar, Opal, adoraria mesmo. Ajudar é uma das minhas coisas favoritas, mas não posso agora. Combinei de encontrar minha cliente. Não posso faltar, sabe como é.

Opal se apoiou na mesa, cruzou os braços e inclinou a cabeça para o lado. Piscou, e seus olhos se fecharam devagar e cansados, levando uma eternidade para abrir de novo.

— Então, ela agora é sua *cliente*, é? — quis saber, exausta.

Cores escuras a cercavam hoje. Ivan as via irradiando de todo o corpo dela.

— Sim, ela é minha cliente — respondeu ele, menos confiante. — E não posso desmarcar com ela hoje à noite.

— Cedo ou tarde, você vai ter que se despedir dela, Ivan.

Ela falou aquilo de forma tão fria, sem rodeios nem floreios, que ele se arrepiou. Engoliu em seco e trocou o peso dos pés.

— O que acha disso? — perguntou ela, quando ele não respondeu.

Ivan pensou um pouco. Seu coração bateu forte no peito e parecia que ia subir pela garganta e sair pela boca. Seus olhos se encheram d'água.

— Não quero pensar nisso — disse ele, baixinho.

Os braços de Opal baixaram devagar para as laterais do corpo.

— Perdão? — perguntou ela, com um pouco mais de suavidade.

Ivan pensou em sua vida sem Elizabeth e respondeu com mais confiança:

— Não quero me despedir dela. Quero ficar com ela para sempre, Opal. Ela me faz mais feliz do que jamais me senti na vida e me diz que faço o mesmo por ela. Com certeza, seria errado me afastar disso.

Ele deu um sorriso largo, lembrando a sensação de estar com ela. O rosto duro de Opal suavizou.

— Ah, Ivan, eu sabia que isso ia acontecer.

Havia pena na voz dela, e ele não gostou. Teria preferido raiva.

— Mas achei que você ia ter tomado a decisão certa há muito tempo.

— Que decisão?

O rosto de Ivan se fechou com o pensamento de ter tomado a decisão errada.

— Perguntei o que devia fazer, e você não quis me falar.

Ele começou a entrar em pânico.

— Você devia tê-la deixado há muito tempo, Ivan — retrucou ela, triste —, mas eu não podia mandá-lo fazer isso. Você precisava perceber sozinho.

— Mas eu não podia deixá-la.

Ivan se sentou na cadeira diante da mesa dela devagar, com a tristeza e o choque tomando conta de seu corpo.

— Ela continuava me vendo. — A voz dele era quase um sussurro. — Eu não podia ir embora enquanto ela continuasse me vendo.

— *Você* fez com que ela continuasse te vendo, Ivan — explicou Opal.

— Não fiz, não.

Ele se levantou e se afastou da mesa, com raiva da sugestão de que algo no relacionamento deles tinha sido forçado.

— Você a seguiu, a observou por dias, permitiu que a pequena conexão de vocês dois florescesse. Você se conectou com algo extraordinário e fez com que ela também percebesse isso.

— Você não sabe do que está falando — argumentou ele, andando pela sala. — Não tem ideia de como nenhum de nós dois está se sentindo.

Ele parou de andar, marchou até ela e a olhou bem nos olhos, com o queixo levantado e a cabeça firme.

— Hoje vou dizer a Elizabeth que a amo e quero passar meus dias com ela. Ainda posso ajudar as pessoas enquanto estivermos juntos.

Opal colocou as mãos no rosto.

— Ivan, não pode fazer isso!

— Você me ensinou que não tem nada que eu não possa fazer — rosnou ele entredentes.

— Ninguém mais vai ver você, só ela! — exclamou Opal. — Elizabeth não vai entender. Não vai dar certo.

Ela estava claramente atordoada com aquela revelação.

— Se o que você está dizendo é verdade e eu fiz Elizabeth me ver, posso fazer todos os outros me verem também. Ela vai entender. Ela me entende como mais ninguém. Tem alguma ideia de como é isso?

Ele estava animado com a perspectiva. Antes, era só um pensamento, mas, agora, era uma possibilidade. Ele podia fazer aquilo acontecer. Olhou para o relógio: 17h50. Ele tinha dez minutos.

— Preciso ir — disse ele, com urgência. — Preciso dizer a ela que a amo.

Ivan caminhou na direção da porta com confiança e determinação.

De repente, a voz de Opal quebrou o silêncio.

— Eu sei como você se sente, Ivan.

Ele parou de repente, virou e balançou a cabeça.

— Você não pode saber como é, Opal, a não ser que tenha passado pela mesma coisa. Não pode nem começar a imaginar.

— Já passei — confessou baixinho ela, incerta.

— Como é?

Ele a olhou com desconfiança, os olhos semicerrados.

— Já passei — repetiu ela, com mais autoridade na voz, e cruzou as mãos na frente da barriga, unindo os dedos. — Eu me apaixonei por um homem que me viu mais do que eu já tinha sido vista a vida inteira.

Houve um silêncio na sala enquanto Ivan tentava assimilar aquilo.

— Então isso devia fazer com que você me entendesse ainda mais.

Ivan deu um passo na direção dela, animado com aquela revelação.

— Pode não ter terminado bem para você, Opal, mas, para mim — comentou, dando um sorriso largo —, quem sabe?

Ele jogou as mãos para o alto e deu de ombros.

— Pode ser a minha chance!

Opal o mirou com seus olhos cansados.

— Não.

Ela balançou a cabeça, e o sorriso dele desapareceu.

— Vou mostrar uma coisa, Ivan. Venha comigo, deixe o escritório para lá.

Ela fez um gesto de desprezo com a mão, mostrando a sala.

— Venha comigo para sua lição final.

Ela deu uma batidinha carinhosa no queixo dele.

Ivan olhou para o relógio.

— Mas Eli...

— Esqueça Elizabeth por enquanto — pediu ela, suavemente. — Se escolher não aceitar meu conselho, terá Elizabeth amanhã, no dia seguinte e todos os dias pelo resto da vida dela. Vale a pena arriscar.

Ela estendeu a mão para ele, que a segurou, relutante. A pele dela estava gelada.

CAPÍTULO 31

Elizabeth se sentou no último degrau da escada e olhou pela janela para o jardim da frente. O relógio na parede dizia 18h50. Ivan nunca tinha se atrasado antes, e ela esperava que ele estivesse bem. Mas, no momento, sentia muito mais raiva do que preocupação. O comportamento dele no sábado à noite tinha lhe dado motivo para pensar que ele não tinha aparecido porque algo importante aconteceu. Ela pensou em Ivan o dia todo ontem, no fato de não conhecer os amigos, a família ou os colegas de trabalho dele, na falta de contato sexual e, de madrugada, lutando para achar o sono, percebeu que estava se enganando: ou Ivan já estava em um relacionamento, ou não queria começar um.

Ela tinha ignorado qualquer sensação incômoda até esse momento. Para Elizabeth, era incomum não planejar, não saber para onde uma relação estava indo. Ela não ficava confortável com isso. Gostava de estabilidade e rotina, tudo o que faltava em Ivan. Ela estava igual ao pai, sentada esperando por um espírito livre, e teve certeza de que aquilo nunca daria certo. E nunca havia discutido seus medos com Ivan — por quê? Porque, quando estava com ele, todos os medos se dissipavam. Ele aparecia, pegava a mão dela e a levava para mais um capítulo emocionante de sua vida, e, embora às vezes ficasse relutante ou apreensiva em segui-lo, nunca ficava nervosa estando *com* ele. Era quando estava sem ele, em momentos como esse, que questionava tudo.

Estava decidida a se distanciar de Ivan. Conversaria com ele essa noite. Diria que eram como água e óleo. Que a vida dela era cheia de conflitos e que, até onde sabia, Ivan fugia de conflitos. Com os segundos correndo e Ivan 51 minutos atrasado, parecia que, afinal, não precisaria falar com ele. Ela ficou ali sentada com sua nova calça casual e camisa, ambos na cor creme — cor que nunca usara antes —, e sentiu-se tola. Tola por ouvi-lo, por acreditar nele, por não interpretar direito os sinais e, ainda pior, por se apaixonar por ele.

A raiva estava mascarando a dor, mas a última coisa que ela queria fazer era ficar em casa sozinha. Pegou o telefone e discou.

— Benjamin, é Elizabeth — disse, rapidamente, falando antes de ter chance de voltar atrás. — Que tal ir comer aquele sushi hoje?

— Onde estamos? — perguntou Ivan, caminhando por uma rua de paralelepípedos mal iluminada na periferia de Dublin.

Poças se formavam nas superfícies desiguais de uma área que consistia principalmente de armazéns e propriedades industriais. Uma casa de tijolo vermelho estava sozinha entre todas as construções.

— Aquela casa parece engraçada ali no meio, sozinha — comentou Ivan. — Um pouco solitária e deslocada.

— É para lá que estamos indo — disse Opal. — O proprietário dessa casa se recusou a vender a propriedade às empresas ao redor. Permaneceu aqui enquanto os prédios foram surgindo.

Ivan analisou a casinha.

— Aposto que ofereceram um bom valor. Ele podia ter comprado uma mansão em Hollywood Hills com o que teriam pago.

Ele olhou para seus tênis All-star vermelhos no meio de uma poça.

— Decidi que paralelepípedos são minha coisa favorita.

Opal sorriu de leve.

— Ah, Ivan, é muito fácil amar você, sabia?

Ela seguiu caminhando sem esperar resposta. Que bom, porque Ivan não tinha certeza daquilo.

— O que estamos fazendo? — perguntou ele pela décima vez desde que tinham saído do escritório.

Pararam em frente à casa, e Ivan observou Opal analisando-a.

— Esperando — respondeu Opal, calmamente. — Que horas são?

Ivan checou o relógio.

— Elizabeth vai ficar muito brava comigo... — constatou, soltando um suspiro em seguida. — Acabou de dar sete horas.

240

Bem naquele momento, a porta da frente da casa de tijolos vermelhos se abriu. Um velho se apoiou no batente, que parecia funcionar como uma muleta. Ficou olhando lá para fora, tão fixado no horizonte que parecia estar vendo o passado.

— Venha comigo — pediu Opal, atravessando a rua na direção da casa.

— Opal — sibilou Ivan —, não posso entrar na casa de um estranho.

Mas Opal já tinha desaparecido lá dentro.

Ivan rapidamente saltitou pela calçada e pausou na porta.

— Hã, oi, eu sou o Ivan.

Estendeu a mão.

As mãos do velho continuaram agarradas ao batente. Seus olhos cheios d'água olhavam para o nada.

— Certo — disse Ivan, desajeitado, retraindo a mão. — Então, vou só passar por você para ir até Opal.

O homem não piscou, e Ivan entrou na casa. O lugar cheirava a coisa velha, como se uma pessoa velha vivesse ali com móveis velhos, um rádio antigo e um relógio de pêndulo. O tique-taque do relógio era a coisa mais barulhenta no imóvel silencioso. A essência da casa soava e cheirava como o tempo, uma longa vida ouvindo aqueles tiques.

Ivan encontrou Opal na sala, olhando cada foto emoldurada, que ocupavam todas as superfícies do cômodo.

— É quase tão ruim quanto seu escritório — provocou ele. — Vamos lá, me diga, então, o que está acontecendo.

Opal se virou para ele e sorriu com tristeza.

— Eu disse que entendo como você se sente.

— Sim.

— Disse que sabia como era se apaixonar.

Ivan fez que sim.

Opal suspirou e uniu as mãos de novo, como se estivesse se preparando para dar uma má notícia.

— Bem, esta é a casa do homem por quem me apaixonei.

— Ah — disse Ivan, suavemente.

— Ainda venho aqui todo dia — explicou ela, olhando ao redor da sala.

— O velho não se importa de a gente entrar?

Opal deu um pequeno sorriso.

— O velho é o homem por quem me apaixonei.

Ivan ficou de queixo caído. A porta da frente se fechou. Passos se aproximavam dele lentamente em tábuas que rangiam.

— Não! — sibilou Ivan. — O velho? Mas ele é muito velho! deve ter pelo menos uns oitenta anos! — sussurrou, em choque.

O homem entrou na sala. Um acesso de tosse fez com que ele parasse e seu corpo estremecesse. Ele fez uma careta de dor e, devagar, apoiando as mãos nos braços da poltrona, sentou-se.

Ivan olhou do velho para Opal e vice-versa, com uma expressão enojada que tentou, sem sucesso, esconder.

— Ele não consegue ouvir nem ver você. Estamos invisíveis para ele — avisou Opal em voz alta.

A frase que ela disse a seguir mudaria a vida de Ivan para sempre. Vinte e uma palavras simples que ele a ouvia dizer todo dia, mas nunca naquela sequência. Ela pigarreou, e sua voz vacilou levemente quando disse por cima do tique-taque do relógio:

— Lembre-se, Ivan, há quarenta anos, quando eu e ele nos conhecemos, ele não era velho. Era como eu sou agora.

Opal observou o rosto de Ivan exibir muitas emoções diferentes em questão de segundos. Ele foi de confusão para choque, depois descrença, pena e, assim que pensou nas palavras de Opal, desespero. O semblante dele se contraiu, ele ficou pálido, e Opal correu ao seu encontro para estabilizar o corpo que balançava. Ele a segurou com força.

— Era isso que eu estava tentando dizer, Ivan — sussurrou ela. — Você e Elizabeth podem viver juntos e felizes na própria bolha sem ninguém saber, mas o que você está esquecendo é que ela vai fazer aniversário todo ano e você, não.

O corpo de Ivan começou a tremer, e Opal o abraçou mais forte.

— Ah, Ivan, sinto muito — disse ela. — Sinto muito mesmo.

Ela o ninou enquanto ele chorava e chorava.

* * *

— Eu o conheci em circunstâncias muito similares àquelas em que você conheceu Elizabeth — explicou Opal naquela noite, depois de as lágrimas dele pararem.

Os dois estavam sentados nas poltronas de Geoffrey, o amor de Opal. Ele continuava sentado em sua poltrona perto da janela em silêncio, olhando pela sala e ocasionalmente tendo acessos de tosse terríveis que faziam Opal correr de forma protetora até ele.

Com seus dreadlocks pendendo ao redor do rosto de olhos marejados e bochechas marcadas por lágrimas, ela segurava um lenço nas mãos enquanto contava a história.

— Cometi os mesmos erros que você, inclusive o que você estava prestes a fazer hoje.

Ela fungou e se forçou a sorrir. Ivan engoliu em seco.

— Ele tinha 40 anos quando o conheci, e ficamos juntos por vinte anos, até que se tornou difícil demais.

Os olhos de Ivan se arregalaram, e a esperança voltou ao coração dele.

— Não, Ivan.

Opal meneou a cabeça, triste, e foi a fraqueza na voz dela que o convenceu. Se ela tivesse falado com firmeza, ele teria retaliado da mesma forma, mas a voz dela transparecia dor.

— Não ia funcionar para você.

Ela não precisava dizer mais nada.

— Ele parece ter viajado muito — comentou Ivan, olhando as fotos.

Geoffrey na frente da Torre Eiffel, Geoffrey na frente da Torre de Pisa, Geoffrey deitado na areia dourada da praia de um país distante, sorrindo e parecendo muito saudável e feliz em várias idades em cada foto.

— Pelo menos, ele conseguiu seguir em frente de alguma forma e fazer essas coisas sozinho.

Ele sorriu, encorajador. Mas Opal o olhou, confusa.

— Mas eu estava lá com ele, Ivan.

A testa dela se enrugou.

— Ah, que legal.

Ele ficou surpreso e perguntou:

— Você tirou as fotos?

— Não.

O rosto dela mostrou decepção.

— Eu também estou nas fotos, você não consegue me ver?

Ivan fez que não com a cabeça, devagar.

— Ah! — disse ela, analisando-as e vendo uma foto diferente do que Ivan via.

— Por que ele não vê mais você? — perguntou Ivan, observando Geoffrey pegar um punhado de remédios controlados e engolir com água.

— Porque não sou quem eu era antes, e é por isso que você não me vê nas fotos. Ele está esperando uma pessoa diferente, então a conexão que tínhamos se foi — respondeu ela.

Geoffrey se levantou da poltrona, pegou sua bengala e foi até a porta da frente. Abriu-a e parou no batente.

— Vamos, hora de ir embora — disse Opal, levantando-se da cadeira e indo para o corredor.

Ivan a olhou com perplexidade.

— Quando começamos a nos ver, eu o visitava toda noite, das sete às nove — explicou ela — e, como não posso abrir portas, ele ficava lá me esperando. Faz isso desde que nos conhecemos. É por isso que ele não quis vender a casa. Acha que é o único jeito de eu encontrá-lo.

Ivan viu o velho vacilando enquanto olhava para o horizonte, talvez pensando no dia em que Opal e ele tinham se divertido na praia ou na visita à Torre Eiffel. Ivan não queria aquilo para Elizabeth.

— Tchau, minha Opal — disse a voz grave dele, baixinho.

— Boa noite, meu amor.

Opal deu um beijo na bochecha dele. O homem fechou os olhos com suavidade.

— Vejo você amanhã — concluiu ela.

CAPÍTULO 32

Finalmente, eu entendi. Sabia o que precisava fazer. Precisava realizar o trabalho que fui enviado para fazer: tornar a vida de Elizabeth o mais confortável possível para ela. Mas tinha me envolvido tanto que teria que ajudar a curar antigas feridas *e* as novas feridas, tolamente causadas por mim. Eu estava com raiva de mim mesmo por bagunçar tudo, por me deixar levar e me distrair. Minha raiva sobrepujava a dor que eu sentia, e eu achava bom, porque, para ajudar Elizabeth, precisava ignorar meus sentimentos e fazer o melhor para ela — que era o que eu devia ter feito desde o início. Mas esse é o problema com lições: a gente sempre as aprende quando não espera nem deseja. Eu teria muito tempo na vida para lidar com a dor de perdê-la.

Eu tinha passado a noite caminhando, pensando nas últimas semanas de minha vida. Nunca fizera isso antes, sabe? Pensar na *minha* vida. Nunca havia parecido relevante para meu objetivo, mas sempre devia ter sido. Eu me vi de volta à Fuchsia Lane na manhã seguinte, sentado na mureta do jardim onde, há um mês, conheci Luke. A porta fúcsia ainda sorria para mim, e acenei de volta. Pelo menos, a porta não estava brava comigo, mas eu sabia que Elizabeth estaria. Ela não gosta que as pessoas se atrasem, seja para reuniões de negócio, seja para jantares. Eu tinha dado um bolo nela. Não intencionalmente. Não por malícia, mas por amor. Imagine deixar de ver alguém porque você ama demais a pessoa. Imagine machucar uma pessoa, fazê-la se sentir solitária, não amada e deixá-la irritada por achar que é o *melhor* para ela. Todas essas novas regras estavam fazendo com que eu duvidasse de minhas habilidades como melhor amigo. Eu não entendia, eram leis que me deixavam desconfortáveis. Como eu podia ensinar a Elizabeth sobre esperança, felicidade, risada e amor quando não sabia mais se acreditava nessas coisas? Ah, sabia que eram possíveis, mas com a possibilidade vem a impossibilidade. Uma palavra nova no meu vocabulário.

Às seis da manhã, a porta fúcsia se abriu e fiquei em posição de alerta, como se uma professora tivesse entrado na sala. Elizabeth saiu, fechou a porta atrás de si, trancou e caminhou pela entrada de paralelepípedos. Estava vestindo de novo seu moletom marrom- -chocolate, a única roupa casual de seu armário. O cabelo dela estava preso de forma bagunçada, ela estava sem maquiagem, e acho que eu nunca a vira tão bonita na vida. Uma das mãos pegou meu coração e torceu momentaneamente. Doeu.

Ela levantou os olhos, me viu e parou. O rosto dela não se abriu em um sorriso como sempre. A mão no meu coração apertou mais. Mas, pelo menos, ela me via, e isso era o mais importante. Nunca deixe de dar valor quando as pessoas olham nos seus olhos — você não faz ideia da sorte que tem. Aliás, esqueça a sorte, você não faz ideia de como é *importante* ser reconhecido, mesmo que seja com um olhar de raiva. É quando você é ignorado, quando olham sem vê-lo, que você deve começar a se preocupar. Em geral, Elizabeth ignora os problemas, costuma olhá-los sem ver e nunca nos olhos. Mas eu era um problema que valia a pena resolver.

Ela caminhou na minha direção com os braços cruzados em frente ao peito, cabeça erguida, os olhos cansados mas determinados.

— Você está bem, Ivan?

A pergunta dela me atordoou. Eu esperava que ela ficasse brava, gritasse comigo e não ouvisse nem acreditasse no meu lado da história, como nos filmes, mas ela não fez isso. Estava calma, com a raiva fervilhando sob a pele, pronta para explodir dependendo do que eu dissesse. Ela estudou meu rosto, buscando por respostas em que nunca acreditaria.

Acho que ninguém tinha me feito essa pergunta antes. Eu estava pensando nisso enquanto ela analisava minha expressão. Não, eu não estava bem. Eu me sentia frágil, cansado, com raiva, com fome, e havia uma dor — não uma dor de fome, mas uma dor que começava no coração e caminhava por meu corpo e minha cabeça. Eu sentia que meus pontos de vista e minhas filosofias tinham mudado do dia para a noite. As filosofias que eu havia alegremente esculpido na pedra, recitado e jurado. Eu sentia que a magia da vida tinha cruelmente revelado suas cartas escondidas e nada daquilo era mágica, mas apenas um truque mental. Ou uma mentira.

— Ivan?

Ela parecia preocupada. Seu rosto se suavizou, seus braços caíram ao lado do corpo. Elizabeth deu um passo na minha direção e estendeu a mão para me tocar.

Eu não conseguia responder.

— Venha, ande comigo.

Ela passou o braço no meu e caminhamos pela Fuchsia Lane.

Eles caminharam em silêncio até o coração da área rural. Os pássaros cantavam alto no início da manhã, o ar fresco enchendo-lhes os pulmões. Coelhos atravessavam, ousados, na frente deles, e borboletas dançavam pelo ar, circulando-os enquanto seguiam pelos bosques. O sol brilhava através das folhas dos carvalhos, jogando luz no rosto deles como pó de ouro. O som da água os acompanhava, enquanto o aroma de eucalipto refrescava o ar. Por fim, chegaram a uma clareira em que as árvores estendiam os galhos, em uma grandiosa e orgulhosa apresentação do lago. Cruzaram uma ponte de madeira, sentaram-se em um banco duro e esculpido, e continuaram em silêncio, observando os salmões pulando pela superfície da água para pegar moscas no sol quente.

Elizabeth foi a primeira a falar.

— Ivan, levando uma vida complicada, tento ao máximo tornar as coisas o mais simples possível. Sei o que esperar e sei o que vou fazer, aonde vou, quem vou encontrar *todo dia*. Por ter uma vida cercada de pessoas complicadas e imprevisíveis, preciso de *estabilidade*.

Ela desviou o olhar do lago e olhou nos olhos de Ivan pela primeira vez desde que tinham se sentado.

— Você...

Ela inspirou fundo antes de prosseguir:

— Você tira a simplicidade da minha vida. Perturba as coisas e as vira de ponta-cabeça. E, às vezes, eu gosto disso, Ivan. Você me faz rir, me faz dançar pelas ruas e praias como uma lunática e faz com que eu sinta ser alguém que não sou.

O sorriso dela desapareceu.

— Mas, na noite passada, você fez com que eu me sentisse alguém que eu não quero ser. Eu *preciso* que as coisas sejam simples, Ivan — repetiu ela.

Houve um silêncio entre eles.

Por fim, Ivan disse:

— Sinto muito por ontem, Elizabeth. Você me conhece: não foi por mal.

Ele parou para tentar descobrir como explicar os acontecimentos da noite anterior e se devia fazer isso. Decidiu que, por enquanto, não.

— Sabe, quanto mais tenta simplificar as coisas, mais complica — comentou ele. — Você cria regras, constrói muros, afasta as pessoas, mente para si mesma e ignora os sentimentos reais. Isso não é simplificar nada.

Elizabeth passou uma mão pelo cabelo.

— Tenho uma irmã que está sumida, um sobrinho de 6 anos para criar, uma criança sobre quem eu não sei nada, um pai que não sai da frente da janela há semanas porque está esperando o retorno da esposa, que desapareceu há mais de vinte anos. Percebi ontem que estava igualzinha a ele, sentada na escada olhando pela janela, esperando por um homem sem sobrenome que me diz que é de um lugar chamado Atnoc ed Zaf, um lugar que eu procuro no Google e na porcaria da enciclopédia pelo menos uma vez por dia, e agora sei que não existe.

Ela respirou fundo.

— Eu gosto de você, Ivan, gosto mesmo, mas em um minuto você está me beijando e, no outro, está me dando um bolo. Não sei o que está se passando entre a gente. Já tenho preocupações suficientes e dor suficiente, e não vou me voluntariar para mais.

Ela esfregou os olhos, cansada.

Os dois olharam a atividade no lago, onde um salmão saltitante causava ondas na superfície, fazendo barulhos relaxantes na água. Do outro lado, uma garça se movia silenciosa e habilidosamente com suas pernas compridas pela margem. Era como um pescador trabalhando, observando e esperando pacientemente pelo momento certo de quebrar a superfície vítrea da água com o bico.

Ivan não conseguia deixar de perceber as similaridades no trabalho deles naquele momento.

Quando se derruba uma taça ou um prato no chão, há um barulho alto de algo se quebrando. Quando uma janela estilhaça, as pernas de uma mesa quebram ou um quadro cai da parede, faz barulho. Mas o coração, quando se parte, é completamente silencioso. Seria de se pensar que, de tão importante, faria o barulho mais alto do mundo ou haveria até algum tipo de som cerimonioso, como o gongo de um címbalo ou o repicar de um sino. Mas é silencioso, e quase desejamos que houvesse um ruído para nos distrair da dor.

Se há um barulho, é interno. Ele grita, e só você consegue ouvir. Grita tão alto que seus ouvidos ficam zunindo e sua cabeça dói. Debate-se em seu peito como um grande tubarão branco capturado no mar. Ruge como uma mãe urso cujo filhote foi levado. É assim que é e que soa, como uma grande fera enjaulada, em pânico e se debatendo, rugindo como prisioneira das próprias emoções. Mas assim é o amor: ninguém é imune. É selvagem, parecido com uma ferida aberta quando exposta à água salgada do mar. Mas, quando realmente se quebra, é silencioso. Você grita por dentro e ninguém consegue escutar.

Mas Elizabeth viu meu coração partido, e eu vi o dela, e, sem precisar falar, nós dois soubemos. Era hora de parar de caminhar com a cabeça nas nuvens e colocar os pés no chão, em que sempre devíamos ter ficado enraizados.

CAPÍTULO 33

— É melhor a gente voltar para casa agora — disse Elizabeth, levantando do banco.

— Por quê?

— Porque está começando a chover.

Ela o olhou como se ele tivesse dez cabeças e se encolheu quando outra gotícula de chuva caiu no rosto dela.

— Qual é o seu problema?

Ivan riu, acomodando-se no banco como sinal de que não ia a lugar nenhum.

— Por que você vive entrando e saindo de carros e prédios quando chove?

— Porque não quero me molhar. Vamos!

Ela buscou desejosa a segurança das árvores.

— Por que não gosta de se molhar? Depois seca.

— Porque não gosto.

Ela agarrou a mão dele e tentou puxá-lo do banco. Bateu o pé, frustrada, quando não conseguiu movê-lo, como uma criança que não conseguia o que queria.

— Isso não é resposta.

— Não sei.

Ela engoliu em seco.

— Eu nunca gostei de chuva. Você precisa saber todos os motivos de todos os meus menores problemas?

Ela colocou as mãos em cima da cabeça para parar com a sensação da chuva caindo nela.

— Tem um motivo para tudo, Elizabeth — comentou ele, estendendo as mãos e sentindo as gotas de chuva nas palmas.

— Bom, meu motivo é simples. Na linha da nossa conversa anterior, a chuva complica as coisas. Molhar as roupas é desconfortável e acaba em resfriado.

Ivan fez um barulhinho de programa de perguntas e respostas, sinalizando a resposta errada.

— A chuva não causa resfriado. O *frio* causa resfriado. Essa chuva é de verão, quentinha.

Ele inclinou a cabeça para trás, abriu a boca e deixou as gotas de chuva caírem lá dentro.

— Hum, quentinha e gostosa. E, aliás, você não está me dizendo a verdade.

— Como assim? — indagou ela com a voz esganiçada.

— Eu leio entre as linhas, ouço entre as palavras e sei quando um ponto não é bem um ponto, e sim um "mas" — cantarolou ele.

Elizabeth resmungou e ficou parada com os braços em torno do corpo de forma protetora, os ombros curvados como se estivessem jogando lama em cima dela.

— É só chuva, Elizabeth. Olhe ao redor.

Ele balançou as mãos para todos os lados.

— Está vendo mais alguém correndo?

— Não tem mais ninguém aqui!

— Muito pelo contrário! O lago, as árvores, a garça e os salmões, todos ficando encharcados.

Ele inclinou a cabeça para trás e continuou experimentando a chuva.

Antes de ir para as árvores, Elizabeth deu um último sermão.

— Cuidado com essa chuva, Ivan. Não é uma boa ideia beber essa água.

— Por quê?

— Porque pode ser perigoso. Sabe o efeito que o monóxido de carbono tem no ar e na chuva? Pode ser chuva ácida.

Ivan deslizou do banco segurando a garganta e fingindo sufocar. Rastejou até a beira do lago. Os olhos de Elizabeth o seguiram, mas ela continuou com o sermão.

Ele colocou a mão no lago.

— Bom, não tem contaminação fatal aqui, né?

Ele pegou um punhado de água e jogou nela.

Elizabeth ficou boquiaberta, e seus olhos se arregalaram de choque enquanto água pingava do seu nariz. Ela estendeu o braço e o empurrou com força no lago, rindo quando ele desapareceu embaixo da água.

Parou de rir quando ele não reapareceu.

Elizabeth começou a ficar preocupada e deu um passo na direção da beirada. O único movimento eram as ondas causadas pelos pingos pesados de chuva no lago calmo. As gotas frias no rosto já não a incomodavam. Um minuto se passou.

— Ivan?

A voz dela estava trêmula.

— Ivan, chega de brincadeira. Pode sair.

Ela se inclinou mais para ver se conseguia enxergá-lo.

Cantarolou baixinho para si mesma e contou até dez. Ninguém conseguia segurar a respiração por tanto tempo.

A superfície vítrea se abriu e um foguete saiu da água.

— Luta na água! — gritou a criatura, que a agarrou pelas mãos e a puxou de cabeça para o lago.

Elizabeth ficou tão aliviada de não tê-lo matado que nem ligou quando a água fria bateu em seu rosto e a cobriu.

— Bom dia, sr. O'Callaghan. Bom dia, Maureen. Olá, Fidelma, Connor, padre Murphy!

Elizabeth acenava com a cabeça para os vizinhos, séria, enquanto caminhavam pela cidade sonolenta. Olhares silenciosos e chocados a seguiam enquanto seus tênis faziam barulho e suas roupas pingavam.

— Gostei do visual — brincou Benjamin, estendendo uma xícara de café para ela, parado ao lado de um pequeno grupo de turistas que dançavam, riam e jogavam café na calçada em frente ao Joe's.

— Obrigada, Benjamin — respondeu ela, seguindo séria pela cidade, os olhos cintilando.

O sol brilhava sobre a cidade, que ainda não tinha recebido chuva naquela manhã, e seus habitantes observavam, sussurravam e riam enquanto Elizabeth Egan caminhava com a cabeça erguida, os braços balançando ao lado do corpo e um pedaço de algas preso no cabelo emaranhado.

Elizabeth jogou outro lápis de cor no chão; amassou a folha em que estava trabalhando e jogou do outro lado do cômodo. O papel caiu fora da lata, mas ela não ligou. Podia ficar lá com as outras dez bolas amassadas. Ela fez uma careta para o calendário. Um X vermelho, que originalmente assinalava a data final de Ivan, amigo invisível de Luke, que já tinha sumido há muito tempo, agora sinalizava o fim de sua carreira. Bem, ela estava sendo dramática — setembro era a data de abertura do hotel, e tudo estava correndo de acordo com o planejado. Todos os materiais haviam chegado há tempos, apenas com pequenos desastres de alguns pedidos errados. A sra. Bracken e sua equipe estavam trabalhando por longas horas fazendo almofadas, cortinas e capas de edredom, mas, dessa vez, era Elizabeth quem estava atrasando tudo. Ela não conseguia encontrar um design para a sala de brinquedos e estava começando a se detestar por ter mencionado a ideia a Vincent. Ultimamente, andava distraída demais.

Ela se sentou em seu lugar favorito da cozinha e riu sozinha ao se lembrar de seu "mergulho" da manhã.

As coisas entre ela e Ivan estavam mais esquisitas que nunca. Hoje, ela tinha de fato terminado o relacionamento, e fazer isso partira seu coração, mas aqui estava ele, ainda na casa dela, fazendo-a rir como se nada tivesse acontecido. Mas algo tinha acontecido, algo enorme, e ela sentia o efeito bem embaixo do peito. Conforme o dia seguia, ela começou a perceber que nunca tinha voltado tanto atrás em um relacionamento com um homem, mas mesmo assim se sentia confortável na companhia dele. Nenhum dos dois estava pronto para mais, ainda não, pelo menos, mas ela desejava muito que ele estivesse.

O jantar com Benjamin na noite anterior fora agradável. Ela lutava contra o fato de não gostar de sair para jantar, não gostar de comida e não gostar de conversas desnecessárias e, embora conseguisse suportar essas coisas quando estava com Ivan e às vezes até desfrutar delas, ainda era uma tarefa e tanto. Socializar não era divertido para ela, mas eles tinham muito em comum. A conversa foi agradável, e a refeição estava gostosa, mas Elizabeth não ficou chateada quando chegou a hora de voltar para casa. A mente dela estava distraída, pensando sobre o futuro com Ivan. Não se sentia assim quando Ivan ia embora.

As risadinhas de Luke a tiraram de seu devaneio.

Ivan disse:

— *Bonjour, madame.*

Elizabeth levantou os olhos e viu Ivan e Luke entrando na estufa, vindos do jardim. Cada um tinha uma lupa no olho direito, fazendo com que parecesse gigantesco. Em cima do lábio superior, ambos tinham um bigode desenhado com caneta preta. Ela não conseguiu evitar uma risada.

— Oh, mas não é parra darr risada, madame. Houve um assassinato — disse Ivan, sério, aproximando-se da mesa.

— Um assassinato — repetiu Luke.

— O quê?

Os olhos de Elizabeth se arregalaram.

— Estamos procurando pistas, madame — explicou Luke, com seu bigode desigual subindo e descendo enquanto ele falava.

— Um assassinato *térrible* aconteceu no seu *jardin* — contou Ivan, correndo a lupa pela superfície da mesa da cozinha em busca de pistas.

— Quer dizer "jardim" em francês — explicou Luke.

Elizabeth assentiu, tentando não rir.

— Perdon por entrrar em sua casa. Perrmita-me aprresentarr-nos. Sou o senhorr Monsieur e este é meu ajudante bobon, monsieur Rotudart.

Luke deu uma risadinha.

— É tradutor ao contrário.

— Ah...

Elizabeth assentiu.

— Bem, é muito bom conhecê-los, mas infelizmente estou muito ocupada aqui. Então, se não se importam...

Ela arregalou os olhos para Ivan.

— Nos importarr? É clarro que nos imporrtamos. Estamos no meio de uma investigacion de assassinato muito sérria e você está o quê?

Ele olhou ao redor, e seus olhos caíram nas bolas de papel amassadas perto da lata de lixo. Pegou uma delas e analisou com sua lupa.

— Pelo que vejo, fazendo bolas de neve — comentou Ivan.

Elizabeth fez uma careta para ele, e Luke riu.

— Precisamos interrogá-la. Tem alguma luz forrte para jogarmos na sua cara? — perguntou Ivan, olhando pelo cômodo e voltando atrás na pergunta ao ver a cara de Elizabeth. — Muito bem, madame.

— Quem foi assassinado? — perguntou Elizabeth.

— Ah, como eu suspeitava, monsieur Rotudart.

Eles andaram de um lado para outro em direções opostas, ainda com as lupas na frente do olho.

— Ela finge não saber que suspeitamos dela. Inteligente.

— Acha que foi ela? — perguntou Luke.

— Verremos. Madame, uma lagarta foi encontrada pisoteada hoje mais cedo no caminho entre a sua estufa e o varal. A família, arrasada, nos diz que ela saiu de casa quando a chuva parou e atravessou o caminho até o outro lado do jardim. Os motivos para ela querer fazer isso são desconhecidos, mas é o que as lagartas fazem.

Luke e Elizabeth se entreolharam e riram.

— A chuva parou às seis e meia da tarde, e foi quando a lagarta saiu de casa para atravessar o caminho. Pode me dizer onde estava, madame?

— Eu sou suspeita?

Elizabeth riu.

— Neste estágio da investigacion, todo mundo é suspeito.

— Bom, voltei do trabalho às 18h15 e fiz o jantar. Aí, fui até a área de serviço, tirei as roupas úmidas da máquina e coloquei em um cesto.

— E depois? O que fez?

Ivan colocou a lupa na cara dela e a moveu, analisando Elizabeth.

— Estou procurando pistas — sussurrou ele a Luke.

— Depois disso, esperei a chuva parar e aí pendurei as roupas no varal.

Ivan arquejou de modo dramático.

— Bem, então, isso quer dizer que você é a *assassin*!

— A assassina — traduziu Luke.

Os dois se voltaram para ela com as lupas no olho.

— Como tentou esconder de mim que seu aniversário é na semana que vem, sua punição será fazer uma festa no *jardin* dos fundos em memória do monsieur Rastejador, a lagarta — argumentou Ivan.

— Sem chance — murmurou Elizabeth.

— Eu sei, Elizabeth — ele trocou para um sotaque britânico —, ter que socializar com a plebe da aldeia é terrivelmente pavoroso.

— Que plebe?

Elizabeth apertou os olhos.

— Ah, só algumas pessoas que convidamos — comentou Ivan, dando de ombros. — Luke enviou os convites hoje de manhã, ele não é ótimo?

Ele fez um gesto de cabeça na direção de um Luke orgulhoso e sorridente.

— Na semana que vem, você será anfitriã de uma festa no jardim. Pessoas que você não conhece vão invadir sua casa, possivelmente sujá-la. Acha que consegue aguentar?

CAPÍTULO 34

Elizabeth se sentou de pernas cruzadas no lençol branco que cobria o piso de cimento empoeirado da obra. Seus olhos estavam fechados.

— Então, é para cá que você vem todo dia quando desaparece.

Os olhos de Elizabeth continuaram fechados.

— Como você faz isso, Ivan?

— Faço o quê?

— Simplesmente aparece do nada bem quando estou pensando em você.

Ela o ouviu rir de leve, mas ele não respondeu à pergunta.

— Por que essa sala é a única que não foi finalizada? Nem iniciada, pelo que parece.

Ele parou atrás dela.

— Porque preciso de ajuda. Estou travada.

— Ora, veja só, Elizabeth Egan pedindo ajuda.

Houve um silêncio até Ivan começar a cantarolar uma música familiar, a música que ela não conseguia tirar da cabeça nos últimos dois meses e que a estava deixando falida, graças ao porquinho de Poppy e Becca no escritório.

As pálpebras dela se abriram de repente.

— O que você está cantarolando?

— A música de cantarolar.

— Luke ensinou a você?

— Não, *eu* ensinei a *ele*, muito obrigado.

— Ah, é? — resmungou Elizabeth. — Achei que o amigo *invisível* dele tinha inventado.

Ela riu sozinha e levantou os olhos para ele. Ivan não estava rindo.

— Por que você parece estar falando com meias na boca? O que é isso no seu rosto? Uma focinheira? — indagou ele, gargalhando.

Elizabeth ficou vermelha.

— Não é uma focinheira. Você não tem ideia de quanta poeira e bactéria tem nessa construção. Aliás, você devia estar usando capacete — avisou ela, batendo no que usava. — Deus me livre desse lugar cair na nossa cabeça.

— O que mais você está usando?

Ele ignorou o mau humor dela e a olhou de cima a baixo.

— Luvas?

— Para minhas mãos não ficarem sujas.

Ela fez um biquinho infantil.

— Ah, Elizabeth...

Ivan balançou a cabeça e andou comicamente ao redor dela.

— Depois de tudo o que ensinei, você continua se preocupando em ficar limpa e arrumada.

Ele pegou um pincel que estava ao lado de uma lata aberta.

— Ivan — disse Elizabeth, nervosa, observando-o —, o que você vai fazer?

— Você disse que queria ajuda.

Ele deu um sorriso irônico, e Elizabeth ficou de pé devagar.

— Si-im, ajuda para pintar a *parede* — alertou ela.

— Bem, infelizmente, você não especificou isso muito bem quando pediu. Então, sinto muito, mas não conta.

Ele mergulhou o pincel na tinta vermelha e o levantou, puxando as cerdas para trás e soltando na direção de Elizabeth como uma catapulta.

— Aaah, que pena que você não estava usando protetor no resto do rosto — provocou ele, vendo os olhos dela se arregalarem de raiva e choque. — Mas vale para mostrar que não importa o quanto você tente se proteger, ainda pode se machucar.

— Ivan, me jogar no lago foi uma coisa, mas isto é *ridículo* — grunhiu ela. — Aqui é meu *trabalho*. Estou falando sério, não quero mais *nada* com você, Ivan, Ivan... nem sei seu sobrenome.

— É Levísivni — explicou ele, calmamente.

— Você é *russo*, por acaso?! — gritou ela, quase hiperventilando.

— Atnoc ed Zaf também é russo ou nem *existe*?

Ela estava sem fôlego.

— Sinto muito — disse Ivan, sério, o sorriso desaparecendo. — Estou sentindo que você está chateada. Vou colocar isso de volta.

Ele colocou lentamente o pincel de volta na lata e deixou no ângulo perfeito em que tinha sido colocado, espelhando os outros.

— Foi demais. Desculpa.

A raiva de Elizabeth começou a se dissipar.

— Talvez, o vermelho seja uma cor raivosa demais para você — continuou ele. — Eu devia ter sido mais sutil.

De repente, outro pincel apareceu na frente do rosto de Elizabeth. Ela arregalou os olhos.

— Branco, quem sabe?

Ele abriu um sorriso e pintou a blusa dela.

— Ivan! — Elizabeth meio riu e meio gritou. — Está bem.

Ela foi na direção dos potes de tinta.

— Quer brincar? Posso brincar. Usar cores agora é sua coisa favorita, você disse? — murmurou ela para si mesma, colocando um pincel na lata e correndo atrás de Ivan. — Azul é sua cor favorita, sr. Levísivni?

Ela pintou uma faixa azul no rosto e cabelo dele, e começou a dar uma risada maléfica.

— Você achou isso engraçado?

Ela assentiu, histérica.

— Que bom.

Ivan riu, agarrando-a pelo pulso e a empurrando para o chão, prendendo-a com habilidade e pintando o rosto dela enquanto ela gritava e lutava para se soltar.

— Se você não parar de gritar, Elizabeth, vai ficar com a língua verde — alertou ele.

Depois de ambos estarem cobertos de tinta dos pés à cabeça e Elizabeth, rindo tanto que não conseguia mais lutar, Ivan voltou sua atenção à parede.

— Agora, o que essa parede precisa é de um pouco de tinta.

Elizabeth removeu a proteção da boca e tentou recuperar o fôlego, revelando a única cor de pele normal no rosto.

— Bom, pelo menos, isso aí foi útil — notou Ivan, e voltou-se para a parede. — Um passarinho me contou que você teve um encontro com Benjamin West.

Ele mergulhou um pincel limpo na lata de tinta vermelha.

— Um jantar, sim. Um encontro, não. E eu gostaria de dizer que saí com ele na noite em que você me deu um bolo.

Ele não respondeu.

— Você gosta dele? — perguntou Ivan.

— Ele é legal — respondeu ela, sem olhar para ele.

— Gostaria de passar mais tempo com ele?

Elizabeth começou a tirar o lençol salpicado de tinta do chão.

— Eu gostaria de passar mais tempo com você.

— E se não pudesse?

Elizabeth paralisou.

— Eu perguntaria por quê.

Ele evitou a pergunta.

— E se eu não existisse e você nunca tivesse me conhecido, ia querer passar mais tempo com Benjamin?

Elizabeth engoliu em seco, colocou o papel e as canetas na bolsa e fechou o zíper. Estava cansada de joguinhos, e aquela conversa a estava deixando nervosa. Eles precisavam discutir aquilo direito. Ela se levantou e olhou para ele. Na parede, Ivan tinha escrito "Elizabeth ❤ Benjamin" em grandes letras vermelhas.

— Ivan!

Elizabeth deu uma risadinha nervosa.

— Não seja infantil. E se alguém vir isso?!

Ela correu para pegar o pincel dele.

Ele não soltou, e os olhares dos dois se encontraram.

— Não posso dar o que você quer, Elizabeth — murmurou ele.

Um pigarreio na porta fez com que os dois pulassem.

— Oi, Elizabeth.

Benjamin a olhou com uma diversão curiosa.

— Que tema interessante.

Houve uma pausa carregada. Elizabeth olhou para sua direita.

— Foi o Ivan — acusou ela, a voz como a de uma criança.

Benjamin riu de leve.

— Ele de novo.

Ela assentiu e olhou para o pincel em sua mão, pingando vermelho em sua calça jeans. Um rosto salpicado de vermelho, azul, roxo, verde e branco ficou púrpura.

— Parece que foi *você* que foi pega pintando o sete — comentou Benjamin, e deu um passo para dentro da sala.

— Benjamin!

Ele parou no meio do passo, com uma expressão de dor com o som da voz exigente de Vincent.

— É melhor eu ir. A gente se fala depois — concluiu.

Ele foi na direção dos gritos de Vincent.

— Ah, aliás — chamou —, obrigado pelo convite da festa.

Uma Elizabeth soltando fogo pelas ventas ignorou Ivan, dobrado de rir e ocasionalmente resfolegando. Ela mergulhou o pincel na tinta branca e apagou as palavras de Ivan, tentando apagar esse momento humilhante de sua memória.

— Boa tarde, sr. O'Callaghan. Olá, Maureen. Oi, Fidelma. Oi, Connor, padre Murphy... — cumprimentou ela enquanto caminhava pela cidade para chegar ao escritório.

Tinta vermelha escorria por seus braços, tinta azul se prendia em mechas do cabelo, e a calça jeans de Elizabeth parecia a paleta de Monet. Olhares silenciosos e chocados a seguiam enquanto suas roupas continuavam pingando tinta, deixando um rastro multicolorido por onde passava.

— Por que você sempre faz isso? — perguntou Ivan, correndo ao lado dela para acompanhar o ritmo enquanto ela marchava pela cidade.

— Faço o quê? Boa tarde, Sheila.

— Você sempre atravessa a rua quando chega no pub Flanagan's, anda do outro lado e aí atravessa de novo quando chega no Joe's.

— Eu não faço isso.

Ela sorriu para outra pessoa que a olhava.

Elizabeth parou e observou o caminho que havia feito, visível pelas pegadas coloridas. Era verdade, ela tinha atravessado a rua no Flanagan's, andado do outro lado e atravessado de volta para chegar ao escritório, em vez de continuar na mesma calçada. Ela nunca tinha notado isso. Olhou de novo para o Flanagan's. O sr. Flanagan estava fumando na porta. Fez um aceno de cabeça para ela de modo estranho, parecendo surpreso por ela sustentar o olhar. Ela franziu a testa e engoliu o nó que tinha se formado em sua garganta enquanto olhava o prédio.

— Tudo bem, Elizabeth? — perguntou Ivan, interrompendo os pensamentos dela.

— Sim. — A voz dela saiu em um sussurro. Ela pigarreou, olhou confusa para Ivan e repetiu sem convencer: — Sim, estou bem.

CAPÍTULO 35

Elizabeth passou por uma sra. Bracken estupefata e desaprovadora, parada na porta com duas outras idosas, todas segurando retalhos de tecido. Elas fizeram tsc-tsc quando a jovem passou, com tinta acumulada nas pontas do cabelo, que roçavam nas costas e causavam um lindo efeito multicolorido.

— Ela está perdendo a cabeça? — disse uma das mulheres.

— Não, pelo contrário.

Elizabeth ouvia o sorriso na voz da sra. Bracken.

— Eu diria que ela está de quatro procurando a cabeça.

As outras mulheres fizeram tsc-tsc de novo e se afastaram, murmurando sobre Elizabeth não ser a única a perder a cabeça.

Elizabeth ignorou o olhar de Becca e o grito de "agora, sim!" de Poppy, e marchou para sua sala, fechando a porta suavemente atrás de si. Deixando todos de fora. Ela se apoiou na porta e tentou entender por que seu corpo tremia tanto. O que tinha sido suscitado dentro dela? Que monstros tinham acordado de um sono profundo e estavam fervilhando sob a pele? Ela inspirou fundo pelo nariz e expirou devagar, contando uma, duas, três vezes até seus joelhos pararem de tremer.

Tudo estava bem, ainda que levemente vergonhoso, enquanto ela caminhava pela cidade parecendo ter mergulhado em uma lata de tinta cor de arco-íris. O que Ivan disse...? Ele disse... e aí ela lembrou, e um frio percorreu seu corpo.

O pub Flanagan's. Ela sempre evitava o Flanagan's, afirmou Ivan. Ela não tinha notado até ele chamar atenção. Por que ela fazia isso? Por causa de Saoirse? Não, Saoirse bebia no Camel's Hump, no morro, no fim da rua. Ela continuou apoiada na porta, pensando até sua cabeça ficar tonta. A sala girou, e ela decidiu que precisava ir para casa. Para casa, onde ela podia controlar o que acontecia, quem entrava, quem saía, onde as coisas tinham seu lugar e onde todas as lembranças eram nítidas. Ela precisava de ordem.

— Cadê seu pufe, Ivan? — perguntou Calendula, me olhando de sua cadeira de madeira pintada de amarelo.

— Ah, cansei daquilo — respondi. — Agora, girar é minha coisa favorita.

— Legal — comentou ela.

— Opal está muito atrasada — observou Tommy, limpando no braço o nariz escorrendo.

Calendula desviou o olhar, enojada, alisou seu lindo vestido amarelo, cruzou os tornozelos e balançou os sapatos de couro branco e as meias com babados enquanto cantarolava a música de cantarolar.

— Ela vai vir — disse Olivia com uma voz áspera, enquanto tricotava em sua cadeira de balanço.

Jamie-Lynn estendeu a mão para pegar um biscoito de chocolate com cereais e um copo de leite na mesa de centro e, quando ela tossiu e cuspiu, o leite derramou por todo o seu braço. Ela lambeu.

— Você andou brincando de novo na sala de espera do médico, Jamie-Lynn? — perguntou Olivia, olhando-a por cima dos óculos.

Calendula enrugou o nariz de nojo e continuou penteando o cabelo de sua Barbie com um pequeno pente.

— Você sabe o que Opal falou, Jamie-Lynn. Esses lugares são cheios de bactéria. É por causa dos brinquedos de lá que você fica doente.

— Eu sei — respondeu Jamie-Lynn, com a boca cheia —, mas alguém precisa fazer companhia para as crianças que estão esperando o médico.

Vinte minutos se passaram e, por fim, Opal apareceu. Todos se entreolharam, preocupados. Parecia que a sombra de Opal tinha tomado o lugar dela. Ela não entrou flutuando na sala como sempre. Era como se cada passo estivesse sobrecarregado por baldes pesados de cimento. Todos os outros se aquietaram imediatamente, vendo a cor azul-escuro, quase preta, que a acompanhava.

— Boa tarde, meus amigos.

Até a voz dela estava diferente, como se abafada e presa em outra dimensão.

— Olá, Opal.

As respostas foram suaves e baixas, como se qualquer coisa mais do que um sussurro fosse capaz de destroçá-la.

Ela lhes deu um sorriso gentil, reconhecendo o apoio.

— Alguém que foi meu amigo por muito tempo está doente. Muito doente. Ele vai morrer e estou muito triste de perdê-lo — explicou ela.

Todos fizeram sons de conforto. Olivia parou de balançar sua cadeira, Bobby parou de andar de um lado para o outro em seu skate, as pernas de Calendula pararam de chutar, Tommy até parou de fungar a meleca de volta para o nariz, e eu parei de rodar em minha cadeira. Era coisa séria, e o grupo falou sobre como é perder um ente querido. Todos entendiam. Acontecia o tempo todo com melhores amigos e, toda vez, a tristeza era igualmente grande.

Eu não consegui contribuir com a conversa. Cada emoção que já sentira por Elizabeth se reuniu e inchou em minha garganta como um coração pulsante recebendo mais e mais amor a cada momento e, como resultado, ficando maior e mais orgulhoso. O nó em minha garganta me impedia de falar assim como meu coração que aumentava me impedia de parar de amar Elizabeth.

Quando a reunião estava terminando, Opal me olhou.

— Ivan, como vão as coisas com Elizabeth?

Todo mundo me olhou, e achei um minúsculo buraco naquele nó para o som poder passar.

— Eu não vou vê-la até amanhã, para que ela possa entender uma coisa.

Pensei no rosto dela, e meu coração bateu mais rápido e cresceu, e aquele buraco minúsculo no nó da minha garganta se fechou.

E, sem que ninguém soubesse de minha situação, todos entenderam que significava "não falta muito". Pela forma como Opal rapidamente recolheu seus arquivos e fugiu da reunião que terminara, imaginei que ela também.

Os pés de Elizabeth batiam na esteira que ficava virada para o jardim dos fundos da casa. Ela olhou para os morros, os lagos e as montanhas espalhados diante dela e correu ainda mais rápido. O cabelo balançava atrás enquanto ela corria, a testa brilhava, os braços também se moviam, e ela imaginava, como todos os dias, estar correndo por aqueles morros, através dos mares, para muito, muito longe. Depois de trinta minutos de muito correr sem sair do lugar, ela parou, saiu ofegante e fraca da pequena academia e imediatamente começou a limpar a casa, esfregando com fúria superfícies que já brilhavam.

Assim que terminou a faxina de cima a baixo, de arrancar todas as teias de aranha, limpar cada canto escondido e escuro, ela começou a fazer o mesmo com sua mente. A vida inteira, tentava não limpar aqueles cantos de sua cabeça. As teias e a poeira tinham se acomodado e, agora, ela estava pronta para começar a limpá-las. Algo estava tentando rastejar para fora daquela escuridão, e ela estava pronta para ajudar. Chega de fugir.

Ela se sentou na mesa da cozinha e olhou para o cenário espalhado diante dela, morros ondulantes, vales e lagos com fúcsia e tritônias ao redor. O céu estava escurecendo mais cedo com a chegada de agosto.

Ela pensou muito sobre nada e tudo, permitindo que o que incomodava sua mente tivesse chance de sair das sombras e se mostrar. Era a mesma sensação incômoda de quando estava deitada na cama tentando dormir, a sensação contra a qual lutava quando limpava furiosamente. Mas, ali, ela se sentou na mesa como uma mulher entregue, as mãos para o alto, permitindo que seus pensamentos a tomassem. Ela tinha passado muito tempo como uma criminosa em fuga.

— Por que você está sentada no escuro? — chamou uma voz doce. Ela sorriu de leve.

— Estou só pensando, Luke.

— Posso sentar com você? — pediu ele, e ela se odiou por querer dizer não. — Não vou falar nem tocar em nada, prometo.

Aquilo lhe deu uma pontada no coração — será que ela era tão ruim assim? Sim, ela sabia que era.

— Venha, sente-se.

Ela sorriu, puxando a cadeira ao seu lado.

Os dois ficaram sentados em silêncio na cozinha escura até Elizabeth falar.

— Luke, preciso falar com você sobre algumas coisas. Coisas que eu devia ter dito antes, mas...

Ela torceu os dedos, escolhendo com muito cuidado as palavras. Quando ela era criança, só queria que as pessoas explicassem o que tinha acontecido, para onde sua mãe tinha ido e por quê. Uma simples explicação teria evitado anos e anos de perguntas torturantes.

Ele a olhou com grandes olhos azuis emoldurados por longos cílios, bochechas gorduchas e rosadas, e um lábio superior brilhando por causa do nariz que escorria. Ela riu e passou uma das mãos pelo cabelo dele, bem loiro, e pousou-a na nuca quente do menino.

— Mas que eu não sabia como dizer — continuou ela.

— É sobre minha mãe? — perguntou Luke, as pernas balançando debaixo da mesa de vidro.

— Sim. Você já deve ter percebido que faz um tempo que ela não nos visita.

— Ela está em uma aventura — comentou Luke, alegre.

— Bom, não sei se podemos chamar assim...

Elizabeth suspirou.

— Não sei aonde ela foi, meu bem. Ela não contou para ninguém antes de ir.

— Contou para mim — respondeu ele.

— Como?

Elizabeth arregalou os olhos, e seu coração acelerou.

— Ela passou aqui antes de ir. Ela me disse que ia embora, mas não sabia por quanto tempo. E eu falei que era uma aventura, e ela riu e disse que sim.

— Ela falou por quê? — sussurrou Elizabeth, surpresa por Saoirse ter a compaixão de se despedir do filho.

— Uhum...

Ele assentiu, balançando os pés mais rápido.

— Disse que era porque é melhor para ela, e para você, e para o vovô, e para mim, porque ela ficava fazendo tudo errado e deixando todo mundo bravo. Falou que estava fazendo o que você sempre disse para ela fazer. Ela disse que ia voar.

Elizabeth segurou a respiração um pouco e lembrou como dizia para a irmã voar quando as coisas estavam difíceis em casa. Lembrou como observara a irmãzinha de 6 anos do carro quando estava indo universidade e dissera várias vezes para ela voar. Todas as emoções ficaram presas na garganta.

— O que você falou?

Elizabeth conseguiu forçar as palavras a saírem, passando a mão pelo cabelo de Luke, suave como o de um bebê, e sentindo uma necessidade avassaladora de protegê-lo mais do que qualquer coisa pela primeira vez na vida.

— Falei que ela tinha razão — respondeu Luke, direto. — Ela disse que eu já era grande e era responsabilidade minha cuidar de você e do vovô agora.

Lágrimas caíram dos olhos dela.

— Ela disse isso?

Elizabeth fungou.

Luke levantou a mão e limpou delicadamente a lágrima da tia.

— Bom, não precisa se preocupar — ela beijou a mão dele e se esticou para abraçá-lo —, porque cuidar de você é trabalho meu, viu?

A resposta dele saiu abafada, porque a cabeça estava apoiada contra o peito dela. Ela logo o soltou, para deixá-lo respirar.

— A Edith vai voltar logo — comentou ele, animado, depois de respirar fundo. — Estou ansioso para ver o que ela comprou para mim.

Elizabeth sorriu, tentou rapidamente se recompor e pigarreou.

— Podemos apresentá-la ao Ivan. Acha que ela vai gostar dele?

— Não acho que ela vai conseguir ver o Ivan.

— Não podemos ficar com ele só para nós, Luke.

Elizabeth riu.

— De todo jeito, o Ivan talvez nem esteja aqui quando ela voltar — completou ele.

O coração de Elizabeth bateu forte.

— Como assim? Ele falou alguma coisa?

Luke fez que não com a cabeça.

Elizabeth suspirou.

— Ah, Luke, só porque você se apegou ao Ivan, não quer dizer que ele vai embora, sabe. Não quero que você tenha medo de isso acontecer. Eu tinha esse medo. Pensava que todo mundo que eu amava sempre iria embora.

— *Eu* não vou embora.

Luke a olhou com carinho.

— E eu prometo que também não vou a lugar nenhum — retrucou ela, dando um beijo na cabeça dele e pigarreando. — Sabe as coisas que você e Edith fazem juntos, tipo ir ao zoológico e ao cinema, coisas assim?

Luke assentiu.

— Posso ir junto às vezes?

Luke sorriu feliz.

— Sim, seria legal.

Ele pensou um pouco.

— Somos meio que iguais agora, né? Minha mãe ir embora é meio igual ao que a sua mãe fez — comentou ele, baforando a mesa de vidro e escrevendo o nome dele na névoa com o dedo.

O corpo de Elizabeth gelou.

— Não — respondeu, impaciente —, não tem nada a ver.

Ela se levantou da mesa, acendeu a luz e começou a passar pano no balcão.

— Elas são pessoas diferentes, não é nem um pouco igual.

A voz dela tremia enquanto ela esfregava com fúria. Levantando os olhos para ver Luke, ela viu seu reflexo no vidro da estufa e congelou. A compostura e as emoções tinham desaparecido, ela parecia uma mulher possuída se escondendo da verdade, se escondendo do mundo.

E, então, ela soube.

E as lembranças que estavam nos cantos de sua mente começaram a rastejar muito lentamente para a luz.

CAPÍTULO 36

— Opal — chamei gentilmente da porta da sala dela.

Ela parecia tão frágil que eu tinha medo de que o menor dos barulhos a estilhaçasse.

— Ivan.

Ela sorriu cansada, prendendo os dreadlocks longe do rosto. Eu me vi no reflexo dos olhos brilhantes dela quando entrei na sala.

— Estamos preocupados com você. Podemos fazer alguma coisa para ajudá-la?

— Obrigado, Ivan, mas, além de ficar de olho nas coisas por aqui, não tem nada que ninguém possa fazer para ajudar. Só estou muito cansada. Andei passando as últimas noites no hospital e não dormi... Ele só tem mais alguns dias, e não quero perder quando ele...

Ela desviou o olhar para o porta-retratos em sua mesa e, quando voltou a falar, a voz estava embargada.

— Eu só queria que tivesse um jeito de eu me despedir dele, de mostrar que não está sozinho, que eu estou ao lado dele.

Opal começou a chorar.

Fui para o lado dela e a confortei, sentindo-me impotente e sabendo que, pela primeira vez, não havia nada que eu pudesse fazer para ajudar essa amiga. Ou será que havia?

— Espere um minuto, Opal. Talvez tenha um jeito. Tive uma ideia.

Então, saí correndo.

Elizabeth combinou de última hora para Luke dormir na casa de Sam. Ela precisava ficar sozinha naquela noite. Conseguia sentir uma mudança dentro de si mesma. Um calafrio percorria seu corpo e não queria ir embora. Ela se encolheu na cama, vestindo um moletom bem largo com um cobertor por cima, desesperada para se aquecer.

A lua em sua janela notou que havia algo errado e a protegeu da escuridão. O estômago de Elizabeth doía de ansiedade. As coisas que Ivan e Luke tinham dito hoje haviam virado uma chave em sua mente e destrancado um baú de memórias tão aterrorizante que ela tinha medo de fechar os olhos.

Ela olhou pela janela para a lua, através das cortinas abertas, e então se permitiu vagar!

Ela tinha 12 anos. Fazia duas semanas que a mãe a levara para um piquenique no campo, duas semanas que dissera que estava indo embora, duas semanas esperando que ela voltasse. Do lado de fora do quarto de Elizabeth, Saoirse com apenas um mês de idade chorava no colo do pai, que a aquietava e consolava.

— Shh, bebê, shh!

Ela ouvia os tons gentis dele ficando mais altos e mais baixos conforme ele andava pelo bangalô tarde da noite. Lá fora, o vento soprava, se espremendo pelas janelas e trancas da porta com um som de assovio. Ele corria e dançava pelos cômodos, provocando e fazendo cócegas em Elizabeth deitada na cama, com as mãos nas orelhas e lágrimas escorregando pelas bochechas.

Os gritos de Saoirse ficaram mais altos, os apelos de Brendan também, e Elizabeth cobriu a cabeça com o travesseiro.

— Por favor, Saoirse, por favor, pare de chorar — implorou o pai, que tentou uma canção de ninar que a mãe sempre cantava para elas.

Elizabeth apertou mais forte as mãos no ouvido, mas ainda conseguia ouvir os gritos da irmã e a canção desafinada do pai. Ela se sentou na cama, os olhos ardendo de mais uma noite de lágrimas e insônia.

— Quer a mamadeira? — perguntou o pai com suavidade por cima dos berros. — Não? Ah, meu amor, o que foi?

A voz dele estava condoída.

— Eu também sinto saudade dela, meu amor, eu também sinto...

E começou a chorar junto. Saoirse, Brendan e Elizabeth: todos choravam juntos por Gráinne, mas se sentiam sozinhos em seu bangalô varrido pelo vento.

De repente, faróis apareceram no fim da longa estrada. Elizabeth pulou de baixo das cobertas e se sentou na ponta da cama com o estômago revirado de animação. Era a mãe dela — tinha que ser. Quem mais podia estar indo até lá às dez da noite? Elizabeth pulou de felicidade.

O carro parou em frente à casa, a porta do carro se abriu e de lá saiu Kathleen, irmã de Gráinne. Deixando a porta aberta com os faróis ainda acesos e o limpador de para-brisa se movendo violentamente no vidro, ela marchou até o portão, fazendo-o ranger ao abri-lo, e bateu na porta.

Com Saoirse gritando em seus braços, Brendan abriu a porta. Elizabeth correu até o buraco da fechadura de seu quarto e espiou o que estava acontecendo no corredor.

— Ela está aqui? — exigiu Kathleen, sem um oi ou uma palavra de gentileza.

— Shhh — disse Brendan. — Não quero que acorde Elizabeth.

— Como se ela já não estivesse acordada com essa gritaria. O que você fez com essa pobre criança? — perguntou, incrédula.

— A criança quer a mãe dela — respondeu ele, elevando o tom de voz. — Como todos nós — acrescentou em tons mais suaves.

— Dê a bebê para mim — disse Kathleen.

— Você está molhada.

Brendan se afastou dela, e seus braços apertaram o bebê em seu colo.

— Ela está aqui? — perguntou Kathleen de novo, ainda com raiva na voz.

Ela continuava parada do lado de fora. Não tinha pedido para entrar nem sido convidada.

— É claro que não.

Brendan balançou Saoirse, tentando acalmá-la.

— Achei que você tinha levado ela para aquele lugar mágico que ia curá-la para sempre — comentou ele, com raiva.

— Era para ser o melhor lugar, Brendan, ou pelo menos melhor que os outros. Enfim — murmurou as próximas palavras —, ela sumiu.

— Sumiu? O que quer dizer com isso?

— Não estava no quarto hoje de manhã. Ninguém a viu.

— Sua mãe tem o hábito de desaparecer durante a noite — disse Brendan, irritado, olhando para Saoirse e a balançando. — Bom, se ela não está onde você colocou, não precisa procurar muito longe daqui. Tem certeza de que ela não está no Flanagan's?

Os olhos de Elizabeth se arregalaram, e ela ofegou. A mãe dela estava aqui em Baile na gCroíthe... Então ela não tinha ido embora.

— Pelo amor de Deus, Brendan, não pode fazer essa menina ficar quieta? — reclamou Kathleen. — Você sabe que posso cuidar das crianças. Elas podem vir morar comigo e o Alan em...

— Elas são *minhas* filhas, e você não vai tirá-las de mim igual fez com Gráinne — berrou ele.

Os lamentos de Saoirse silenciaram, e houve um longo silêncio.

— Pode ir embora — disse Brendan, já sem forças, como se sua explosão anterior tivesse quebrado sua voz.

A porta da frente se fechou, e Elizabeth viu da janela quando Kathleen bateu o portão e entrou no carro. O veículo acelerou, as luzes desaparecendo à distância junto com as esperanças de Elizabeth de acompanhá-la para ver sua mãe.

Uma faísca de esperança permaneceu. O pai dela tinha mencionado o Flanagan's. Elizabeth sabia onde ficava — passava na frente todo dia a caminho da escola. Ia fazer a mala, achar a mãe e viver com ela, longe da irmã e do pai que gritavam, e elas teriam aventuras todos os dias.

A maçaneta da porta girou, e ela mergulhou na cama e fingiu estar dormindo. Apertando os olhos com força, decidiu que, assim que o pai tivesse ido dormir, ia até o Flanagan's.

Ela ia fugir no meio da noite, igual à mãe.

— Tem certeza de que vai funcionar? — perguntou Opal.

Ela estava encostada na parede da ala hospitalar, com as mãos trêmulas apertando e soltando a barriga, cheia de ansiedade.

Ivan a olhou, incerto.

— Vale a pena tentar.

Pela janela de vidro do corredor, eles observavam Geoffrey em seu quarto particular. Ele estava com um ventilador mecânico na boca, coberta pela máscara de oxigênio, e ao seu redor aparelhos apitavam enquanto fios iam de seu corpo para as máquinas. No centro de tudo isso, o corpo dele estava imóvel e calmo, o peito subindo e descendo ritmadamente. Estavam cercados por aquele som arrepiante que só os hospitais tinham, o som da espera, de estar entre um lugar atemporal e outro.

Assim que as enfermeiras que cuidavam de Geoffrey abriram a porta para sair, Opal e Ivan entraram.

— Aqui está ela — disse Olivia ao lado da cama de Geoffrey quando Opal entrou.

Os olhos dele se abriram rapidamente, e ele começou a olhar ao redor como um louco, procurando Opal pelo quarto.

— Ela está do seu lado esquerdo, querido. Segurando sua mão.

Geoffrey tentou falar, o som saindo abafado sob a máscara de oxigênio. Opal tapou a própria boca com a mão, e seus olhos se encheram de lágrimas. O nó em sua garganta ficou mais apertado. Era uma linguagem que só Olivia conseguia entender; as palavras de um homem que estava morrendo.

Olivia assentiu enquanto ele fazia sons. Ela começou a lacrimejar e reproduziu o que Geoffrey tentara dizer.

— Ele pediu para dizer que o coração dele doeu a cada momento que vocês ficaram separados, querida Opal.

Ao ouvir isso, Ivan saiu do quarto pela porta aberta e andou o mais rápido que conseguia pelo corredor, até sair do hospital.

CAPÍTULO 37

Em frente ao quarto de Elizabeth na Fuchsia Lane, a chuva caía, batendo na janela como pedrinhas. O vento começou a aquecer suas cordas vocais, e Elizabeth, acomodada na cama, foi transportada de volta para a vez em que partiu em uma noite de inverno para encontrar sua mãe.

Ela tinha colocado na mochila da escola apenas algumas coisas: roupas de baixo, dois suéteres e saias, o livro que a mãe lhe dera e o ursinho de pelúcia. Sua caixinha de dinheiro tinha revelado 4,42 libras, e, depois de fechar sua capa de chuva em cima de seu vestido floral favorito e calçar suas galochas vermelhas, ela saiu para a noite fria. A menina pulou a pequena mureta do jardim para evitar que o som do portão alertasse seu pai, que tinha passado a dormir como o cão da fazenda, com uma orelha em pé. Ela ficou perto dos arbustos para não ser vista subindo a estrada. O vento empurrava e puxava os galhos, fazendo-os arranhar o rosto e as pernas dela, e beijos molhados de folhas ensopadas roçavam contra sua pele. Que vento terrível naquela noite. Ele chicoteava as pernas de Elizabeth e fazia arderem suas orelhas e bochechas, soprando tão forte contra seu rosto que a deixava sem fôlego. Após alguns minutos caminhando pela estrada, os dedos, nariz e lábios dela ficaram entorpecidos, e o corpo estava congelado até os ossos, mas pensar em ver a mãe naquela noite a fez seguir em frente. E foi o que ela fez.

Vinte minutos depois, ela chegou à ponte para Baile na gCroíthe. Nunca tinha visto a cidade às onze da noite. Parecia uma cidade fantasma, escura, vazia e silenciosa, como se prestes a testemunhar alguma coisa e nunca falar uma palavra sobre aquilo.

Ela caminhou na direção do Flanagan's com frio na barriga, já não sentindo mais o chicote do vento, só pura animação com a emoção de se reunir à mãe. Ela ouviu o barulho no Flanagan's antes de ver o lugar. O pub e o Camel's Hump eram as únicas construções da vila com as luzes acesas. De uma janela aberta, saíam os sons de um piano, violino, *badhrán* e cantoria e risadas altas, por vezes gritos e comemorações. Elizabeth riu sozinha, porque parecia que todo mundo estava se divertindo muito.

As pernas de Elizabeth começaram se mover mais rápido ao ver o carro da tia estacionado na frente do Flanagan's. Por trás de um portão aberto, havia um pequeno corredor, mas a porta do pub, inclusive a janela de vitral, estava fechada. Elizabeth ficou parada na entrada e sacudiu a chuva de seu casaco, pendurando-a junto aos guarda-chuvas no cabide da parede. Seu cabelo preto estava encharcado, e o nariz, vermelho e escorrendo. A chuva tinha conseguido entrar por cima das botas dela, suas pernas tremiam de frio, e seus pés faziam o mesmo barulho de quando pisava nas poças geladas.

O piano parou de repente, e um rugido alto de uma multidão de homens fez Elizabeth pular.

— Vamos lá, Gráinne, cante mais uma pra gente — pediu alguém, com a voz arrastada, e todos gritaram.

O coração de Elizabeth deu um salto ao ouvir o nome da mãe. Ela estava lá dentro! Ela cantava tão bem. Cantava pela casa o tempo todo, compondo canções de ninar e músicas infantis sozinha, e, pelas manhãs, Elizabeth amava ficar deitada na cama ouvindo-a cantarolar pelos cômodos do bangalô. Mas a voz que começou no silêncio, seguida pelos aplausos e gritos desordeiros de homens bêbados, não era a voz doce da mãe que ela conhecia tão bem.

Na Fuchsia Lane, os olhos de Elizabeth se abriram com tudo, e ela se sentou na cama. Lá fora, o vento uivava como um animal ferido. O coração dela batia forte no peito. Sua boca estava seca, e o corpo, suado.

Tirando as cobertas, ela pegou as chaves do carro na mesa de cabeceira, correu escada abaixo, jogou a capa de chuva em torno dos ombros e escapou da casa para o carro. As gotas frias de chuva bateram nela, que recordou por que odiava a sensação da chuva em seu rosto: elas a lembravam daquela noite. Ela correu para o carro, tremendo enquanto o vento jogava seu cabelo na frente dos olhos e nas bochechas e, quando se sentou ao volante, já estava ensopada.

Os limpadores de para-brisas batiam com fúria no vidro enquanto ela dirigia por ruas escuras até o centro da cidade. Atravessando a ponte, ela foi recebida pela cidade fantasma. Todos estavam trancados com segurança no calor de suas casas e pousadas. Fora o Camel's Hump e o Flanagan's, não havia vida noturna. Elizabeth estacionou o carro, saiu e ficou parada na chuva fria do outro lado da rua em frente ao Flanagan's, observando o prédio e lembrando. Lembrando aquela noite.

Os ouvidos de Elizabeth doeram com as palavras da música cantada pela mulher. Era grosseira, as palavras eram nojentas e estavam sendo cantadas em tons crassos e sujos. Cada palavra rude que Elizabeth tinha aprendido com o pai a não dizer arrancava aplausos de um bando de animais pinguços e caindo pelas tabelas.

Ela ficou na ponta dos pés para olhar pela janela de vitral vermelho e ver que mulher terrível estava cacarejando aquela canção terrível. Tinha certeza de que a mãe ia estar sentada ao lado de Kathleen, absolutamente enojada.

O coração de Elizabeth foi para a garganta e, por um minuto, ela teve muita dificuldade de respirar, pois, em cima do piano de madeira, estava sua mãe, abrindo a boca e soltando todas aquelas palavras horrendas. Uma saia que ela nunca vira antes estava puxada até as coxas e, em torno dela, um monte de homens provocava, insultava e ria enquanto ela fazia com o corpo formas que Elizabeth nunca antes vira uma mulher fazer.

— Calminha aí, rapazes — pediu o sr. Flanagan de trás do bar.

Os homens o ignoraram, continuando a lançar olhares mal-intencionados para a mãe dela.

— Mãe... — disse Elizabeth, choramingando.

Elizabeth atravessou a rua devagar na direção do Flanagan's, o coração batendo com a memória tão viva em sua mente. Ela estendeu a mão e empurrou a porta do bar. O sr. Flanagan levantou os olhos atrás do balcão e deu um pequeno sorriso, como se estivesse esperando vê-la.

A pequena Elizabeth estendeu uma mão trêmula e abriu a porta do bar. Seu cabelo estava molhado e pingando ao redor do rosto, o lábio interior fazendo um bico e tremendo. Seus grandes olhos castanhos, em pânico, vasculharam o salão, e ela viu um homem esticar a mão para tocar sua mãe.

— Larguem ela! — gritou Elizabeth, tão alto que o lugar ficou em silêncio.

A mãe parou de cantar, e todas as cabeças se viraram para a garotinha parada à porta.

— Buá, buá — disse a mãe, mais alto que todos. — Vamos todos tentar salvar a mamãe, que tal?

Ela enrolou as palavras e olhou para Elizabeth. Os olhos dela estavam injetados e escuros, não eram os olhos de que Elizabeth se lembrava tão bem. Pareciam pertencer a outra pessoa.

— Merda — xingou Kathleen, pulando do outro lado do bar e correndo até Elizabeth —, o que você está fazendo aqui?

— Eu vi-vi-vim pa-pa-pa... — gaguejou Elizabeth no salão silenciado, olhando atordoada para a mãe antes de continuar: — ... eu vim achar minha mãe para poder morar com ela.

— Bom, ela não está aqui — berrou a mãe dela, com uma voz aguda. — Vá embora!

A mulher apontou um dedo acusador.

— Pub não é lugar de pinto molhado — berrou, virando o copo, mas errando a boca e fazendo a maior parte da bebida cair em seu peito, que ficou brilhando, substituindo o cheiro do perfume doce dela pelo de uísque.

— Mas, mamãe...

— "Mas, mamãe" — imitou Gráinne, e alguns dos homens riram.

— Eu não sou sua mamãe — disse, duramente, pisando no teclado do piano e causando um som perturbador. — Lizzies molhadas que nem pinto não merecem mamães. Elas deviam ser envenenadas, todas vocês.

— Kathleen — chamou o sr. Flanagan —, o que você está fazendo? Tire ela daqui. Ela não devia estar vendo isso.

— Não posso.

Kathleen ficou pregada no lugar.

— Preciso ficar de olho em Gráinne. Tenho que levá-la embora comigo.

A boca do sr. Flanagan se abriu em choque.

— Você viu como a menina está?

A pele morena de Elizabeth tinha empalidecido. Seus lábios estavam azuis do frio, e os dentes, batendo, um vestido floral encharcado grudava no corpo, e suas pernas tremiam na galocha.

Kathleen olhou de Elizabeth a Gráinne, dividida entre as duas.

— Não posso, Tom — sibilou ela.

Tom pareceu irritado.

— Vou ter a decência de levá-la de volta para casa eu mesmo.

Ele pegou um molho de chaves de baixo do bar e começou a contorná-lo.

— NÃO! — gritou Elizabeth.

Ela olhou para a mãe, que já tinha ficado entediada com a cena e estava perdida nos braços de um estranho, virou-se para a porta e correu de volta para a noite fria.

Elizabeth ficou parada na porta do bar, o cabelo pingando, a chuva rolando pela testa e pelo nariz, os dentes batendo e os dedos anestesiados. Os sons do salão não eram os mesmos. Lá dentro, não havia música, nem gritos ou aplausos, não havia música, só o som de um tilintar ocasional de copos e uma conversa baixa. Nada mais do que cinco pessoas no bar em uma noite tranquila de terça-feira.

Um Tom envelhecido continuou a encará-la.

— Minha mãe! — disse Elizabeth, da porta. O som de sua voz infantil a surpreendeu. — Ela era alcoólatra.

Tom fez que sim.

— Ela vinha muito aqui?

Ele fez que sim de novo.

— Mas tinha semanas, semanas inteiras, em que ela não nos deixava.

A voz de Tom era gentil.

— Ela era o que chamamos de bebedora compulsiva.

— E meu pai — interrompeu-se ela, pensando no pobre pai que esperava e esperava em casa toda noite — sabia disso.

— A paciência de um santo — respondeu ele.

Ela olhou ao redor do pequeno bar para o mesmo piano velho no canto. A única coisa que tinha mudado no salão era a idade de tudo que havia nele.

— Aquela noite... — disse Elizabeth, com os olhos se enchendo de lágrimas. — Obrigada.

Tom só assentiu para ela com tristeza.

— Você a viu depois daquele dia?

Ele fez que não.

— Você... você acha que vai ver? — perguntou ela, com a voz presa na garganta.

— Não nessa vida, Elizabeth.

Ele confirmou o que ela, no fundo, sempre sentira.

— Pai... — sussurrou Elizabeth para si mesma, e saiu do bar de volta para a noite fria.

A pequena Elizabeth correu do pub, sentindo cada gota de chuva batendo em seu corpo, sentindo seu peito doer enquanto respirava o ar frio e a água molhava suas pernas quando ela pisava nas poças. Estava correndo de volta para casa.

* * *

Elizabeth entrou no carro e acelerou, saindo da cidade na direção da estrada de um quilômetro e meio que levava ao bangalô do pai. Faróis se aproximando a fizeram dar ré por onde tinha vindo e esperar o carro passar antes de seguir sua jornada.

Seu pai sabia daquilo todo esse tempo e nunca tinha contado. Ele nunca teve a intenção de estilhaçar as ilusões que ela tinha sobre a mãe, e Elizabeth sempre a colocara em um pedestal. Achara que ela era um espírito livre e o pai, uma força sufocante, um caçador de borboletas. Ela precisava chegar rápido a ele, pedir desculpas, ajeitar as coisas.

Elizabeth entrou na estrada de novo e viu um trator avançando à sua frente, algo incomum tão tarde da note. Ela deu ré no carro até a entrada da estrada mais uma vez. Com a impaciência crescendo, abandonou o veículo e começou a correr. Correu o mais rápido que podia pela estrada que a levava para casa.

— Papai!

A pequena Elizabeth soluçava enquanto corria pela estrada na direção do bangalô. Gritou o nome dele mais alto, o vento ajudando-a pela primeira vez naquela noite, levantando suas palavras e carregando-as até o bangalô. Uma luz se acendeu, seguida por outra, e ela viu a porta da frente se abrir.

— Papai! — gritou ela, ainda mais alto, e correu ainda mais rápido.

Brendan estava sentado à janela do quarto, olhando a noite escura, bebendo uma xícara de chá, desejando contra todas as possibilidades que a visão que ele esperava aparecesse. Ele tinha afastado todas elas, tinha feito o exato oposto do que queria, e era culpa dele. Agora, só podia esperar. Esperar que alguma de suas três mulheres aparecessem. Uma delas, ele tinha certeza, não podia mais voltar.

Uma movimentação à distância chamou sua atenção, e ele ficou alerta como um cão de guarda. Uma mulher corria na direção dele, o longo cabelo preto esvoaçando atrás de si, a imagem borrada pela chuva que batia na janela e escorria pelo vidro.

Era ela.

Ele derrubou a xícara e o pires no chão e se levantou, jogando a cadeira para trás.

— Gráinne — sussurrou ele.

Brendan pegou a bengala e foi o mais rápido que suas pernas permitiam até a porta da frente. Abrindo-a, apertou os olhos para a noite de tempestade, tentando ver a esposa.

Ele ouviu o ofegante e distante som da mulher que corria.

— Papai!

Não, ela não podia estar dizendo aquilo. Sua Gráinne não diria aquilo.

— Papai!

Foi transportado há mais de vinte anos pelos sons familiares. Era sua garotinha, sua garotinha estava correndo de volta para casa na chuva outra vez e precisava dele.

— Papai! — chamou ela de novo.

— Estou aqui — respondeu ele, primeiro baixinho, e depois gritou mais alto. — Estou aqui!

Ele a ouviu chorando, a viu abrir o portão que rangia, pingando, e, como fizera há vinte anos, abriu os braços para ela e a recebeu em seu abraço.

— Estou aqui, não se preocupe — consolou-a, dando tapinhas na cabeça dela e ninando-a de um lado para outro. — O papai está aqui.

CAPÍTULO 38

No dia do aniversário de Elizabeth, seu jardim mais parecia a cena do chá do Chapeleiro Maluco no País das Maravilhas. Ela colocou uma longa mesa no centro do jardim, decorada com uma toalha vermelha e branca. Cobrindo cada centímetro da mesa, havia uma enorme seleção de pratos empilhados com linguicinhas, batatinhas, patês, sanduíches, saladas, frios e doces. A grama havia sido podada até ficar na altura de um centímetro, novas flores tinham sido plantadas, e o ar cheirava a grama recém-cortada misturada ao aroma da grelha de churrasco no canto. Era um dia quente, o céu estava de uma cor índigo, sem qualquer nuvem à vista. Os morros ao redor eram de um lindo verde-esmeralda, com as ovelhas parecendo flocos de neve, e Ivan sentiu a dor de ter de se despedir daquele lugar tão lindo e das pessoas dali.

— Ivan, estou tão feliz por você estar aqui.

Elizabeth saiu apressada da cozinha.

— Obrigado — respondeu ele, sorrindo e girando para cumprimentá-la. — Uau, você está linda!

A boca dele se abriu. Elizabeth usava um vestido de alcinha branco simples, de linho, que contrastava lindamente com a pele escura azeitonada dela. O cabelo comprido estava levemente ondulado e solto, passando dos ombros.

— Dê uma voltinha — pediu Ivan, ainda impressionado com a aparência dela.

As feições de Elizabeth estavam mais suaves, tudo nela parecia mais delicado.

— Parei de dar voltinhas para homens quando fiz 8 anos. Agora pare de ficar babando, temos trabalho a fazer — disse ela, ríspida.

Bem, nem *tudo* nela estava mais delicado.

Ela olhou ao redor do jardim, mãos no quadril como se estivesse em uma patrulha.

— Ok, deixe-me mostrar o que vai acontecer aqui.

Elizabeth pegou Ivan pelo braço e o arrastou na direção da mesa.

— As pessoas vão entrar pelo portão lateral e vir primeiro para cá. Aqui pegam guardanapos, garfos, facas e pratos, depois seguem por aqui.

Ela prosseguiu, ainda agarrando o braço dele e falando rápido:

— Quando chegarem neste ponto, *você* vai estar parado atrás dessa grelha, onde vai preparar o que eles escolherem *desta* seleção.

Ela mostrou uma mesa lateral cheia de carnes.

— À esquerda fica a carne de soja, à direita, a normal. *Não* confunda as duas.

Ivan abriu a boca para protestar, mas ela levantou um dedo e continuou:

— Aí, depois de pegar os pães de hambúrguer, elas seguem para a salada, *aqui*. Por favor, veja que os molhos para os hambúrgueres estão *neste lugar*.

Ivan pegou uma azeitona, e Elizabeth deu um tapa na mão dele, fazendo-o derrubá-la na tigela. Ela continuou:

— As sobremesas ficam *aqui*, chá e café *aqui*, leite orgânico na jarra da esquerda, leite normal na da direita, banheiros *apenas* depois da porta da esquerda. Não quero ninguém andando pela casa, ok?

Ivan fez que sim.

— Alguma pergunta?

— Sim.

Ele pegou a azeitona e enfiou na boca antes de ela ter a chance de roubar da mão dele.

— Por que você está me dizendo tudo isso?

Elizabeth revirou os olhos.

— Porque nunca fiz isso antes, sabe, receber pessoas...

Ela limpou as mãos suadas em um guardanapo e continuou:

— E, como você me enfiou nessa enrascada, preciso que me ajude.

Ivan riu.

— Elizabeth, você vai ficar bem, mas me colocar para grelhar comida não vai ajudar.

— Ué, vocês não têm churrasco em Atnoc ed Zaf?

Ele ignorou o comentário dela.

— Olha, você não precisa de regras e cronogramas hoje. Só deixe as pessoas fazerem o que quiserem, andarem pelo jardim, conversarem umas com as outras e escolherem a comida sozinhas. Quem liga se começarem pela torta de maçã?

Elizabeth pareceu horrorizada.

— Começar pela torta de maçã? — indagou, ansiosa. — Mas é o lado errado da mesa. Não, Ivan, você precisa dizer para elas onde começa e onde termina a fila. Não vou ter tempo.

Ela correu na direção da cozinha.

— Pai, espero que não esteja comendo todas as linguicinhas! — gritou.

— Pai?

Ivan arregalou os olhos.

— Ele está aqui?

— Sim.

Ela revirou os olhos, mas Ivan viu que não era sério.

— Que bom que você não apareceu por aqui nos últimos dias, porque eu estava mergulhada em segredos de família, lágrimas, términos e reconciliações. Mas estamos nos acertando.

Ela relaxou um momento e sorriu para Ivan. A campainha tocou, e ela deu um pulo, o rosto contraindo de pânico.

— Relaxe, Elizabeth.

Ivan riu.

— Venha pela lateral! — gritou ela ao visitante.

— Antes de chegarem aqui, quero dar um presente a você — disse Ivan.

Um braço dele, o que ela não tinha agarrado, segurava um presente escondido, nas costas dele. Ele esticou um grande guarda-chuva vermelho para ela, cuja testa franziu em confusão.

— É para proteger você da chuva — explicou Ivan, baixinho. — Acho que teria sido útil na outra noite.

A testa de Elizabeth voltou ao normal quando ela entendeu.

— É muito amável da sua parte, obrigada.

Ela o abraçou e, de repente, levantou a cabeça.

— Mas como você sabia da outra noite?

Benjamin apareceu no portão com um buquê de flores e uma garrafa de vinho.

— Feliz aniversário, Elizabeth.

Ela se virou, e suas bochechas ficaram coradas. Ela não o via desde aquele dia na obra, quando Ivan tinha estampado o suposto amor dela por ele em grandes letras vermelhas na parede.

— Obrigada — respondeu ela, indo até ele.

Ele ergueu os presentes na direção dela, que com dificuldade achou um jeito de segurá-los junto com o guarda-chuva. Benjamin viu o objeto e riu.

— Acho que não vai precisar disso hoje.

— Ah, isso?

Elizabeth ficou ainda mais vermelha.

— Foi presente do Ivan.

Benjamin arqueou as sobrancelhas.

— Sério? Você dá trabalho para ele, né? Estou começando a achar que tem algo entre vocês dois.

Elizabeth não permitiu que seu sorriso vacilasse. Ela bem que queria.

— Aliás, ele está por aqui em algum lugar! Quem sabe eu possa finalmente apresentar vocês dois direito.

Ela procurou pelo jardim, perguntando-se por que Benjamin a achava tão engraçada o tempo todo.

— Ivan? — chamava Elizabeth.

Eu a ouvia.

— Sim — respondi, ainda concentrado em ajudar Luke a colocar seu chapéu de festa.

— Ivan? — chamou ela de novo.

— Sim — falei, impaciente, ficando de pé e olhando-a. Os olhos dela passaram por mim, e ela continuou olhando pelo jardim.

Meu coração parou de bater. Juro que consegui ouvi-lo parar.

Respirei fundo e tentei não entrar em pânico.

— Elizabeth — chamei, com a voz tão embargada e distante que eu mesmo mal a reconhecia.

Ela não se virou.

— Não sei para onde ele foi. Estava aqui agora mesmo.

Ela parecia irritada.

— Ele devia estar acendendo a grelha.

Benjamin riu de novo.

— Que apropriado. Bom, é uma forma sutil de me pedir para fazer isso, mas sem problemas.

Elizabeth o olhou confusa, perdida em pensamentos.

— Ah, ótimo, obrigada.

Ela continuou olhando ao redor. Vi Benjamin colocar o avental e Elizabeth explicar tudo a ele. Eu era um mero espectador, já não fazendo mais parte da cena. As pessoas começaram a chegar, e eu me senti tonto conforme o jardim se enchia, as vozes e as risadas ficavam mais altas, o cheiro de comida, mais forte. Observei Elizabeth tentando forçar Joe a experimentar um pouco do café saborizado dela enquanto todo mundo olhava e ria. Observei as cabeças de Elizabeth e Benjamin próximas enquanto eles compartilhavam um segredo e riam. Observei o pai de Elizabeth parado no fundo do jardim, bengala de espinheiro-negro em uma mão, xícara e pires na outra, olhando melancólico para os morros ondulantes e esperando a volta de sua outra filha. Observei a sra. Bracken e suas amigas ao lado da mesa de sobremesas, pegando de fininho outro pedaço de bolo quando achavam que ninguém estava olhando.

Mas eu estava olhando. Eu via tudo.

Eu era como um visitante em um museu, parado em frente a um quadro cheio de elementos, tentando entender aquilo, amando muito e querendo pular lá dentro e ser parte da obra. Fui empurrado cada vez mais para o fundo do jardim. Minha cabeça girava, e meus joelhos estavam fracos.

Observei Luke carregando o bolo de aniversário de Elizabeth, com ajuda de Poppy, e chamando todo mundo para cantar "Parabéns a você" enquanto o rosto de Elizabeth ficava corado de surpresa e vergonha. Observei-a me procurando sem conseguir achar, fechar os olhos, fazer um desejo e soprar as velas como a garotinha que nunca teve a festa de 12 anos e estava vivendo tudo agora. Pensei de novo no que Opal tinha dito sobre nunca fazer aniversário, nunca envelhecer, enquanto Elizabeth envelhecia e fazia aniversário, neste dia, a cada ano. O grupo sorriu e aplaudiu quando ela assoprou as velas, mas, para mim, elas representavam a passagem do tempo e, quando ela extinguiu aquelas chamas dançantes, extinguiu um pedacinho de esperança que sobrava em mim. Elas representavam o motivo de não podermos ficar juntos, e isso foi uma facada no meu coração. Os alegres convidados comemoravam, enquanto eu sofria e não conseguia evitar de ficar mais ciente do que nunca que, a cada minuto que passava, ela estava ficando mais velha. Já eu apenas sentia aquilo.

— Ivan!

Elizabeth me agarrou por trás.

— Onde você se enfiou na última hora? Fiquei procurando você por todo canto.

Fiquei tão chocado de ela me enxergar que mal consegui falar.

— Eu fiquei aqui o dia todo — disse com fraqueza, saboreando cada segundo que os olhos castanhos dela se prendiam aos meus.

— Não estava, não. Passei por aqui pelo menos cinco vezes e você não estava. Está tudo bem?

Ela parecia preocupada.

— Você está muito pálido. Comeu alguma coisa?

Ela pousou a mão na minha testa.

Fiz que não.

— Acabei de esquentar uma pizza, vou pegar um pedaço para você, tá? Qual você quer?

— Alguma com azeitonas, por favor. Azeitonas são minha coisa favorita.

Ela apertou os olhos e me estudou com curiosidade, me olhando de cima a baixo. Devagar, ela respondeu:

— Está bem, vou pegar, mas não desaparece de novo. Quero apresentar você a algumas pessoas, tá?

Assenti.

Momentos depois, ela veio correndo com uma fatia enorme de pizza. O cheiro estava muito bom, minha barriga gritou de alegria, e eu nem tinha percebido que estava com fome. Estendi as mãos para pegar o pedaço tentador, mas os olhos castanhos de Elizabeth escureceram, o rosto dela se endureceu, e ela puxou o prato.

— Que droga, Ivan, aonde você foi? — murmurou ela, correndo os olhos pelo jardim.

Meus joelhos estavam agora tão fracos que eu não conseguia mais ficar de pé. Caí na grama, com as costas escoradas na parede da casa, apoiando os cotovelos nos joelhos.

Ouvi um sussurro no meu ouvido, senti a respiração quente e o aroma de doce da boca de Luke.

— Está acontecendo, né?

Só consegui assentir.

Esta é a parte em que acaba a diversão. Esta parte não é, nem de longe, a minha favorita.

CAPÍTULO 39

Sentindo cada quilômetro a cada passo, cada pedra e cada seixo sob as solas de meus pés, e cada segundo que se passava, cheguei ao hospital exausto e sem energia. Ainda havia uma amiga que precisava de mim.

Olivia e Opal devem ter visto em meu rosto quando entrei no quarto. Elas devem ter notado as cores escuras emanando do meu corpo, a forma como meus ombros estavam curvados, a forma como o peso de tudo entre o céu e a terra de repente decidira se equilibrar sobre mim. Vi, na expressão de seus olhos cansados, que elas sabiam. É claro que sabiam — fazia parte do nosso trabalho. Pelo menos duas vezes por ano conhecíamos pessoas especiais que consumiam nossos dias e nossas noites, e cada um de nossos pensamentos, e toda vez, com todo mundo, tínhamos que passar pelo processo de perdê-las. Opal gostava de nos ensinar que não era *perda*, e sim uma questão de deixar que elas seguissem em frente. Mas eu não conseguia ver assim. Estava perdendo Elizabeth. Sem ter nenhum controle, nenhuma capacidade de fazê-la continuar comigo, ela estava deslizando por entre meus dedos. O que eu ganhava? Cada vez que deixava um amigo, ficava tão solitário quanto um dia antes de conhecê-lo, e, no caso de Elizabeth, ainda mais solitário, porque sabia estar perdendo a possibilidade de muito mais. E aqui está a pergunta que vale muito: o que nossos amigos ganham?

Um final feliz?

Dava para chamar a situação atual de Elizabeth de final feliz? Criando um menino de 6 anos que ela nunca quis, preocupada com uma irmã desaparecida, uma mãe que a abandonara e um pai complexo? A vida dela não era exatamente a mesma de quando eu chegara?

Mas acho que não era o fim de Elizabeth. *Lembre-se do detalhe*, Opal sempre me dizia. Acho que o que havia mudado na vida de Elizabeth era a mente dela, a forma como ela estava pensando. Eu só tinha plantado a semente da esperança, que a própria Elizabeth podia ajudar a crescer. E como ela estava começando a me perder de vista, talvez aquela semente estivesse sendo cultivada.

Sentei-me no canto do quarto de hospital vendo Opal agarrada às mãos de Geoffrey como se estivesse se segurando na beira de um precipício. Talvez estivesse. Dava para notar em seu rosto que ela desejava que tudo fosse como antes. Aposto que Opal teria feito ali mesmo um pacto com o diabo se ele o trouxesse de volta. Teria ido e voltado do inferno, teria enfrentado cada um de seus medos só por ele, bem ali.

As coisas que faríamos para voltar no tempo.

As coisas que não fazemos da primeira vez.

As palavras de Opal estavam sendo ditas pelos lábios de Olivia. Geoffrey não conseguia mais falar. Opal chorava e chorava, suas lágrimas aterrissando nas mãos sem vida dele. O lábio inferior dela tremia. Ela nunca tinha se despedido dele, e agora era tarde demais, ele estava indo embora antes de ela ter essa chance.

Ela o estava perdendo.

A vida, naquele momento, me pareceu sombria. Deprimente como a tinta azul rachada nas paredes construídas para segurar um prédio que devia curar as pessoas.

Geoffrey lentamente levantou uma das mãos. Dava para ver que ele estava reunindo todas as suas forças. O movimento surpreendeu todo mundo, já que ele não falava há dias nem reagia a nada. Ninguém ficou mais surpresa do que Opal, que de repente sentiu o toque da mão dele em seu rosto quando ele secou as lágrimas dela. Um contato depois de vinte anos. Ele conseguia vê-la. Opal beijou a mão dele e permitiu que ela se acomodasse no rosto dela e a consolasse em meio ao choque, alívio e arrependimento.

Geoffrey deu um arquejo final, o ar inflando seu peito pela última vez, a mão caindo na cama.

Ela o tinha perdido, e eu me perguntei se Opal ainda estava dizendo a si mesma que ele tinha simplesmente seguido em frente. Decidi naquele momento que precisava ter controle do meu momento final. Precisava dizer adeus a Elizabeth uma última vez, para ela não achar que eu tinha fugido e a abandonado. Eu não queria que ela passasse anos amarga por causa do homem que amou e partiu seu coração. Não, isso seria fácil demais para ela, lhe daria uma desculpa para não amar nunca mais. E ela queria amar de novo. Eu não queria que ela, como Geoffrey, esperasse para sempre pela minha volta e morresse velha e sozinha.

Olivia fez um aceno de cabeça encorajador quando eu me levantei, beijei o topo da cabeça de Opal, apoiada na cama, ainda agarrando a mão dele e chorando tão alto que eu sabia que era o som do coração dela se partindo. Só quando saí no ar frio notei que havia lágrimas rolando pelo meu rosto.

Comecei a correr.

Elizabeth estava sonhando. Estava dançando em um quarto branco e vazio, com água e cores de tinta sendo salpicadas ao seu redor. Ela estava cantando a música que não conseguia tirar da cabeça nos últimos dois meses, e estava feliz e livre enquanto pulava pelo quarto, vendo a tinta polposa e grossa cair nas paredes com um splash.

— Elizabeth — sussurrava uma voz.

Ela continuou girando pelo quarto. Não tinha ninguém mais lá.

— Elizabeth — sussurrou a voz, e o corpo dela começou a balançar de leve enquanto ela dançava.

— Hummm? — respondeu ela, feliz.

— Acorde, Elizabeth. Preciso falar com você.

Ela abriu um pouco os olhos e viu o rosto bonito e preocupado de Ivan ao seu lado, passou a mão no rosto dele e, por um momento, eles se entreolharam. Ela se perdeu no olhar que ele lhe lançou, tentou olhar de volta, mas perdeu a batalha com o sono e permitiu que suas pálpebras se fechassem novamente. Ainda estava sonhando, sabia disso, mas não conseguia manter os olhos abertos.

— Você consegue me ouvir?

— Hummm — respondeu ela, girando, e girando, e girando.

— Elizabeth, vim dizer que preciso ir embora.

— Por quê? — murmurou ela, sonolenta. — Você acabou de chegar. Vem dormir.

— Não posso. Adoraria, mas não posso. Preciso ir. Lembra que falei que isso ia acontecer?

Ela sentiu a respiração quente no pescoço dela, cheirou a pele dele. Estava fresca e doce, como se ele tivesse tomado um banho de frutas vermelhas.

— Hummm — respondeu ela. — Atnoc ed Zaf — afirmou, pintando frutas vermelhas na parede, esticando a mão para a tinta e sentindo o gosto como se tivessem acabado de ser espremidas.

— Algo assim. Você não precisa mais de mim, Elizabeth — continuou ele, baixinho. — Você vai parar de me ver, agora. Outra pessoa vai precisar de mim.

Ela passou uma das mãos pela mandíbula dele, sentiu a pele macia, sem pelos crescendo. Correu pelo quarto, passando a mão pela tinta vermelha. Tinha gosto de morango. Ela olhou para a lata de tinta em sua mão e os viu — uma pilha alta de morangos frescos.

— Eu entendi uma coisa, Elizabeth. Entendi o propósito da minha vida, e não é diferente do seu.

Ela sorriu.

— A vida é feita de encontros e separações. As pessoas entram na sua vida todos os dias, você diz bom dia, diz boa noite, algumas ficam por alguns minutos, outras ficam por alguns meses, algumas por um ano, outras a vida inteira. Não importa quem seja, vocês se encontram e depois se separam. Estou muito feliz de ter conhecido você, Elizabeth Egan. Vou agradecer aos céus por isso. Acho que eu a desejei a vida toda — sussurrou ele. — Mas, agora, é hora de nos separarmos.

— Não vá — murmurou ela, sonolenta.

Ele agora estava com ela no quarto, eles estavam correndo um atrás do outro, se provocando. Ela não queria que ele fosse embora, porque estava se divertindo muito.

— Preciso ir — afirmou ele, com a voz falhando. — Por favor, entenda.

O tom da voz dele fez com que ela parasse de correr. Ela derrubou o pincel de tinta. O objeto caiu no chão, deixando uma mancha vermelha no tapete branco novinho. Ela o olhou. O rosto dele estava enrugado de tristeza.

— Amo você desde o momento em que a vi e sempre vou amar, Elizabeth.

Ela sentiu o beijo dele embaixo da orelha esquerda, tão suave e sensual que ela não queria que ele parasse.

— Eu também amo você — respondeu ela, com sono.

Mas ele parou. Ela olhou pelo quarto salpicado de tinta, e ele tinha ido embora.

Os olhos dela se abriram com o som da própria voz. Ela tinha acabado de dizer "eu também amo você"? Apoiou-se em um cotovelo e olhou grogue ao redor do quarto.

Mas estava vazio. Ela estava sozinha. O sol nascia por cima das pontas das montanhas, a noite havia terminado, e era o começo de um novo dia. Ela fechou os olhos e continuou sonhando.

CAPÍTULO 40

Uma semana depois daquela manhã, Elizabeth ainda estava abatida. Andava de pijama pela casa, arrastando as pantufas de cômodo a cômodo bem cedo naquela manhã de domingo. Parava na porta, olhava dentro e buscava... algo, embora ela não soubesse exatamente para quê. Nenhum desses cômodos lhe oferecia uma solução, então ela seguia. Aquecendo as mãos ao segurar uma xícara de café, Elizabeth ficou parada no corredor, tentando decidir o que fazer. Não costumava se mexer tão devagar, e sua mente nunca estivera tão nebulosa, mas ela agora era muitas coisas que não costumava ser.

Não era como se ela não tivesse afazeres. A casa precisava da limpeza quinzenal de cima a baixo e ainda havia o problema da sala de brinquedos no hotel para finalizar. Aliás, nem era questão de finalizar, porque ainda precisava começar. Vincent e Benjamin a tinham cobrado a semana toda, e ela estava dormindo ainda menos que o normal porque não tinha ideia do que fazer e, sendo perfeccionista, não conseguia começar a não ser que já imaginasse como ficaria. Passar aquilo para Poppy seria um fracasso da parte dela. Ela era uma profissional talentosa, mas este mês se sentia de novo como uma garotinha em idade escolar, ignorando os lápis e as canetas e evitando o notebook para não precisar fazer a lição de casa. Ela estava buscando uma distração, uma desculpa decente para afastá-la de uma vez do bloqueio mental em que se encontrava.

Elizabeth não via Ivan desde a festa na semana passada. Nenhuma ligação, carta, nada. Era como se ele tivesse desaparecido da face da Terra, e, além de estar com raiva, ela se sentia solitária. Sentia a falta dele.

Eram sete da manhã, e a sala de brinquedos estava acordada com o som de desenhos animados. Elizabeth caminhou pelo corredor e colocou a cabeça para dentro da sala.

— Posso me juntar a você? — perguntou ela.

Prometo que não vou falar nada, ela quis completar.

Luke pareceu surpreso, mas fez que sim. Ele estava sentado no chão, esticando o pescoço para ver a TV. Parecia desconfortável, mas ela escolheu o silêncio em vez de criticá-lo. Jogou-se no pufe ao lado dele e colocou as pernas perto do corpo.

— O que você está vendo?

— *Bob Esponja Calça Quadrada*.

— *Bob* o quê?

— *Bob Esponja Calça Quadrada* — repetiu ele, sem tirar os olhos da televisão.

— É sobre o quê?

— Uma esponja chamada Bob que usa calça quadrada.

Ele deu uma risadinha.

— É bom?

Ele assentiu e completou:

— Mas eu já vi duas vezes.

Ele colocou uma colherada de Rice Krispies na boca de qualquer jeito, derramando leite pelo queixo.

— Por que você está assistindo de novo? Por que não sai e brinca ao ar livre com o Sam? Você passou a semana toda dentro de casa.

Ela foi recebida com silêncio.

— Aliás, cadê o Sam? Foi viajar?

— Não somos mais amigos — disse Luke, triste.

— Por que não? — perguntou ela surpresa, sentando-se mais ereta e colocando a xícara de café no chão.

Luke deu de ombros.

— Vocês brigaram? — perguntou Elizabeth, com delicadeza.

Luke fez que não com a cabeça.

— Ele disse alguma coisa que te deixou triste?

Ele fez que não de novo.

— Você fez alguma coisa que deixou ele bravo?

Outra negação.

— Bom, o que aconteceu?

— Nada — explicou Luke. — Ele só me disse um dia que não queria mais ser meu amigo.

— Bom, isso não é muito legal — comentou Elizabeth, gentilmente. — Quer que eu converse com ele para ver o que aconteceu?

Luke deu de ombros. Houve um silêncio entre eles, e ele continuou olhando a tela, perdido em pensamentos.

— Sabe, eu entendo como é sentir saudade de um amigo, Luke. Lembra o meu amigo Ivan?

— Ele era meu amigo também.

— Sim.

Ela sorriu.

— Bom, eu sinto saudade dele. Não o vi a semana inteira também.

— É, ele foi embora. Ele me disse que precisa ajudar outra pessoa agora.

Os olhos de Elizabeth se arregalaram, e a raiva surgiu dentro dela. Ele não tinha nem tido a decência de se despedir dela.

— Quando ele se despediu de você? O que ele disse?

Vendo o olhar assustado no rosto de Luke, ela parou imediatamente de fazer perguntas tão agressivas. Precisava continuar lembrando a si mesma que ele só tinha 6 anos.

— Ele se despediu de mim no mesmo dia que se despediu de você.

A voz dele subiu um tom, como se ele achasse que ela era louca. O rosto dele se enrugou, e ele a olhou como se ela tivesse dez cabeças e, se Elizabeth não estivesse tão confusa, teria rido ao vê-lo daquele jeito.

Mas, por dentro, ela não estava rindo. Parou e pensou por um momento, antes de explodir.

— O quê?! Do que você está falando?

— Depois da festa no jardim, ele veio aqui em casa e me disse que o trabalho dele com a gente tinha terminado, que ele ia ficar invisível de novo, igual ele era antes, mas ainda estaria por perto, e isso queria dizer que a gente estava bem — explicou animado, voltando a atenção à televisão.

— Invisível... — pronunciou Elizabeth a palavra como se tivesse um gosto ruim.

— Isso. Ué, as pessoas não chamam ele de imaginário à toa, dã! Ele deu um tapa na própria testa e caiu no chão.

— O que ele andou colocando na sua cabeça? — resmungou ela, irritada, perguntando-se se tinha sido um erro colocar uma pessoa como Ivan na vida de Luke. — Quando ele vai voltar?

Luke abaixou o volume da TV e se virou para ela de novo com aquela expressão maluca.

— Ele não vai voltar. Ele já falou isso para você.

— Não falou!

A voz dela falhou.

— Falou, sim, no seu quarto. Eu vi ele entrando, ouvi ele falando.

Elizabeth voltou àquela noite e ao sonho que tivera, o sonho em que ela tinha pensado a semana toda, o sonho que a estava *incomodando*, e, de repente, percebeu com uma pontada no coração que não tinha sido um sonho.

Ela o tinha perdido. Em seus sonhos e na vida real, ela tinha perdido Ivan.

CAPÍTULO 41

— Olá, Elizabeth.

A mãe de Sam abriu a porta da frente e a recebeu.

— Oi, Fiona — disse Elizabeth, entrando na casa.

Fiona tinha lidado muito bem com o relacionamento de Elizabeth com Ivan nas últimas semanas. Elas não tinham discutido aquilo, mas Fiona estava sendo tão educada quanto sempre fora. Elizabeth se sentia grata por não haver qualquer estranheza entre as duas. Infelizmente, preocupava-se por Sam não ter aceitado tão bem.

— Vim conversar com o Sam se você não se importar. Luke está muito triste sem ele.

Fiona a olhou com tristeza.

— Eu sei, tentei falar com ele sobre isso a semana toda. Talvez você faça um trabalho melhor do que eu.

— Ele contou sobre o que foi o desentendimento deles?

Fiona tentou esconder um sorriso e assentiu.

— Foi por causa do Ivan? — perguntou Elizabeth, preocupada.

Ela sempre se sentira ansiosa de que Sam sentisse ciúme do tempo que Ivan passava com ela e Luke, por isso o convidava para ir até a casa deles e o incluía nas atividades com Ivan o máximo possível.

— Sim — confirmou Fiona com um sorriso largo. — As crianças nessa idade são engraçadas, né?

Elizabeth relaxou, vendo finalmente que Fiona não tinha um problema com o tempo que ela e Luke passavam com Ivan, e estava creditando aquilo ao comportamento de Sam.

— Vou deixar que ele conte com as palavras dele — continuou ela, guiando Elizabeth pela casa.

Elizabeth teve que lutar para não olhar ao redor e procurar Ivan por lá. Por mais que estivesse ali para ajudar Luke, também estava tentando ajudar a si mesma. Achar dois melhores amigos e fazer as pazes com eles era melhor do que fazer as pazes com um só, e ela ansiava muito por estar com Ivan.

Fiona abriu a porta da sala de brinquedos, e Elizabeth entrou.

— Sam, querido, a mãe do Luke está aqui para conversar com você — disse ela com delicadeza, e pela primeira vez Elizabeth sentiu um calor quando ouviu essas palavras.

Sam pausou o PlayStation e a mirou com olhos castanhos tristes. Elizabeth mordeu o lábio e lutou contra a vontade de sorrir. Fiona os deixou sozinhos para conversar.

— Oi, Sam — disse ela, gentil. — Posso sentar?

Ele assentiu, e ela se equilibrou na ponta do sofá.

— Luke me disse que você não quer mais ser amigo dele, é verdade?

Ele fez que sim com a cabeça, sem medo.

— Quer me contar por quê?

Ele levou um momento ponderando aquilo, e aí assentiu.

— Não gosto de brincar das mesmas coisas que ele.

— Você disse isso para ele?

Ele fez que sim.

— E o que ele respondeu?

Sam pareceu confuso e deu de ombros.

— Ele é estranho.

Um nó se formou na garganta de Elizabeth, que ficou imediatamente na defensiva.

— No começo, foi engraçado, mas depois ficou chato, e eu não queria mais brincar, mas Luke não parava.

— Que brincadeira é essa?

— As brincadeiras com o *amigo invisível* dele — disse ele, com uma voz de tédio e uma careta.

As mãos de Elizabeth suaram frio.

— Mas o amigo invisível dele só ficou por uns dias, e foi há meses, Sam.

Sam a olhou de um jeito esquisito.

— Mas você também brincava com ele.

Os olhos de Elizabeth se arregalaram.

— Eu?

— O tal de Ivan — murmurou ele —, aquele Ivan chato que só quer ficar girando em cadeiras o dia todo ou brincar de luta de lama ou de pega-pega. Todo dia era Ivan, Ivan, Ivan, e — a voz já aguda dele subiu um tom — eu nem conseguia ver ele!

— O quê?

Elizabeth ficou confusa.

— Você não conseguia ver o Ivan? Como assim?

Sam pensou muito sobre como explicar.

— Eu não conseguia ver ele — disse, simplesmente, dando de ombros.

— Mas você brincava com ele o tempo todo.

Ela passou os dedos suados pelo cabelo.

— É, porque o Luke brincava, mas fiquei cheio de fingir, e o Luke não queria parar. Ficava dizendo que ele era *real*.

Ele revirou os olhos. Com os dedos, Elizabeth apertou a ponte do nariz.

— Não entendo o que você quer dizer, Sam. Ivan é amigo da sua mãe, não?

Os olhos de Sam se arregalaram. Ele estava com uma expressão assustada.

— Hã, não.

— Não?

— Não — confirmou ele.

— Mas o Ivan cuidava de você e do Luke. Ele pegava você e trazia para casa — gaguejou Elizabeth.

Sam pareceu preocupado.

— Eu tenho permissão de voltar sozinho para casa, srta. Egan.

— Mas o, hã, o, hã!

Elizabeth de repente ficou atenta, lembrando. Ela estalou os dedos, fazendo Sam pular.

— A luta de água! E a luta de água no quintal dos fundos? Fomos você, eu, Luke e Ivan, lembra? Lembra, Sam?

O rosto dela ficou pálido.

— Só estávamos nós três.

— O quê? — gritou mais alto do que queria.

O rosto de Sam se enrugou e de repente ele começou a chorar.

— Ah, não...

Elizabeth entrou em pânico.

— Por favor, não chore, Sam, não foi minha intenção.

Ela estendeu as mãos para ele, mas ele correu para a porta, chamando a mãe aos gritos.

— Ah, desculpe, Sam! Por favor, pare. Ssshhh... Ai, meu Deus — murmurou ela, ouvindo Fiona acalmá-lo.

Fiona entrou na sala.

— Desculpe, Fiona — desculpou-se Elizabeth.

— Não tem problema.

Fiona pareceu um pouco preocupada.

— Ele está um pouco sensível com esse assunto.

— Eu entendo.

Elizabeth engoliu em seco.

— Sobre o Ivan, você o conhece, né? — perguntou a Fiona, ficando de pé.

A testa de Fiona se enrugou.

— O que você quer dizer com "conhece"?

O coração de Elizabeth acelerou.

— Quero dizer, ele já veio aqui antes?

— Ah, sim — confirmou Fiona, sorrindo. — Ele veio aqui muitas vezes com o Luke. Até jantou com a gente.

Fiona deu uma piscadela com um olho ao dizer aquilo. Elizabeth relaxou, mas incerta de como interpretar aquele gesto. Ela colocou a mão no coração, que começou a desacelerar.

— Ufa, Fiona, graças a Deus.

Ela riu de alívio.

— Por um minuto, achei que *eu* estava enlouquecendo.

— Ah, não seja boba.

Fiona colocou uma mão no braço dela e continuou:

— Todas nós fazemos isso, sabe. Quando o Sam tinha 2 anos, passou exatamente pela mesma coisa. Chamava o amiguinho de

Rooster — contou, sorrindo com orgulho. — Então, acredite, sei exatamente o que você está passando, abrindo portas de carros, fazendo comida a mais e colocando um lugar extra na mesa. Não se preocupe, eu entendo. Você tem razão de brincar junto.

A cabeça de Elizabeth estava começando a girar, mas a voz de Fiona não parava.

— Quando a gente pensa bem, é *muito* desperdício de comida, né? A comida só fica lá a refeição toda, completamente intocada, e *acredite*, eu sei, porque ficava prestando atenção. Chega de homens invisíveis assustadores aqui em casa, muito obrigada.

Subiu um nó para a garganta de Elizabeth. Ela agarrou o canto da poltrona para se estabilizar.

— Mas, como eu disse antes, as crianças de 6 anos são assim. Com certeza esse tal de Ivan vai desaparecer com o tempo. Dizem que não dura mais de dois meses, na verdade. Ele deve ir logo, não se preocupe.

Ela finalmente parou de falar, mas olhou para Elizabeth.

— Você está bem?

— Ar — respondeu Elizabeth, ofegante. — Só preciso de um pouco de ar.

— Claro — disse Fiona com pressa, levando-a na direção da porta da frente.

Elizabeth correu lá para fora, fazendo grandes inspirações para pegar ar.

— Posso trazer um copo de água? — perguntou Fiona, preocupada, passando as mãos na costa de Elizabeth, que estava com as mãos apoiadas nos joelhos, olhando para o chão.

— Não, obrigada — respondeu ela baixinho, endireitando-se. — Vou ficar bem.

Ela caminhou instável pela entrada sem se despedir, deixando Fiona olhando-a apreensiva.

Em casa, Elizabeth bateu a porta da frente atrás de si e, com a cabeça entre as mãos, deslizou para o chão.

— Elizabeth, o que foi? — perguntou Luke, preocupado, ainda de pijama e descalço diante dela.

Ela não conseguia responder. Não conseguia fazer nada a não ser repassar mentalmente os últimos meses sem parar — todos os seus momentos e suas memórias especiais com Ivan, todas as conversas. Quem estava lá com eles, quem os tinha visto e falado com eles. Eles haviam estado em locais lotados, Benjamin os tinha visto, Joe os tinha visto. Ela continuou pensando em tudo, tentando lembrar momentos em que Ivan tinha conversado com toda essa gente. Não podia estar imaginando tudo. Ela era uma mulher sã, responsável.

O rosto dela estava pálido quando ela finalmente levantou os olhos para Luke. Ela só conseguiu dizer uma coisa:

— Atnoc ed Zaf.

— Isso. É o idioma ao contrário. Legal, né?

Luke deu uma risadinha, e Elizabeth levou uns segundos para entender.

Faz de Conta.

CAPÍTULO 42

— *Vai logo* — gritou Elizabeth, e buzinou para os dois ônibus que seguiam bem devagar na rua principal de Baile na gCroíthe, a centímetros um do outro.

Era setembro, e os últimos turistas estavam de passagem pela cidade. Depois disso, o local agitado ia voltar ao seu silêncio de sempre, como um salão de banquetes na manhã seguinte a uma festa, deixando os nativos arrumando tudo e lembrando os acontecimentos e as pessoas que tinham estado por lá. Os estudantes iam voltar à universidade nos condados e cidades vizinhos, e os locais mais uma vez estariam sozinhos, cuidando de suas vidas.

Elizabeth afundou a mão na buzina, chamando a atenção do ônibus à sua frente. Um mar de rostos estrangeiros se virou na parte de trás do veículo para olhá-la. Ao lado dela, os habitantes da cidade saíam da igreja depois da missa de domingo. Aproveitando o glorioso dia ensolarado, eles se reuniam em grupos na rua, conversando e falando dos acontecimentos da semana. Também se viraram para olhar a fonte do barulho irado, mas Elizabeth não ligou. Hoje não ia seguir regra nenhuma. Ela estava desesperada para chegar ao Joe's, porque sabia que pelo menos ele ia admitir ter visto Ivan e ela juntos, acabando com aquela piada cruel e bizarra.

Impaciente demais para esperar os ônibus se ultrapassarem, ela pulou do carro, largou-o no trânsito e correu para o café do outro lado da rua.

— Joe! — chamou ela, irrompendo pela porta.

Não conseguia esconder o pânico em sua voz.

— Ah, aí está você, bem a mulher que eu queria ver.

Joe saiu da cozinha.

— Queria mostrar minha máquina chique. É...

— Não quero saber — interrompeu ela, sem fôlego —, não tenho tempo. Só, por favor, responda minha pergunta. Você se lembra de eu ter vindo aqui algumas vezes com um homem?

Joe olhou para o teto pensativo, sentindo-se importante. Elizabeth segurou a respiração.

— Lembro, sim.

Elizabeth suspirou de alívio.

— Graças a *Deus*.

Ela riu, um pouco histérica demais.

— Agora, você pode prestar atenção ao meu novo equipamento — disse ele, orgulhoso. — É uma máquina de café novinha. Faz aqueles espressos e cappuccinos e tudo o mais.

Ele pegou uma xícara de espresso.

— Claro, aqui só cabe uma gota. É todo um novo significado para a expressão "gota d'água".

Elizabeth riu, tão feliz com a notícia sobre Ivan e o café que podia pular por cima do balcão e dar um beijo nele.

— E então, cadê esse homem? — perguntou Joe, tentando entender como fazer um espresso para Elizabeth.

O sorriso de Elizabeth sumiu.

— Ah, não sei.

— Voltou para os Estados Unidos, é? Claro, ele mora lá, não é, em Nova York? A Grande Maçã, não é assim que chamam? Eu já vi na TV e, se quer saber, não me parece nada com uma maçã.

O coração de Elizabeth bateu forte no peito.

— Não, Joe, não o *Benjamin*. Você está pensando no Benjamin.

— O cara que veio tomar um café aqui com você algumas vezes — confirmou Joe.

— Não.

A ira de Elizabeth aumentou.

— Bom, sim. Mas estou falando do outro homem que estava aqui comigo. O nome dele é *Ivan*. I-v-a-n — repetiu ela, devagar.

Joe fez uma careta e balançou a cabeça.

— Não conheço ninguém chamado Ivan.

— Conhece, sim — disse ela, bastante agressiva.

— Olha aqui.

Joe tirou os óculos de leitura e colocou o manual no balcão.

— Eu conheço praticamente todo mundo nessa cidade e não conheço nem nunca ouvi falar de nenhum Ivan.

— Mas, Joe — implorou Elizabeth —, por favor, pense direito.

Aí, ela lembrou.

— No dia que jogamos café por toda parte lá fora. Aquele era o Ivan.

— Ah. Fazia parte do grupo alemão, é?

— Não! — gritou Elizabeth, frustrada.

— Bom, de onde ele é? — perguntou Joe, tentando acalmá-la.

— Eu não sei — respondeu ela, brava.

— Bom, qual é o sobrenome dele?

Elizabeth engoliu em seco.

— E-e-eu também não sei.

— Então, como eu posso ajudar se você não sabe o sobrenome dele nem de onde ele é? Não parece que você conhece esse cara muito bem. Até onde eu me lembro, você estava dançando lá sozinha igual a uma maluca. Não sei o que deu em você naquele dia, aliás.

Elizabeth de repente teve uma ideia, pegou as chaves do carro do balcão e correu porta afora.

— Mas e sua gota d'água? — chamou ele, quando ela bateu a porta atrás de si.

— Benjamin — chamou Elizabeth, batendo a porta do carro e correndo pelo cascalho até ele.

Benjamin estava parado entre um grupo de pedreiros que analisavam documentos espalhados em uma mesa. Todos olharam para ela.

— Posso falar com você um minuto? — pediu ela, sem fôlego, e seu cabelo dançava em torno do rosto por causa da força do vento no topo do morro.

— Claro — disse ele, afastando-se do grupo silencioso e levando-a até um lugar mais silencioso. — Está tudo bem?

— Sim — retrucou, incerta. — Só quero fazer uma pergunta, pode ser?

Ele se preparou.

— Você conheceu meu amigo Ivan?

Ela estalou os nós dos dedos e mudou o peso de um pé para o outro, esperando pela resposta dele.

Benjamin ajustou o capacete e esperou que ela risse ou dissesse que estava brincando, mas não havia sorriso se escondendo atrás daqueles olhos escuros e preocupados.

— É uma piada?

Ela fez que não e mordeu, nervosa, o interior da bochecha, enrugando a testa.

Ele pigarreou.

— Elizabeth, não sei bem o que você quer que eu diga.

— A verdade — disse ela, rápido. — Quero que você me diga a verdade. Bem, eu quero que você me diga que viu o Ivan, mas quero que isso seja verdade, entende.

Ela engoliu em seco. Benjamin analisou um pouco mais o rosto dela e, por fim, fez que não devagar.

— Não? — perguntou ela, baixinho.

Ele fez que não de novo.

Os olhos dela se encheram de lágrimas, e ela desviou o olhar.

— Você está bem?

Ele estendeu a mão para tocar o braço dela, mas ela desviou.

— Achei que estivesse brincando sobre ele — comentou Benjamin com delicadeza, levemente confuso.

— Você não o viu na reunião com Vincent?

Ele fez que não.

— No churrasco da semana passada?

Outra negação.

— Caminhando pela cidade comigo? Na sala de brinquedos naquele dia quando aquela, aquela... *coisa* estava escrita na parede? — perguntou ela, esperançosa, com a voz cheia de emoção.

— Não, sinto muito — disse Benjamin gentilmente, tentando esconder sua confusão da melhor maneira possível.

Ela desviou o olhar de novo, virou na direção da vista, dando as costas a ele. Daquele ponto, conseguia observar o mar, as montanhas e a pequena aldeia escondida no seio dos morros.

— Ele era tão real, Benjamin.

Ele não sabia o que dizer, então continuou em silêncio.

— Sabe quando você consegue sentir alguém com você? E, embora nem todo mundo acredite nessa pessoa, você sabe que ela está lá?

Benjamin pensou naquilo e fez que sim como se compreendesse, embora ela não pudesse vê-lo.

— Meu avô morreu, e éramos próximos — confidenciou ele, chutando o cascalho, tímido. — Minha família nunca concordou sobre muita coisa, nunca acreditou em muita coisa, mas eu sabia que, às vezes, ele estava comigo. Você conhecia bem o Ivan?

— Ele me conhecia melhor.

Ela riu de leve.

Benjamin a ouviu fungando, e ela secou as lágrimas.

— Então, ele era uma pessoa real? Ele faleceu? — perguntou Benjamin, sentindo-se confuso.

— É só que eu acreditava tanto...

A voz dela foi sumindo.

— Ele me ajudou muito nos últimos meses.

Ela olhou ao redor para a paisagem por mais um momento, antes de continuar:

— Eu odiava essa cidade, Benjamin.

Uma lágrima caiu pela bochecha dela.

— Eu odiava cada grama de cada morro, mas ele me ensinou muito. Ele me ensinou que o que me faz feliz não é o trabalho nem a cidade. Não é culpa de Baile na gCroíthe eu sentir que não me encaixo. Não importa onde você esteja no mundo, porque o que importa é onde você está aqui... — disse, tocando a lateral da cabeça de leve. — É o outro mundo que habito. O mundo de sonhos, esperança, imaginação e memórias. Eu sou feliz aqui.

Ela bateu na têmpora de novo e sorriu.

— E, por isso, sou feliz aqui também.

Ela estendeu os braços e mostrou a área rural ao seu redor. Fechou os olhos e deixou o vento secar suas lágrimas. Seu rosto estava mais suave quando ela se voltou para Benjamin.

— Eu só achei que era importante você, mais do que qualquer pessoa, saber disso.

Ela caminhou de volta para o carro devagar e em silêncio.

Apoiado na antiga torre, Benjamin a viu se afastar. Ele não conhecia Elizabeth tão bem quanto gostaria, mas tinha uma ideia de que ela havia compartilhado mais de sua vida com ele do que com outros. Ele também fizera isso. Tinham conversado o bastante para ele perceber como eram parecidos. Ele a vira crescer e mudar, e, agora, sua amiga inquieta tinha se aquietado. Benjamin olhou para a vista que Elizabeth admirara por tanto tempo e, pela primeira vez no ano em que estava ali, abriu os olhos e realmente viu.

Nas primeiras horas da manhã, Elizabeth se sentou na cama, bem acordada. Sozinha, olhou ao redor do quarto — viu o horário, 3h45 — e, quando falou alto, sua voz estava firme e confiante.

— Para o inferno com todos vocês. *Eu* acredito.

Ela jogou as cobertas para o lado e pulou da cama, imaginando o som de Ivan uivando de rir em comemoração.

CAPÍTULO 43

— Cadê a Elizabeth? — sibilou Vincent Taylor com irritação para Benjamin, sem ser ouvido pela multidão que se reunira para a inauguração do novo hotel.

— Ela ainda está na sala de brinquedos.

Benjamin suspirou, sentindo o estresse que se erguia tijolo por tijolo desde a semana anterior finalmente pesar sobre seus ombros doloridos.

— *Ainda?* — gritou Vincent, e algumas pessoas se viraram e pararam de prestar atenção ao discurso sendo feito no canto da sala.

Os políticos locais de Baile na gCroíthe tinham ido ao evento para abrir oficialmente o lugar, e alguns discursos estavam sendo feitos ao lado da torre original no terreno do hotel, que residia no topo da montanha há milhares de anos. Logo a multidão estaria andando pelo hotel, olhando em cada cômodo para admirar o trabalho, e os dois homens ainda não sabiam o que Elizabeth estava fazendo na sala de brinquedos. A última vez que qualquer um dos dois a vira fora há quatro dias, e o lugar ainda era uma tela em branco.

Elizabeth literalmente não saía daquela sala há dias. Benjamin tinha levado a ela algumas bebidas e comida de uma máquina, que ela tinha pegado dele às pressas antes de bater a porta de novo. Ele não fazia ideia de como estava o interior, e sua vida fora um inferno a semana toda, tentando lidar com um Vincent em pânico. O chefe já tinha cansado há muito tempo da excentricidade de Elizabeth falar com uma pessoa invisível. E nunca tinha lidado com salas sendo finalizadas durante o momento em que o prédio estava sendo inaugurado, era uma situação ridícula e extremamente não profissional.

Os discursos terminaram, houve aplausos educados, e a multidão entrou organizadamente no hotel, onde inspecionou a mobília nova, inalando o cheiro de tinta fresca enquanto eram levados pelo lugar.

Vincent xingou várias vezes em voz alta, recebendo olhares irados de alguns pais. Cômodo a cômodo, eles chegavam mais perto da sala de brinquedos. Benjamin mal aguentava o suspense, andando de um lado para o outro atrás dos visitantes. Entre a multidão, reconheceu o pai de Elizabeth apoiado em sua bengala, parecendo entediado, e o sobrinho dela com a babá, e pediu a Deus que ela não decepcionasse todos eles. A julgar pela última conversa no topo do morro, ele acreditava que ela ia surpreendê-los. Pelo menos, era o que esperava. Ele devia voltar a sua cidade natal no Colorado na semana que vem e não podia lidar com nenhum atraso na obra. Pela primeira vez, sua vida pessoal ia vir antes do trabalho.

— Ok, meninos e meninas — falou a guia como se estivessem em um episódio de *Barney* —, esta próxima sala é especial para *vocês*, então, mamães e papais, vocês vão ter que dar uns passos para trás para que eles passem, porque esta é uma sala muito *especial*.

Houve aaahs e ooohs, risadinhas e sussurros excitados enquanto as crianças soltavam as mãos dos pais, algumas com timidez, outras ousando correr até a frente. A guia girou a maçaneta na porta. Ela não abriu.

— Jesus Cristo — murmurou Vincent, colocando uma mão sobre os olhos —, estamos arruinados.

— Ah, só um minuto, pessoal — pediu a guia, olhando para Benjamin, questionadora.

Ele só deu de ombros e balançou a cabeça, sem esperança.

A guia tentou abrir a porta de novo, mas não adiantou.

— Talvez você precise bater — gritou uma criança, e os pais riram.

— Sabe de uma coisa? É uma ótima ideia.

A guia aceitou a brincadeira, sem saber o que fazer.

Ela bateu uma vez na porta, que, de repente, foi aberta pelo outro lado. As crianças avançaram devagar.

Houve silêncio total, e Benjamin cobriu o rosto com as mãos. Estavam encrencados.

De repente, uma criança soltou um "uau!" e, uma por uma, as crianças silenciosas e chocadas começaram gradualmente a se mostrar animadas umas para as outras:

— Olha aquilo!

— Olha ali!

As crianças olhavam a sala boquiabertas. Os pais entraram atrás delas, e Vincent e Benjamin ficaram surpresos ao ouvir sussurros de aprovação similares. Poppy estava na porta, os olhos percorrendo o cômodo, a boca aberta em choque total.

— Deixe-me ver isso — disse Vincent de modo grosseiro, abrindo caminho na multidão.

Benjamin foi atrás, e o que viu tirou seu fôlego. As paredes daquela sala ampla estavam cobertas por enormes murais com esplêndidas explosões de cor, cada parede com uma cena diferente. Uma parede em particular era uma visão familiar a ele: três pessoas pulando alegres em um campo de gramas longas, os braços para cima, sorrisos brilhantes no rosto, o cabelo voando ao vento enquanto eles tentavam pegar...

— Pó de fadas! — explodiu Luke com animação, os olhos arregalados como os das outras crianças na sala.

A maioria estava em silêncio e olhando cada detalhe na parede.

— Olha, é o *Ivan* nessa pintura! — gritou ele para Elizabeth.

Chocado, Benjamin olhou para Elizabeth, parada no canto com um macacão jeans sujo, manchado de tintas, com olheiras embaixo dos olhos. Mas, apesar de seu aparente cansaço, ela estava com um sorriso largo, o rosto iluminado por ver os visitantes reagindo à sala. O orgulho em seus olhos brilhantes ficava evidente conforme todo mundo apontava para cada pintura.

— Elizabeth! — sussurrou Edith, as mãos voando para a boca com perplexidade. — *Você* fez tudo isso?

Edith olhou com confusão e orgulho para a chefe.

Outra cena era de uma garotinha em um campo, observando um balão cor-de-rosa voando até o céu. Em outra, uma multidão de crianças fazia uma guerra d'água, jogava tinta e dançava na areia de uma praia, uma garotinha sentava em um campo verde fazendo um piquenique com uma vaca que usava um chapéu de palha, um grupo de jovens garotos e garotas subia em árvores e se pendurava nos galhos, e, no teto, Elizabeth tinha pintado um azul-escuro com estrelas cadentes, cometas e planetas distantes. Na parede mais longe, ela pintara um homem e um menino com lupas na frente dos olhos e bigodes pretos, inclinados ao estudar uma série de pegadas pretas que saíam da parede e iam pelo chão até subir pela parede do outro lado. Ela tinha criado um novo mundo, uma terra encantada de escapismo, diversão e aventura, mas era a atenção aos detalhes, a expressão de alegria no rosto dos personagens, o sorriso feliz de pura diversão infantil que chamavam a atenção de Benjamin. Ele tinha visto essa expressão no rosto de Elizabeth quando a pegara dançando no campo e atravessando a aldeia com algas no cabelo. Era o rosto de alguém que tinha se desprendido e estava verdadeiramente feliz.

Elizabeth baixou os olhos para ver uma criança pequena brincando com um dos muitos brinquedos espalhados pela sala. Ela estava prestes a se curvar para falar com a garotinha quando percebeu: a menina estava falando sozinha. Tendo uma conversa muito séria, aliás, apresentando-se para o ar.

Elizabeth olhou ao redor da sala, inspirou fundo e tentou sentir aquele cheiro familiar de Ivan.

— Obrigada — sussurrou ela, fechando os olhos e imaginando-o ao seu lado.

A garotinha continuou tagarelando sozinha, olhando para a direita quando falava e ouvindo antes de falar de novo. E, aí, começou a cantarolar aquela música familiar que Elizabeth não conseguia tirar da cabeça.

Elizabeth jogou a cabeça para trás e riu.

* * *

Encostei na parede dos fundos da sala de brinquedos do novo hotel, com lágrimas nos olhos e um nó tão apertado na garganta que achei que nunca mais conseguiria falar. Não conseguia parar de olhar para as paredes, para o álbum de fotos de tudo o que eu tinha feito com Elizabeth e Luke nos últimos meses. Era como se alguém tivesse se sentado ao longe e pintado uma visão perfeita de nós.

Olhando para as paredes, para a cor e os olhos dos personagens, eu soube que ela tinha se dado conta e que eu seria lembrado. Ao meu lado, parados em uma fila nos fundos da sala, meus amigos se juntaram a mim para me dar apoio moral nesse dia especial.

Opal colocou uma das mãos no meu braço e deu um apertão encorajador.

— Estou muito orgulhosa de você, Ivan — sussurrou ela, e plantou um beijo em minha bochecha, sem dúvida deixando uma mancha de batom roxo na minha pele. — Estamos ao seu lado, você sabe. Sempre teremos uns aos outros.

— Obrigado, Opal. Sei disso — respondi.

Estava emocionado e olhei para Calendula, à minha direita, Olivia, ao lado dela, Tommy, que olhava as paredes com fascinação, Jamie-Lynn, que tinha agachado para brincar com uma garotinha no chão, e Bobby, que apontava e ria de cada uma das cenas diante de si. Todos sorrindo em aprovação, e eu soube que nunca estaria verdadeiramente sozinho, pois estava acompanhado por amigos de verdade.

Amigo imaginário, amigo invisível — pode nos chamar do que quiser. Talvez você acredite em nós, talvez não. Não é isso que importa. Como a maioria das pessoas que faz um ótimo trabalho, não existimos para falarem de nós e sermos elogiados, e sim para servir às necessidades daqueles que precisam de nós. Talvez a gente não exista. Talvez a gente seja uma invenção da imaginação das pessoas. Talvez seja só coincidência que crianças de 2 anos que mal conseguem falar comecem a fazer amizade com pessoas que só os adultos não veem. Talvez todos aqueles médicos e psicoterapeutas tenham razão de sugerir que elas estão apenas desenvolvendo sua imaginação.

Mas pense comigo por um segundo. Você já conseguiu pensar em alguma outra explicação para toda a minha história?

A possibilidade de que a gente exista. De que estejamos aqui para ajudar e auxiliar aqueles que precisam de nós, que acreditam em acreditar e, portanto, são capazes de nos ver.

Sempre considero o lado bom das coisas. Sempre digo que, depois da tempestade, vem a bonança, mas, verdade seja dita — e acredito na verdade —, por um tempo minha experiência com Elizabeth me fez sofrer. Eu não conseguia entender o que tinha ganhado, só conseguia ver que perdê-la era uma enorme nuvem de tempestade. Mas, aí, percebi que, conforme os dias passavam e eu pensava nela a todo segundo e sorria, conhecê-la, entendê-la e, acima de tudo, amá-la foi a maior de todas as bonanças.

Ela era melhor do que pizza, melhor do que azeitonas, melhor do que sextas-feiras e melhor do que girar, e até hoje, que ela não está mais com a gente — e eu não devia dizer isso —, de todos os meus amigos Elizabeth Egan foi *de longe* a minha favorita.

Agradecimentos infinitos a minha família, Mimmie, papai, Georgina e Nicky por tudo — eu não conseguiria especificar nem se tentasse. A David, melhor barista do mundo — obrigada por ver como estou a cada poucas horas e por acreditar tão apaixonadamente neste livro. Um enorme agradecimento à infinitamente encorajadora agente "você-sabe-o-quê" Marianne pelos bolinhos, chás e conselhos, e obrigada a Pat e Vicki e à agência "você-sabe-o-quê" por cuidar de "você-sabe-o-quê".

Obrigada a Lynne e Maxine e a todos da HaperCollins por sua fé em mim e por todo o seu trabalho duro.

A meus leitores, antigos e novos, espero que tenha sido tão bom para vocês quanto foi para mim — uma alegria absoluta de se trabalhar.

Mais importante, obrigada a Ivan por me fazer companhia em meu escritório até altas horas. Será que eles vão acreditar na nossa história?

Este livro foi impresso pela Arcángel Maggio, em 2025, para a HarperCollins Brasil. A fonte do miolo é Sabon MT. O papel do miolo é bookcel 65g/m², e o da capa é cartão 250g/m².